Nele Jantzen
Warnemünder Sommer

Über die Autorin

In Mitteldeutschland geboren, wuchs Nele Jantzen an der Ostseeküste auf, wo sie noch heute lebt. Dort fand sie die Inspiration für ihre Romanreihe »Warnemünder Jahreszeiten«.

Nele Jantzen

Warnemünder Sommer

Bibliografische Information der Deutschen
Nationalbibliothek: Die Deutsche Nationalbibliothek
verzeichnet diese Publikation in der Deutschen
Nationalbibliografie; detaillierte bibliografische Daten sind
im Internet über dnb.dnb.de abrufbar.

Herstellung und Verlag:
BoD – Books on Demand, Norderstedt

ISBN: 9783750492639

1

*D*a bist du ja, min Deern!« Opa nahm mich in den Arm und schmatzte mir einen dicken Kuss auf die Wange. »Wo hast du denn deinen Basti gelassen?« Neugierig spähte er mir über die Schulter, während meine Mundwinkel der Erdanziehung gehorchten und nach unten sanken.

»Lass mich bloß mit diesem Blödmann zufrieden«, murrte ich. »Er hat mich mit meiner Freundin betrogen, der Arsch.«

Opa klappte der Mund auf. »Aber Rike!«

»Was?« Ich war nicht gewillt, mich für meinen Kraftausdruck zu entschuldigen. Ich war stinksauer auf meinen Ex.

»Mit Susanne?«, stotterte er.

»Ach i wo, Opa! Sanne würde mir so etwas niemals antun. Sie ist meine beste Freundin!«

Ich schob ihn sanft in den Flur, denn ich verspürte wenig Lust, das Thema auf der Schwelle des Hauses zu erörtern. Eigentlich verspürte ich darauf überhaupt keine Lust, egal wo auch immer. Bastian war für mich gestorben. Wer nicht die Finger von anderen Frauen ließ, kam als Partner für mich nicht in Betracht. Sich zudem noch an eine meiner Freundinnen heranzumachen, die das die längste Zeit gewesen war!

Erzürnt schnaubte ich.

»Dann komm man rin in die gute Stube!« Opa ließ mich eintreten und schloss die Tür hinter mir. Sofort erstarb der Lärm der Urlauber, die den Alten Strom und die Alexandrinenstraße bevölkerten.

Die Diele war blank geputzt und roch nach Bohnerwachs. Ich war erstaunt, dass es dieses Stinkzeug noch immer gab. Als Oma Trudchen noch gelebt hatte, hatte der Geruch neben Zuckerkuchen und Vanillepudding das ganze Haus beherrscht. Jeden Freitag hatte sie die Böden gewienert. Sie waren gefegt worden, gewischt und im Anschluss mit Bohnerwachs versehen, um sie zum Schluss mit einem vorsintflutlichen Bohnerbesen zu polieren. Noch immer hörte ich das Klacken des Kugelgelenks, wenn sie das schwere Poliergerät vor- und zurückgezogen hatte.

Ein wehmütiges Lächeln huschte bei der Erinnerung an meine Großmutter über mein Gesicht, während ich meinen Trolley neben die Garderobe bugsierte. Sie war fünf Jahre zuvor gestorben.

Ich ließ den Rucksack zu Boden fallen und folgte Opa, der in der Küche verschwunden war.

»Hast du Hunger, Rike?«

Ich schüttelte den Kopf und setzte mich an den großen Tisch.

Von hier aus hatte ich einen fantastischen Blick auf den Alten Strom. Dieser wurde nur noch von dem aus dem Obergeschoss übertrumpft.

Bunt gestrichene Schiffe dümpelten an der Pier. Neben Fischkuttern gab es Fahrgastschiffe, die zur Weißen Flotte gehörten, und Verkaufskutter, die Fischbrötchen und Erfrischungsgetränke feilboten. Urlauber und Einheimische flanierten den Strom auf und ab. Sie stöberten in den Auslagen der kleinen Geschäfte, stürmten die Restaurants oder saßen mit einem Snack in der Hand auf einer Bank und sahen dem bunten Treiben zu. Und über ihnen die Räuber der Lüfte, die

Möwen. Inzwischen waren sie so dreist, dass sie den Passanten einfach den Fisch oder die Bratwurst im Vorbeiflug aus dem Brötchen klauten. Ich hatte das zwar noch nie mit eigenen Augen gesehen, aber Opa hatte oft davon erzählt.

»Willst du was trinken, ein Glas Wasser oder vielleicht einen Tee?«

»Kaffee wäre mir lieber«, antwortete ich und riss den Blick von draußen.

Opa nahm den Kessel vom Herd und füllte Wasser ein. Noch immer war er nicht dazu zu bewegen, einen elektrischen Wasserkocher zu benutzen. So habe er sein ganzes Leben Wasser warm gemacht, pflegte er stets zu sagen. Warum sollte er das auf seine alten Tage nun noch ändern?

»Wie lange wirst du bleiben?«

Ich zuckte mit den Schultern. »Am liebsten für immer.« Ich lachte, denn ich wusste, dass ich schon mit dem Beginn des neuen Schuljahres meine kleinen Racker vermissen würde.

»Meinen Segen hättest du. Das Haus ist groß genug.« Opa Willi drehte sich zu mir um und zwinkerte mir zu. »Hatte ich dir eigentlich schon erzählt, dass Onkel Paul seine Fischbude an seinen Lütt Matten abgeben will?«

Mir klappte der Mund auf. »Ach wirklich?«

Opa nickte.

Onkel Paul war natürlich nicht mein Onkel und Lütt Matten nicht der Junge aus dem DEFA-Spielfilm von 1964, der mit seiner Reuse einen Fisch fangen wollte. Paul und Opa waren zusammen aufgewachsen und seit der Kindheit Freunde. Während mein Großvater bei den Fischern in die Lehre gegangen war, hatte Onkel Paul sich an Land um die Verarbeitung der gefangenen Heringe gekümmert und nach der Wende den Betrieb übernommen und aus ihm eine kleine, aber feine Firma gemacht. Natürlich stellte sie keine Konkurrenz für die großen Unternehmen dar, aber die Fischmarinaden wurden mit Liebe hergestellt und waren ein Geheimtipp in der Warnemünder Gastronomie. Und Lütt Matten hieß eigentlich Matthias. Er war der Enkel von Onkel Paul und in Bremerhaven aufgewachsen. Ich konnte mich kaum an ihn erinnern, weil wir nur einmal im zarten Alter von fünf Jahren zusammen am Strand von Warnemünde im Sand gebuddelt hatten. Trotzdem wusste ich so einiges über ihn aus den Erzählungen seiner Großeltern.

»Wird auch langsam Zeit, dass er sich zur Ruhe setzt.« Ich nahm aus Opas Händen meine Kaffeetasse entgegen. »Onkel Paul ist genauso alt wie du, und der Laden bleibt in der Familie.«

Opa zuckte mit den Schultern und ließ sich mir gegenüber am Tisch nieder. »Wie man es nimmt, Rike. De Jung ist inzwischen erwachsen und will weder Lütt noch Matten gerufen werden. Er hat den Beruf auch von der Pike auf gelernt, sogar studiert hat er, der lütte Matten«, hielt er dagegen, »aber Theorie und Praxis sind zwei verschiedene Paar Schuhe und die Verhältnisse in den großen Betrieben mit denen in Pauls kleiner Firma nicht zu vergleichen. In der Zeit, in der seine Frauen aus einem Fass saurem Hering Rollmöpse gedreht haben, sind die bei denen bereits beim Kunden angelangt, verdaut und wieder ausgeschieden.«

Ich musste über Opas Vergleich lachen, verstand aber, was er damit ausdrücken wollte.

Onkel Paul war der Chef einer Handvoll Arbeitskräfte, die zum Teil nicht mehr zu den Jüngsten gehörten. Er hatte sie samt der Firma für den besagten

Appel und das Ei aus der Volkswirtschaft der ehemaligen DDR übernommen und ihr den liebevollen Namen *Der Fischer und sin Rollmops* gegeben, was passte. Pauls Nachname lautete Fischer. Ich musste jedes Mal schmunzeln, wenn ich das Firmenschild sah.

»Du lachst. Am liebsten würde er die gesamte Produktion umkrempeln, was Onkel Paul Sorgen macht.«

»Gebt ihm einfach eine Chance«, meinte ich und schlürfte meinen Kaffee. »Oftmals sind Veränderungen unabdingbar.«

»Doch nicht, bevor er überhaupt den Überblick gewonnen hat«, hielt Opa stur dagegen.

»Wie lange ist er denn schon hier?«

»Gerade mal ein Vierteljahr. Da kann er nicht verlangen, dass alles nach seiner Nase geht. Die Firma gehört noch immer Paul.«

Ich enthielt mich eines Kommentars und trank lieber meinen Kaffee.

Einen kurzen Moment saßen wir uns schweigend gegenüber. Die große Uhr über der Spüle tickte, und durch das einen Spaltbreit geöffnete Fenster drangen die Geräusche des Alten Stroms zu uns in die Küche.

»Und mit Basti ist es wirklich vorbei?«, brach Opa das Schweigen.

»Ja, und ich will noch immer nicht darüber reden!« Ich erhob mich von meinem Platz. »Ich bin oben und packe meine Sachen aus.«

»Dann trage ich dir schnell den Koffer hoch«, bot er sich umgehend an, doch ich winkte ab.

»Das schaffte ich auch noch allein.«

Opa sah mich nicht gerade glücklich an. »Wann wollen wir Abendbrot essen?«

»Ehrlich gestanden habe ich keinen Hunger«, erwiderte ich und wich seinem Blick aus. »Bist du mir böse, wenn ich noch ein wenig spazieren gehe, alleine? Ich bin derzeit keine gute Gesellschafterin. Ich muss den Kopf frei bekommen. Bastian spukt noch immer darin herum.«

Opas Miene wurde traurig, dass ich ihn nur als kostenfreie Pension nutzen wollte. Dann besann er sich und lächelte. »Natürlich nicht, min Deern, aber versprich mir, dass du mir später erzählst, was genau zwischen dir und Basti vorgefallen ist.«

Ich atmete hörbar ein und aus. »Da gibt es nicht viel zu erzählen. Ich habe Bastian mit einer Freundin in unserem Bett erwischt. Ich schätze, mehr muss ich dazu nicht sagen.«

Opa seufzte. »Das gehört sich natürlich nicht. Trotzdem, ihr wart so ein schönes Paar.«

Ich schenkte meinem Großvater einen kritischen Blick. Meinte er das im Ernst? Sollte ich deshalb meinem Ex seinen Seitensprung verzeihen? Wohl eher nicht!

»Ich bin dann in meinem Zimmer«, verabschiedete ich mich und verließ die Küche.

*E*ine leichte Brise wehte von der Ostsee herüber, als ich eine halbe Stunde später aus der Haustür trat und auf den Alten Strom einschwenkte. Noch immer waren viele Touristen und Urlauber unterwegs. Die einen kamen vom Strand, braun gebrannt oder rot wie ein Krebs, andere suchten sich bereits ein nettes Restaurant, um zu speisen.

Ich verspürte noch immer keinen Hunger. Bekanntermaßen machte die Seeluft zwar Appetit, doch mir lag Bastis Seitensprung schwer im Magen. Ihn zu verdauen, würde noch einige Zeit in Anspruch nehmen.

Trotz meines Kummers setzte ich eine fröhliche Miene auf. Ich musste die Vergangenheit hinter mir lassen und nach vorne schauen. Bastian Krüger war nicht der einzige Mann auf Erden. Es gab genügend andere, die ein Singledasein führten und nur darauf warten, auf die richtige Frau zu treffen. Ich würde den passenden Deckel schon noch finden. Trotzdem schmerzte mich sein Seitensprung.

Vergiss ihn, Rike!, befahl ich mir selbst. Verdränge die düsteren Gedanken. Er ist es nicht wert, dass du ihm eine Träne nachweinst oder dir womöglich Vorwürfe machst und bei dir nach den Ursachen für sein Versagen suchst. Er konnte einfach nicht sein Ding in der Hose behalten!

Diese Argumentation überzeugte mich und hob meine Stimmung.

Ich schlenderte an den Geschäften vorbei, die die Flaniermeile säumten, und sah mir die übervollen Auslagen an. Neben Souvenirs gab es Bekleidung en masse und Dinge, die der Mensch nicht wirklich brauchte. Trotzdem stöberte ich zwischen den Kleidern, die auf einer Garderobenstange längs des Weges hingen. Ich kaufte aber nichts. Erst als ich die Eisdiele passierte, konnte ich nicht anders, ich musste hinein und mir ein freies Plätzchen suchen. Die Verführung war einfach zu groß.

»Was soll's denn sein?«, fragte mich die Bedienung. Sie lächelte mich an.

»Schwarzwälder Kirsch, aber bitte ohne Sahne.«

Sie nickte und gab die Bestellung per WLAN an den Tresen weiter. Dann wandte sie sich dem Gast am Nebentisch zu, und ich lehnte mich bequem zurück und genoss die abendliche Stimmung.

Die ersten Fahrgastschiffe kehrten von ihrer letzten Fahrt des Tages an den Liegeplatz zurück. Lachende Gäste verließen die Schiffe und zerstreuten sich in alle Winde. Der Anlegeplatz, an dem der Kutter von Opas früheren Kollegen ruhte, war indes noch verwaist. Wahrscheinlich waren sie noch auf dem Meer, und ich fragte mich, was es zu dieser Jahreszeit zu fangen gab.

Die Kellnerin brachte meinen Eisbecher, und er sah verführerisch aus. Bei seinem Anblick überkam mich ein schlechtes Gewissen. Opas Abendbrot hatte ich dankend abgelehnt, und nun stopfte ich sinnlose Kalorien in mich hinein.

Aber solche, denen man einfach nicht widerstehen kann!, dachte ich und schleckte die Sahne vom Löffel. Zudem erzeugte Zucker Glückshormone, und davon benötigte ich derzeit recht viel.

Ein Schmunzeln huschte über mein Gesicht. Das Leben war schön, wenn ich nicht an Bastian dachte. Ich ließ es mir schmecken.

Das Eiscafé war gut besucht. Es lag schattig und bot einen schönen Ausblick hinüber auf die andere Seite des Alten Stroms sowie nach Hohe Düne. Der Wind von der Ostsee spielte mit den Blättern der Bäume, die entlang des oberen Gehweges standen, und zupfte sanft an den großen Sonnenschirmen, die um diese Uhrzeit nicht mehr vonnöten und deshalb geschlossen waren. Trotz der noch immer hohen Temperaturen war es angenehm.

Die Gäste am Tisch vor mir zahlten. Noch bevor sie sich erhoben hatten, standen bereits die nächsten Urlauber bereit, die frei werdenden Plätze zu entern. Und entern traf es in der Tat.

Es handelte sich um eine Familie mit zwei kleinen Kindern. Der ältere Junge, vielleicht fünf oder sechs Jahre alt, stürzte auf den ersten freien Stuhl zu und kletterte auf den Sitz. Sein Bruder heulte, weil er zu langsam gewesen war und sich nun gedulden musste, und ältere Menschen waren eben nicht so schnell. Die bisherigen Stuhlbesitzer schauten indes pikiert und suchten ihr Heil in der Flucht, während die Eltern der beiden Stuhlpiraten nur grinsend dastanden und sich am Benehmen ihrer Nachkommenschaft ergötzten.

»Das sollten meine sein!«, hörte ich den Mann am Nebentisch sagen und grinste vor mich hin. Er war Ende zwanzig und von den beiden Knirpsen bereits genervt. Mich konnte kaum noch etwas erschüttern, wenn es um das Benehmen Heranwachsender ging. Als Grundschullehrerin hatte ich schon einiges erlebt.

Das Geschrei am Nebentisch nahm kein Ende. Mit der abendlichen Stimmung war es auf Schlag vorbei.

Die Jungen saßen keine fünf Minuten still und spielten bald schon zwischen den Tischen Fangen. Ihre Eltern interessierte es nicht. Ich vermutete, sie waren eher froh, endlich ihre Ruhe zu haben. Sie holten ihren Tabak heraus und drehten sich ihre Zigaretten, bis schließlich die Bedienung erschien, um den Tisch abzuräumen.

»Zwee Kaffee und zwee Kinderbecher«, nuschelte der Mann mit der Selbstgedrehten zwischen den Lippen und zündete sie sich an. »Und ´nen Ascher.«

Bitte!, dachte ich. Die Höflichkeit blieb immer mehr auf der Strecke.

Die Bedienung ließ sich nicht irritieren. »Einen Moment, bitte. Ich bin gleich bei Ihnen.« Sie machte kehrt und balancierte das schmutzige Geschirr in die Eisdiele hinein.

Mein Interesse war erloschen. Nur das Geschrei konnte ich nicht vollständig ausblenden, obwohl ich es vom Schulhof und aus den Pausen gewöhnt war. Ich konzentrierte mich auf die Stimmen der Urlauber und hörte dem Kreischen der Möwen und dem Tschilpen der Spatzen zu. Ich atmete die frische Meeresbrise ein, die nach Salz schmeckte und nach Sonnencreme roch, und schon nach kurzer Zeit träumte ich von weit entfernten Gefilden mit türkisfarbenem, kristallklarem Wasser. Dazu bauten sich vor meinem inneren Auge weiße Traumstrände auf, Palmen, ein Schirmchendrink und dazu ein braun gebrannter, gut gebauter Mann, der aus den Fluten des Ozeans stieg.

Mein Paradies wurde durch ein Beben erschüttert, als eines der Kinder gegen meinen Tisch rempelte, strauchelte und auf dem Boden landete. Beim Aufstehen passte der Knirps nicht auf und knallte mit dem Kopf unter die Tischplatte, was neben einem Mordsgeheul auch den Tisch in die Höhe hob. Vielleicht hätte das Inventar etwas robuster und schwerer sein müssen. Das Möbel nahm eine bedrohliche Schieflage ein. Es reichte nicht, um es zum Kippen zu bringen. Dafür fiel mein Eisbecher um, und Kirschen, Vanilleeis, Sahne und Likör schwappten wie ein unaufhaltbarer Tsunami auf mich zu.

Geistesgegenwärtig sprang ich samt Stuhl nach hinten und auf, damit nichts auf meinem Sommerkleid landete. Dabei rempelte ich die Bedienung hinter mir an und schlug ihr das Tablett aus den Händen. Die Kettenreaktion endete auf der hellen Sommergarderobe des Gastes vom Nebentisch.

»Autsch!« Das war vorerst alles, was ich zu sagen imstande war. Ich massierte mir die Stelle am Hinterkopf, mit der ich das Tablett angestoßen hatte. »Das tut mir leid. Entschuldigung!«, das Nächste, das mir über die Lippen kam.

»Können Sie nicht aufpassen?«, fuhr der Kerl mich an. Seine Augen blitzten wütend zu mir auf.

Erschrocken hob ich die Schultern und sah mich hilfesuchend um.

Die Bedienung schenkte mir einen teilnahmslosen Blick und hielt sich lieber heraus. Andere Gäste sahen mich neugierig an, aber niemand schien bemerkt zu haben, dass ich unschuldig war. Ich hatte doch nur mein Kleid retten wollen, ein gewöhnlicher Reflex. Dass sich nun Kaffee und Eis über die Kleidung eines anderen Gastes ergossen hatten, war nicht beabsichtigt gewesen.

»Ich komme für die Reinigung auf«, murmelte ich verzweifelt und spürte, wie mir die Hitze in die Wangen schoss. Was war ich nur für ein Tollpatsch! »Und natürlich auch für das da.« Ich wies auf die leeren Tassen und Becher, einige davon am Boden. Zum Glück war zumindest das Geschirr robust und nicht entzweigegangen.

»Das war doch nicht Ihre Schuld!«, rief endlich ein Gast von einem der vorderen Tische und schenkte den Eltern der beiden Unruhestifter einen anklagenden Blick.

Diese sorgten sich um ihre Rüpel und versuchten, das Heulkonzert zu beenden, vergeblich! Mich würdigten sie keines Blickes. Wahrscheinlich trug ich in ihren Augen die alleinige Schuld, weil mein Tisch ihrem Nachwuchs im Weg gewesen war. Warum hatte ich ihn auch nicht rechtzeitig zur Seite gerückt!

Dankbar nickte ich dem Gast zu.

Die Bedienung führte den jungen Mann in das Innere der Eisdiele und reichte ihm Geschirrhandtücher zum Säubern und Trockenrubbeln seiner Kleidung, der daraufhin durch die Tür mit der Aufschrift *WC* verschwand. Dann trat sie auf mich zu.

»Es war nicht Ihre Schuld, auch wenn ich Ihnen gerade nicht beigestanden habe. Wir sollen uns aus solchen Streitigkeiten heraushalten. Für den Schaden, also Eis und Kaffee, kommt die Eisdiele auf. Wie Sie sich mit dem Gast wegen der Reinigung seiner Bekleidung arrangieren ...« Sie hob unschlüssig eine Hand und kehrte an den Tresen zurück, um die nächsten Bestellungen entgegenzunehmen und zu servieren.

Ich folgte ihr in das Innere und ließ mich resigniert auf eine Bank sinken, denn der Innenbereich war fast vollständig leer.

Das fing ja gut an. Am liebsten wäre ich zu Opa gelaufen, um mich in seinem Haus zu verkriechen, doch ich war keine fünf Jahre alt, sondern sechsundzwanzig und musste zu meinem Missgeschick stehen.

Es dauerte, bis sich endlich die Tür wieder öffnete und der Gast die Toilette verließ. Zum Glück war es Vanilleeis gewesen, dass bei Weitem keine so schlimmen Flecken hinterließ, wie es Schokoeis getan hätte. Dafür war der Kaffee nicht gänzlich aus der hellen Kleidung herausgegangen.

Beschämt senkte ich den Blick und trat auf ihn zu. »Es tut mir wirklich leid«, versicherte ich ihm und hob die Augen.

Er war ein attraktiver Mann von einem Meter achtzig Größe, braun gebrannt mit dunkelblondem Haar. Fast erschien es mir, als würde ich ihn kennen. Seine graublauen Augen funkelten mich mehr als wütend an. »Sind Sie immer so tollpatschig?«, zischte er.

»Eigentlich nicht. Es war mehr ein Reflex. Als ich meinen Eisbecher auf mich zukommen sah, wollte ich mein Sommerkleid retten.«

»Schön für Sie!«, beschwerte er sich. »Dafür bin ich nun von Kopf bis Fuß vollgesudelt!« Er drängte mich zur Seite, trat an die Bedienung heran und drückte ihr einen Zehner in die Hand. Dann rauschte er davon.

»Aber ...« Unentschlossen sah ich ihm hinterher.

Sollte ich ihm folgen und mein Angebot, seine Kleidung auf meine Kosten reinigen zu lassen, wiederholen?

»Lassen Sie ihn gehen«, empfahl mir anstelle meines Verstandes die Dame hinter dem Tresen, die meine Überlegung erraten hatte. »Sie haben ihm Ihre Hilfe angeboten. Wenn er sie nicht will, dann eben nicht. Grämen Sie sich deshalb nicht, Kindchen. Es war nicht Ihre Schuld!«

Ich fühlte, wie mir die Tränen in die Augen schossen. Dieses Mitgefühl war genau das, was ich derzeit brauchte. Es störte mich auch nicht, dass sie mich *Kind-*

chen genannt hatte. In ihrem Alter durfte sie das. Ich empfand es sogar wie Balsam für meine Seele, denn ich fühlte mich hundeelend und suhlte mich gerade ausgiebig in meinem Elend.

Seufzend zückte ich mein Portemonnaie. »Was bekommen Sie für den Schwarzwälder Kirsch?«

»Lassen Sie mal stecken.« Freundlich musterte sie mich. »Ich habe heute meine Spendierhosen an.« Sie grinste breit, denn sie trug Schürze und Rock. »Einen schönen Urlaub noch! Genießen Sie Ihren Aufenthalt.« Sie wandte sich um und verschwand durch die Pendeltür im hinteren Bereich der Diele.

Verdattert blieb ich zurück und sah der Tür beim Hin- und Herschwingen zu. Dann nahm ich einen Fünfer aus meiner Geldbörse und steckte ihn in die Dose fürs Trinkgeld. Im Anschluss wischte ich mir die Tränen aus dem Gesicht, drückte das Rückgrat durch und schritt mit hoch erhobenem Haupt nach draußen, um mich zu Opa zu begeben.

Mein Bedarf an frischer Meeresluft war für heute gestillt. Weder Ostsee noch Strand oder Mole liefen mir davon. Ich wollte jetzt einfach nur alleine sein und heulen.

*a*m nächsten Tag sah die Welt wieder besser aus. Ich war ausgeschlafen und fühlte mich erholt und munter. Der Blick aus dem Fenster bescherte mir Bilderbuchwetter mit strahlendem Sonnenschein und postkartenblauem Himmel. Dazu eine leichte Brise vom Meer, die um diese Uhrzeit noch eine Chance gegen die hochsommerlichen Temperaturen besaß.

»Na, ausgeschlafen?«, wurde ich von Opa Willi begrüßt, als ich in die Küche trat. Es duftete nach frisch gebrühtem Kaffee und getoastetem Brot.

Ich nickte und ließ mich auf der Küchenbank nieder, während Opa mir eine Tasse Kaffee einschenkte.

»Hast du etwa mit dem Frühstück auf mich gewartet?«, fragte ich verwundert. Der Tisch war gedeckt, doch dann bemerkte ich Marmelade und Butter an der Klinge seines Messers. Die Frage hatte sich erübrigt.

Er schüttelte den Kopf. »Als alter Mensch ist die Nacht meist recht kurz, obwohl ich heute erst relativ spät wach geworden bin.« Er zwinkerte mir zu und streckte seine Hand nach dem Brotkorb aus. »Möchtest du Weizentoast oder Mischbrot?«

»Ich nehme Toast.«

»Und dazu Marmelade? Ich hätte Erdbeere mit Rhabarber im Angebot. Hm, lecker, und vor allem selbst gemacht.«

Ich riss die Augen auf. »Du, Opa?«, fragte ich erstaunt.

»Nee, min Deern.« Er lächelte verschmitzt. »Ich kann mir zwar einen Hering in die Pfanne hauen und Suppe kochen, aber für Marmelade und Kuchen habe ich die Ruth von nebenan.« Sein Lächeln nahm einen verträumten Ausdruck an, als er sich eine Mischbrotscheibe nahm und diese mit Butter bestrich.

Ich staunte noch mehr. Befand sich Opa auf Freiersfüßen? Ich schenkte ihm einen kritischen Blick. Seiner Mimik nach zu urteilen, ja!

»Was schaust du so pikiert? Ruthchen ist Witwe und das seit nunmehr dreieinhalb Jahren. Zudem ist nichts dabei, wenn sie mir gelegentlich ein Glas Obst oder Marmelade bringt und mir von ihrem selbst gebackenen Kuchen ein paar Stücke abgibt.«

»Alles gut, Opa, wirklich!« Ich schüttelte rasch den Kopf und zwang mich zu einem Lächeln, obwohl mir auffiel, dass er sie bereits *Ruthchen* nannte, was verdächtige Ähnlichkeit mit dem Kosenamen meiner verstorbenen Oma Gertrud aufwies, die er immer nur liebevoll *Trudchen* gerufen hatte. »Dann wird wohl bald ein Häuschen frei.«

Verdattert sah Opa vom Belegen seines Brotes mit Käse auf. »Wie darf ich das verstehen, Rike? Wolltest du nach Warnemünde ziehen?«

Meine Frage war eher ein Scherz gewesen, doch sein Tonfall hatte sich merklich abgekühlt.

Beschämt wich ich seinem vorwurfsvollen Blick aus, griff nach meiner Tasse und starrte in den Kaffee.

Dieses Thema stand für mich nicht zur Debatte. Hätte ich allerdings wählen müssen, wäre mir die See hundertmal lieber als die Berge. Im Urlaub fand ich die Bergwelt faszinierend und schön. Trotzdem zog mich die Küste mehr in ihren Bann. Ich war ein Berliner Großstadtgewächs und Warnemünde im Vergleich zur Hauptstadt ein Gebüsch auf der Landkarte. Trotzdem hätte ich mich mit dem Gedanken anfreunden können, hier zu wohnen, vor allem, wenn die Aussicht auf ein Häuschen am Alten Strom bestand. Das behielt ich aber für mich. Immerhin wollte ich Opa nicht aus seinem Heim in die Arme von Ruthchen vertreiben. Ich kannte die Dame kaum, wusste nur, dass sie zwei Häuser weiter wohnte und inzwischen Opa mit süßen Kalorien versorgte.

Bei diesem Gedanken huschte ein Lächeln über mein Gesicht. Opa, der Charmeur!

»Rike, bist du noch da?«

Ertappt sah ich auf. »Ja und vielleicht.«

Verwirrt hob er die buschigen Brauen.

»Ich könnte mir eventuell vorstellen, von Berlin an die Küste zu ziehen«, fügte ich erklärend hinzu. »Und ja, ich bin noch da.«

»Das freut mich«, erwiderte mein Großvater und biss in sein Käsebrot. »Hast du heute schon etwas vor?«, fragte er kauend und spülte den Bissen mit einem Schluck Kaffee hinunter. »Ich dachte, wir besuchen Onkel Paul in seinem Betrieb. Der freut sich riesig, dich wiederzusehen. Dann kannst du auch gleich Lütt Matten begrüßen. Bin gespannt, ob ihr euch wiedererkennt. Oder wolltest du an den Strand?«

Ich winkte ab. Auf Lütt Matten war ich neugierig, auf ein Wiedersehen mit Onkel Paul freute ich mich ebenfalls schon seit Tagen, und der Strand lief mir nicht davon. »Ich gehe heute Abend baden. Da sind die Temperaturen angenehmer, und es ist nicht mehr ganz so voll.«

Und dieses Mal kehre ich in keine Eisdiele ein, fügte

ich in Gedanken hinzu. Das gestrige Malheur musste ich nicht wiederholen.

»Wieso warst du gestern so schnell wieder zu Hause?«, fragte Opa prompt, als hätte er meinen Gedanken erraten. »Bist gleich in dein Zimmer gerannt, ohne mir Gute Nacht zu sagen.«

Entschuldigend senkte ich den Blick. »Der Tag war anstrengend gewesen. Die Hitze, die Zugfahrt, die vielen Menschen. Dann erst mal der Krampf, in Berlin bis zum Bahnhof zu kommen. Das hat beinahe genauso lange gedauert wie der Rest der Fahrt.« Ein gequältes Lächeln stahl sich in mein Gesicht. »Zudem weißt du doch, dass die letzten Wochen vor dem Ende des Schuljahres immer stressig sind, Beurteilungen schreiben, Zensuren fürs Zeugnis verteilen, noch ein paar letzte Konferenzen. Hinzu kommt der Vorfall mit Basti und Mona, über den ich nicht weiter reden will. Ich musste auch noch zu Ikea, um mir ein neues Bett zu kaufen, das ebenfalls noch gestern Abend geliefert wurde.«

»Ein neues Bett?«, fragte Opa erstaunt. »War deines kaputt?«

»Nein!« Ich schüttelte den Kopf. »Ich kann aber unmöglich weiter in dem schlafen, in welchem Basti mit Mona gevö...« Ich biss mir auf die Zunge. »In dem er mich mit ihr betrogen hat!«

Verstehend nickte Opa, zumindest deutete ich so seinen Gesichtsausdruck.

»Doch nun genug davon. Ich will das alles vergessen, sonst hätte ich nicht nach Warnemünde kommen müssen.«

»Ach, nur deshalb bist du hier?«

»Nein, Opa, vor allem wegen dir!« Ich stand auf und beugte mich über den Tisch, um ihm einen Kuss auf die faltige Wange zu geben. »Wann wollen wir los, gleich nach dem Frühstück? Dann esse ich nicht so viel.« Ich grinste von einem Ohr zum anderen, denn bei Onkel Paul gab es stets leckeren Fisch zu verkosten.

Er sah auf die große Küchenuhr über der Spüle. »Dann man tau, Rike. Paul erwartet uns gegen halb elf in seinem Betrieb.«

»Firma sagt man heute«, lachte ich über seine DDR-typische Ausdrucksform.

»Mag schon sein, Rike«, entgegnete er ernst. »Dennoch glaube ich, dass das Wort *Betrieb* noch nicht aus dem deutschen Wortschatz gestrichen wurde.« Er lächelte, und seine Mimik hellte sich wieder auf.

*G*emächlich schlenderten wir den Alten Strom entlang in Richtung Süden. Klärchen meinte es schon wieder richtig gut mit dem Planeten, und nur die leichte Brise, die von der Ostsee hinaufwehte, ließ die steigenden Temperaturen erträglich sein. Hinzu kamen die Bäume, die ein wenig Schatten spendeten.

Als wir auf Höhe der Drehbrücke den Juwelier passierten, fiel mein Blick auf ein wundervolles Stück im Schaufenster. Im ersten Moment wollte ich stehen bleiben und mir den Ring genauer anschauen; dann verwarf ich den Gedanken. Zum einen war ich nicht mehr liiert, und zum anderen war zum Shoppen auch später noch Zeit.

Trotzdem könnte ich mir etwas Schönes gönnen, so als Trostpflaster, suchte mein Verstand nach einem Grund, mir den Ring später genauer anzusehen und ihn mir vielleicht zu leisten.

»Was ist denn nun mit Basti?«, platzte Opa in meine Gedanken und schenkte mir einen verstohlenen Blick von der Seite.

»Was sollte mit ihm sein?«, fragte ich mürrisch zurück. Konnte oder wollte Opa nicht verstehen, dass ich über ihn und seinen Seitensprung nicht reden wollte, weder jetzt noch irgendwann?

»Ist es tatsächlich zwischen euch aus? Ihr wart ein so schönes Paar.«

»Das sagtest du bereits.« Ich rollte mit den Augen.

»Und wenn er Brad Pitt wäre, Opa. Ich will ihn einfach nicht mehr wiedersehen!«

»Brett Pitt?«

Mein Großvater hatte keinen Schimmer, von wem ich sprach. Bei ihm hörte sich der Name wie ein Artikel aus dem Baumarktsortiment, Abteilung Holzzuschnitt an.

Ich winkte ab. »Ein Schauspieler, nicht wichtig.« Ich hätte einen anderen Vergleich wählen sollen. Mir war nur kein besserer auf die Schnelle eingefallen.

»Ach, das war ein Name?«

Ich nickte und hakte mich bei ihm ein. Dabei musterte ich ihn von der Seite.

Opa sah heute richtig schneidig aus. Er trug eine mittelblaue Jeansbermuda, dazu ein hellblaues Hemd und Sandalen, allerdings auch Socken. Mich schüttelte es. Ich musste ihn unbedingt zu Sneakers überreden. Ansonsten gefiel mir sein neuer Style.

»Du siehst richtig flott aus«, neckte ich ihn und wechselte das Thema. »Einzig die Socken stören.«

»Ruthchen mag es so lieber als meine olle Stoffhose und die karierten Flanellhemden.«

Erstaunt kräuselte ich die Stirn. Hatte ich das gerade richtig verstanden, diese Frau hatte meinen Großvater zum Modegecken gemacht?

Ich kam nicht dazu, mir weiter darüber Gedanken zu machen oder Opa noch einmal zu befragen. Ein Schwall Menschen strömte vom Bahnhof über die Drehbrücke direkt auf uns zu, sodass wir plötzlich gegen den Strom schwammen. Es musste eine S-Bahn angekommen sein. Schreiende Kinder, lachende und manchmal auch fluchende Urlauber und Einheimische eilten an uns vorbei und rempelten uns an. Der Strom versiegte erst, nachdem wir den Abzweig zum Bahnhof

25

hinter uns gelassen hatten. Zwar nutzten auch viele bereits um diese frühe Zeit die großen Parkplätze vor den Toren des Ostseebades, doch ein Großteil reiste mit der S-Bahn an oder versuchte sein Glück auf den Parkmöglichkeiten in der Nähe des Bahnhofs.

»Und?«, fragte Opa.

Ich stellte mich dumm. »Was denn?«, fragte ich zurück.

»Also hast du wirklich beschlossen, dich von ihm zu trennen?«

Ich blieb abrupt stehen. »Ja, Opa, zum letzten Mal. Ich will darüber nicht diskutieren.«

Er hielt ebenfalls inne und drehte sich mir zu. »Schade. Ich habe Basti gemocht.«

»Jetzt etwa immer noch?«

Er hob die Schultern und ließ sie fallen. »Und wenn es nur ein Ausrutscher war?«

»Ein Ausrutscher, Opa? Ich habe mich wohl verhört. Was hättest du gesagt, wenn du Oma Trudchen mit deinem Freund Paul im Bett überrascht hättest?«

Er schluckte und senkte bestürzt den Blick.

»Na also, Opa.«

Den Rest des Weges legten wir schweigend zurück. Eine S-Bahn ratterte an uns die Schienen in Richtung Rostocker Hauptbahnhof vorbei, als wir uns der Straße näherten, die zur Stadtautobahn führte. Die Abteile waren fast alle leer. Ab hier gab es auch wieder Autoverkehr, obwohl sich dieser in Grenzen hielt, denn die Straße mündete in einer Sackgasse auf einem großen Parkplatz hinter dem Bahnhofsgelände.

»Wahrscheinlich staut es sich bereits bis nach Lichtenhagen«, vermutete Opa Willi achselzuckend und brach das Schweigen. »Am Wochenende ist es besonders schlimm. Dann kommen auch noch die Einheimischen und Tagestouristen hinzu. Ruthchen war letzten Samstagvormittag bei ihrem Sohn in der Südstadt, nur kurz, um was abzugeben. Sie hat fast zwei Stunden gebraucht, um wieder heimzukommen.«

Schon wieder Ruthchen, dachte ich. Sie hatte Opa zwar modischer gemacht. Trotzdem merkte ich, wie ich eine Ruthchen-Allergie zu entwickeln begann.

Um auf andere Gedanken zu kommen, blickte ich über die Schulter und sah hinüber zum Passagierkai, an dem zwei Ozeanriesen vertäut lagen. Das Geschäft mit den Kreuzfahrtschiffen boomte. Sowohl Rostock als auch Warnemünde profitierten von dem neuen Trend, die Meere zu bereisen und dabei den Küstenstädten einen Besuch abzustatten.

Und die Umwelt leidet darunter!, schoss mir die negative Seite durch den Kopf.

Ich blickte wieder nach vorne und sah mich dem kastenförmigen Zweigeschosser gegenüber, an dessen Fassade Onkel Pauls Firmenname in großen Lettern prangte. Wie jedes Mal zauberte er mir ein Lächeln ins Gesicht.

Als wir das Foyer betraten, grüßte uns der Pförtner. Opa nickte er freundlich zu. Ich wurde neugierig von ihm beäugt. Er musste neu im Unternehmen sein.

»Moin!«, rief Opa fröhlich. Auch im Nordosten war diese Grußformel inzwischen beliebt. »Der Chef erwartet uns. Das ist meine Enkelin.«

Das Gesicht des Mannes hellte sich augenblicklich auf, und er winkte uns durch. »Herr Fischer ist in seinem Büro.« Er wies den Gang entlang, was nicht vonnöten war. Selbst ich wusste, wo sich die Büros befanden.

Wir traten durch die Schwingtür in einen langen Flur. Sofort verstärkte sich der Geruch nach Essig, Fisch und

Desinfektion, der mir bereits beim Betreten in die Nase gekrochen war. Auf der einen Seite wurde der Gang von einer fensterlosen Wand gesäumt. Erst auf halber Länge gab es eine Tür, auf dem der Hinweis stand, dass es hier zu den Produktionsräumen ging, betreten nur in Hygienekleidung erlaubt. Auf der gegenüberliegenden Seite waren in Sichthöhe Fenster in die Wände eingelassen. Dort befand sich der Pausenraum, dem sich Kühl- und Vorratsräume anschlossen.

Es war kurz nach halb elf. Die Mittagspause hatte begonnen, und der Aufenthaltsraum füllte sich mit Pauls Angestellten, vorwiegend Frauen. Ein paar Männer waren auch unter ihnen, doch sie waren eindeutig in der Unterzahl. Alle trugen Gummistiefel oder feste Arbeitsschuhe, dazu Kittel und Hosen, alles in hygienischem Weiß. Einige hatten noch ihre Kopfbedeckung auf, andere sie bereits abgenommen. Als die Frauen uns überholten, grüßten sie, und bei Opa Willis Anblick hellten sich ihre Gesichtszüge fröhlich auf.

Opa, der Charmeur!, durchfuhr es mich ein weiteres Mal. Ich verkniff mir ein Grinsen und nickte den Frauen zu.

Am Ende des Flures stiegen wir die Treppe hoch in das Obergeschoss. Schon von Fernen konnte ich die hitzige Stimme eines jüngeren Mannes vernehmen, der der Meinung war, es müsse etwas geschehen.

»Allein dein Firmenname, Opa: *Der Fischer und sin Rollmops*! Das klingt zwar nett, drückt aber das Verkehrte aus. Der Pförtner beklagt sich ständig, dass immer wieder Urlauber ins Gebäude kommen und ihn verwundert fragen, wo sich denn das Fischrestaurant befände. Wir sind ein Lebensmittelhersteller, keine gastronomische Einrichtung.«

»Ist das Lütt Matten?«, raunte ich Opa zu.

Er nickte. »Verstehst du nun, warum Paul sich Sorgen macht?«

Ja, das konnte ich, obwohl ich seinem Enkel in diesem Punkt zustimmen musste. *Der Fischer und sin Rollmops* war ein netter Name, aber nicht wirklich passend für ein Unternehmen, das Fischfeinmarinaden produzierte.

Opa klopfte an den Türrahmen, denn die Tür stand offen. »Dürfen wir eintreten?«

Ich reckte den Hals und erblickte Onkel Paul, der hinter seinem Schreibtisch saß und den Kopf in die linke Handfläche gestützt hatte, während seine Rechte mit dem Kugelschreiber spielte. Ein breitschultriger Mann im weißen Kittel hatte sich mit den Händen in den Taschen vor seinem Arbeitstisch aufgebaut und redete auf ihn ein.

Als Opas Klopfen und seine Stimme erscholl, blickte Paul erfreut zur Tür. »Hallo Willi!«, rief er fröhlich und stand auf. Unser Erscheinen bewahrte ihn vor einer weiteren Diskussion.

Überrascht drehte sich sein Enkel zu uns um, und ich riss verstört die Augen auf.

Auch er erkannte mich sofort. »*SIE?!*«, rief er aus. Er schien genauso perplex zu sein wie ich. »Was wollen Sie denn hier, Unruhe stiften, Tassen umhauen und Kaffee verschütten?« Er gönnte mir alles andere als einen freundlichen Blick.

Onkel Paul und Opa sahen verwirrt zwischen uns hin und her.

»Dieser Dame habe ich mein gestriges Aussehen zu verdanken«, erklärte Lütt Matten unwirsch seinem Großvater. »Halte alles fest, Opa, was umfallen kann! Bei ihr muss man auf alles gefasst sein.«

»Aber Matthias!« Onkel Paul trat an ihm vorbei auf

uns zu und reichte Opa die Hand, bevor er mich in die Arme schloss und an seine Brust drückte. Dann gab er mich wieder frei und stellte mich seinem Enkel vor. »Das ist Rike. Ich habe dir von ihr erzählt. Ihr habt als kleine Kinder ...«

»... zusammen am Strand gespielt«, fiel Lütt Matten ihm ins Wort und beendete damit den Satz. »Das habe ich in der letzten Woche mehrfach täglich gehört.« Er musterte mich von Kopf bis Fuß. »Ich entsinne mich zwar nicht mehr an dieses Aufeinandertreffen, aber ich wette, sie hat meine Sandburg zerstört.«

Ich schnappte nach Luft. Das war zu viel. »Sind Sie nicht ein wenig überheblich«, konterte ich. Mir reichte seine Arroganz. »Wir waren damals fünf Jahre alt, so hat es mir mein Großvater berichtet. Ich bezweifele, dass Sie bereits imstande waren, eine Sandburg zu bauen. Sie haben höchstens gebuddelt, ihr Eimerchen mit Sand und Wasser gefüllt und ihn dann umgekippt und behauptet, es sei eine Burg.«

Er schluckte und starrte mich entgeistert an. Mit meiner Schlagfertigkeit schien er nicht gerechnet zu haben. Ich war zufrieden.

»Kinnings, streitet euch doch nicht!«, bat Opa Willi und hob beschwichtigend die Hände. »Was ist denn überhaupt gestern vorgefallen?«

»Ihre Enkelin war so freundlich, mich mit Kaffee und Vanilleeis zu überziehen«, knurrte Lütt Matten, und mir fiel auf, dass er Opa siezte.

»Das habe ich nicht mit Absicht gemacht, und es war auch nicht meine Schuld«, verteidigte ich mich und erzählte, wie es zu dem Missgeschick gekommen war und dass ich angeboten hatte, für die Kosten der Reinigung aufzukommen. »Doch Sie sind einfach abgehauen und haben mich stehenlassen«, beendete ich meinen Bericht.

»Das war nicht sehr nett von dir«, tadelte Paul seinen Enkel.

Dieser zog ein beleidigtes Gesicht. »Sag Bescheid, Opa, wenn dein Besuch wieder gegangen ist und wir weiterarbeiten können.« Er nickte meinem Großvater zu, schenkte mir einen vernichtenden Blick und rauschte aus dem Büro.

»Ich entschuldige mich für ihn.« Onkel Paul war das Benehmen seines Enkels sichtlich unangenehm.

Opa winkte ab. »Der beruhigt sich schon wieder. Rike und ich haben Hunger. Hast du was zum Verkosten da?« Er sah erst zu seinem Freund und zwinkerte mir dann zu.

Paul lachte und griff zum Telefonhörer. Er wählte eine dreistellige interne Nummer und trug seinem Gesprächspartner am anderen Ende der Leitung auf, Heringssalat, ein paar Rollmöpse und Bismarckheringe für drei Personen bereitzustellen. »In einer Viertelstunde sind wir im Pausenraum. Vergiss die Brötchen nicht und stelle eine Thermoskanne Kaffee sowie Wasser dazu.« Er legte auf.

Ich bekam ein schlechtes Gewissen, weil einer seiner Angestellten nun auch noch zum Bäcker rennen musste, damit wir es uns gut gehen lassen konnten.

Onkel Paul sah mir meine Schuldgefühle an der Nasenspitze an. »Keine Sorge, Rike, die Brötchen habe ich bereits besorgt. Ich ahnte doch, dass ihr was zwischen die Kiemen braucht.« Er lachte und bekam kleine Grübchen in den Wangen.

»Will Lütt Matten nicht mitessen?«, fragte Opa verwundert.

»Lass ihn bloß nicht hören, dass du ihn so nennst«,

mahnte Onkel Paul und winkte ab. »Besser, wir verzichten auf seine Anwesenheit. Sonst verdirbt er deiner Rike noch den Appetit.«

Ertappt seufzte ich. Sah man mir etwa an, was ich von ihm hielt? »Es tut mir leid, was vorgefallen ist. Ist er immer gleich so angriffslustig und vor allem nachtragend wie ein kleines Kind?«

Onkel Paul verneinte. »Es lag wohl eher an unserer Diskussion, die nicht in seinem Sinne lief. Er will mir einfach zu viel auf einmal ändern. Ich habe Bedenken, dass es der Firma eher schaden wird, als dass es etwas bringt.«

»Nun ja«, druckste ich herum und wog ab, ob es ratsam war, zu Dingen, die mich weder betrafen noch etwas angingen, meinen Senf abzugeben. »Mit deinem Firmennamen hat er recht. Er ist zwar gut, passt aber nicht zu dem, was ihr macht.«

»Das überlasse mal Paul«, meldete sich Opa zu Wort und bedeutete mir, den Mund zu halten.

»Nein, Willi, lass sie nur.« Onkel Paul wandte sich mir zu. »Ich dachte immer, dass dir der Namen gefällt?«

»Das tue er ja auch. Er passt aber nicht zu einer Firma, die Heringe verarbeitet.«

Onkel Paul wurde nachdenklich. Dann nickte er. »Vielleicht sollte man ab und an auf die Jugend hören.« Er lächelte verschmitzt. »Ich denke darüber nach, doch nun lasst uns in den Pausenraum gehen und was verkosten.«

Der Aufenthaltsraum unterteilte sich in zwei Bereiche. In einem saßen die Raucher und frönten dem Nikotingenuss, in dem anderen hielten sich die Nichtraucher auf, und dort stand auch in der hinteren Ecke der Tisch der Büroangestellten, von denen es neben

Paul und seinem Enkel nur noch vier weitere Personen gab, die aber noch nicht zum Mittag erschienen waren.

Die Produktionsleute grüßten höflich, als wir den Kantinenbereich betraten, obwohl wir den meisten bereits auf dem Gang begegnet waren. Neugierige Blicke folgten uns, leises Getuschel erscholl und ging wieder über in die üblichen Pausenunterhaltungen.

»Dann setzt euch mal!«, forderte Onkel Paul uns auf.

Der Tisch war reich gedeckt.

In einer Schale lagen ein paar Brötchen. Teller und Tassen sowie Gläser standen bereit. Verschiedene Salate, Rollmöpse und Bismarckheringe warteten nur darauf, von uns verspeist zu werden.

Mir lief das Wasser im Mund zusammen. Leckerer konnte Fisch kaum sein.

Opa und ich ließen uns nicht lange bitten und griffen zu. Zwar war mein Frühstück noch nicht lange her. Trotzdem mampfte ich, als hätte ich seit Tagen nichts mehr zu essen bekommen.

»Mann, ist das gut!«, lobte ich. »Gibt's bei euch noch eine freie Stelle als Verkoster? Ich bewerbe mich sofort!«

Onkel Paul lachte und hielt sich die Serviette vor den Mund, weil er sich gerade einen halben Rollmops in selbigen geschoben hatte. Nachdem er wieder sprechen konnte, antwortete er: »Wir verkosten in der Tat täglich, Rike. Irgendwann verliert das Ganze aber seinen Reiz.«

Das konnte ich nachvollziehen.

Kurz vor elf leerte sich der Pausenraum schlagartig. Die Schicht ging weiter, und auch wir waren eine Viertelstunde später mit dem Essen fertig. Opa und ich hatten beinahe alle Teller und Schüsseln geleert.

»Ich platze gleich!«, stellte ich fest, als ich mir den letzten Bissen Heringssalat in den Mund geschoben hatte. Ich legte das Besteck auf den Teller und hielt mir pustend den Bauch.

»Dagegen hilft Bewegung, min Deern«, meinte Opa Willi fröhlich. »Wir lassen Paul jetzt weiterarbeiten und trollen uns.» Aufmunternd nickte er mir zu.

Wir erhoben uns, und Paul brachte uns noch bis vor die Tür. Als ich mich von ihm verabschiedete, raunte ich ihm zu, dass er seinem Enkel noch einmal sagen sollte, dass es mir leidtäte. Er versprach es, und wir trennten uns.

*J*ch will jetzt noch in der Mühlenstraße zum Gemüsehändler. Kommst du mit?« Fragend sah Opa mich an. »Du musst nicht, wenn du nicht willst«, fügte er hinzu. Er sah mir an, dass ich darauf keine große Lust verspürte.

»Ein anderes Mal!«, vertröstete ich ihn. »Ich werde mir jetzt wohl was gönnen. Erst der Stress mit Basti, und nun erfahre ich, dass es gestern Pauls Enkel gewesen ist, den ich von Kopf bis Fuß eingesaut habe. Das ist zu viel.«

Opas buschige Augenbrauen hoben sich verständnislos. »Du willst dir was gönnen? Willst du in die Wanne steigen und baden?«

»Du bist süß, Opa!« Ich lachte und schnupperte an meinem Kleid. »Das wäre sicher auch nicht schlecht. Ich fürchte, ich rieche inzwischen selbst wie ein kleiner Rollmops. Aber nein, ich habe vorhin in der Auslage des Juweliers einen hübschen Ring gesehen. Vielleicht gönne ich mir den, wenn er mir bei näherer Betrachtung noch immer gefällt und finanziell in mein Budget passt.« Ich zwinkerte ihm zu.

»Aber Rike!« Opa schüttelte den Kopf. »Einen Ring lässt man sich, nein, lässt eine Frau sich von einem Mann schenken und kauft ihn sich nicht selbst.« Er lächelte mich mitleidig an.

»I wo, Opa«, widersprach ich ihm, »die moderne Frau kauft sich auch mal ihren Schmuck allein.« Ich nahm ihn in den Arm und drückte ihm einen Kuss auf die Wange. »Bis nachher, Opa.« Dann drehte ich mich um und wollte gehen.

»Wohin willst du denn?«, fragte er überrascht und hielt mich am Handgelenk fest. »Zum Juwelier geht es hier entlang.« Er nickte Richtung Alter Strom.

»Ich nehme den Weg an den Bahnschienen. Ich brauche Zeit für mich und will nebenbei mit Susanne quatschen.« Ich merkte ihm an, dass es ihm missfiel, dass ich mich ständig rarmachte.

»Also gut!« Seufzend tippte er sich an den Schirm seiner Kopfbedeckung, und mir fiel auf, dass er sogar seinen heiß geliebten Elbsegler gegen ein Basecap eingetauscht hatte. Irgendwie bekam ich überhaupt nichts mit, weil ich mehr mit mir als mit meiner Umwelt beschäftigt war.

Wir trennten uns, doch schon nach ein paar Schritten blieb ich stehen in der Hoffnung, er würde sich noch einmal umdrehen und mir zuwinken. Das tat er nicht. Dafür entdeckte ich im Obergeschoss von Pauls Firma einen weiß gekleideten jungen Mann am Fenster, der zu mir herübersah.

Das ist Lütt Matten, durchfuhr es mich. Hatte Onkel Paul ihm bereits meine erneute Entschuldigung mitgeteilt?

Ich spähte zu ihm auf. Wenn ich ehrlich war, gefiel er mir, selbst wenn er sich mir gegenüber nicht sehr fair benommen hatte. Er war schon ein schnuckliger Typ.

Ein letzter Blick, dann drehte ich mich um und verschwand aus dem Sichtbereich der Firma hinter den Bäumen, die den Gehweg bis zum Bahnhof säumten. Im Gehen suchte ich mein Smartphone aus der Tasche, um meine Freundin anzurufen. Ich wollte gerade die Anrufliste öffnen, als es klingelte.

Der Blick auf das Display verriet mir, dass meine Mutter mich sprechen wollte. Hatte ich ebenfalls Lust, mit ihr zu reden? Die Antwort lautete definitiv Nein! Ich ließ das Telefon klingeln, und nachdem sie aufgegeben hatte, rief ich Sanne an.

»Hallo, Süße!«, begrüßte sie mich sofort. »Wie geht es dir? Hat dir der Ostseewind die trüben Gedanken durcheinandergewirbelt und Bastian aus deinem Gehirn geweht?«

Ich lachte. »Grüß' dich, Sanne. Im Gegenteil, ich habe den nächsten Bock geschossen.«

»Echt jetzt?« Sanne klang erstaunt und neugierig zugleich.

Ich erzählte ihr von meinem Malheur in der Eisdiele und dass es zu allem Unglück auch noch Onkel Pauls Enkel war, der unter meiner Tollpatschigkeit zu leiden gehabt hatte.

»Was heißt, deine Tollpatschigkeit?«, fragte sie zurück. »Was kannst du dafür, wenn diese Terrorkrümel Fangen spielen und dabei deinen Tisch anrempeln?«

»Damit hast du ja recht, Sanne. Lütt Matten sieht das aber nicht so entspannt und realistisch wie du. Opa und ich waren eben bei Paul in der Firma. Da stand er plötzlich vor mir und hat mich dumm angemacht.«

»Idiot!«, urteilte Sanne. »Und sonst, alles klar?«

»Ja. Es ist toll, wieder an der See zu sein. Es sind zwar sehr viele Urlauber hier, aber das ist jedes Jahr so. Und das Wetter – traumhaft!«

»Ach, ich beneide dich.« Sanne seufzte. »Ich bräuchte auch dringend Urlaub, doch meiner ist noch in weiter Ferne, erst Mitte September. Muss jetzt Schluss machen, Rike. Meine Pause ist vorbei. Ich melde mich nach Feierabend, einverstanden?«

»Okay, dann lass dich nicht ärgern!« Ich grinste.

»Ich doch nicht!« Sannes fröhliches Lachen drang durch das Handy an mein Ohr. »Ciao, Süße!« Sie legte auf.

Susanne war meine beste Freundin. Wir hatten bereits im Sandkasten zusammen gespielt und waren zehn Jahre in dieselbe Klasse gegangen. Ich hatte noch zwei weitere Schuljahre drangehängt und mein Abitur gemacht, während sie in dieser Zeit ihre Ausbildung zur Hotelfachfrau mit Bravour absolviert hatte. Dann war sie ins Ausland gegangen, nach London und Barcelona, und arbeitete seit einem Jahr wieder in Berlin an der Rezeption des *Adlon*.

Ich ließ mein Smartphone in die Tasche gleiten und strich mir eine Haarsträhne aus dem Gesicht. Dann suchte ich meine Sonnenbrille hervor und setze sie auf.

Die hohen Bäume, die den Gehweg säumten, spendeten Schatten. Am Ende der Straße bog ich links ab. Augenblicklich befand ich mich im Strom der Urlauber, die der gerade angekommenen S-Bahn entstiegen waren und nun dem Strand zueilten, wenn sie es nicht vorgezogen hatten, den Tunnel zu nehmen, um sich mit der Fähre nach Hohe Düne übersetzen zu lassen. Ich ließ mich treiben. Es störte mich überhaupt nicht, dass es schlagartig mit der Ruhe vorbei war und ich mich stattdessen im Trubel der Menschenmassen befand. Vielmehr sah ich es als willkommene Abwechslung, die mich hoffentlich auf andere Gedanken brachte. Die Erkenntnis, dass es Lütt Matten war, den ich verärgert hatte, schmerzte mich, auch wenn ich nicht verstand, wieso.

Auf der alten Drehbrücke, die den Strom überspannte, blieb ich stehen und suchte mir ein freies Plätzchen am Geländer, um über das Wasser zu blicken.

Die Sonne im Rücken, den erfrischenden Wind im

Gesicht, genoss ich den Anblick der Schiffe, die beiderseits des Alten Stroms vertäut auf dem Wasser dümpelten. Eines der Fahrgastschiffe legte gerade ab. Das Nebelhorn tönte, als der Ausflugsdampfer zum Wendemanöver ansetzte, ein Geräusch, das zusammen mit dem Schrei der Möwen Urlaubsstimmung aufkommen ließ. Vielleicht sollte ich mir auch eine Fahrt hinaus auf die Ostsee gönnen. Die Luft roch nach Salz und Schlick, dazwischen Motorendiesel, Fischbrötchen und Sonnencreme.

Ich schloss die Augen und begann zu träumen.

Und wieder baute sich vor meinem inneren Auge ein traumhafter Südseestrand auf. Windschiefe Palmen bogen sich dem Ozean entgegen, weißer Sand, türkisblaues Meer und das Klingeln meines Smartphones, das mich in die Realität zurückholen wollte.

Nein, Rike, lass es klingeln! Ich ließ die Augen geschlossen. Ich will jetzt nicht mit Mama reden.

Die Sonne war heiß, der Wind dafür kühl. Er spielte mit meinem offenen Haar. Ich schmeckte das Salz auf meinen Lippen.

Nach einer Minute verstummte das Smartphone endlich. Ich öffnete die Augen und bemerkte den Typ neben mir, der mich verschmitzt grinsend von der Seite musterte.

»Na, keine Lust, dich im Urlaub nerven zu lassen?«

Ich schüttelte den Kopf und blinzelte ihn an. »Das war meine Mutter.«

»Und das weißt du, ohne aufs Display geschaut zu haben?« Er lachte und zeigte weiße, makellose Zähne, die in seinem braun gebrannten Gesicht richtig gut zur Geltung kamen.

Ich nickte. »Sie hat's vorhin schon mal versucht.«

»Verständlich. Mütter meinen es oftmals zu gut.« Er

drehte sich mir zu und streckte mir seine Rechte entgegen. »Ich bin übrigens Henning, Henning Hansen aus Hamburg.«

Ich prustete unwillkürlich los und hielt mir entschuldigend die Linke vor den Mund, während ich mit der Rechten seine Hand ergriff. »Entschuldige, aber das klang wie: Bond, James Bond, geschüttelt, nicht gerührt.« Ich kicherte, und auch seine Lippen, die zu küssen, ich nichts einzuwenden gehabt hätte, verzogen sich zu einem schiefen Grinsen. »Frederike Müller aus Berlin«, stellte ich mich vor. »Ich werde aber meist nur Rike genannt.«

Wir lachten, und mein Blick schweifte wieder hinaus auf den Strom, aber nur für einen kurzen Moment. Dann musste ich ihn nochmals anschauen.

Was für ein Mannsbild! Ich schätzte ihn auf einen Meter neunzig, denn ich reichte ihm gerade bis zum Kinn. Dunkelblond, breitschultrig, mit makellosen Gesichtszügen, dazu blaue Augen, in denen ich beinahe ertrank. Ein richtiger Wahnsinnstyp! Unsere Kinder würden hübsch aussehen.

Ich merkte, wie die Fantasie mit mir durchzugehen drohte, und zügelte sie. Das Läuten des Smartphones holte mich endgültig auf den Boden der Realität zurück.

»Da ist jemand hartnäckig«, kommentierte Henning den Ruf des Telefons, und ich seufzte und gab mich geschlagen.

Ich holte es aus der Handtasche heraus und nahm den Anruf an.

»Hallo Mama, schön dass du anrufst«, log ich, denn er passte mir ganz und gar nicht. Ich hatte soeben den Anwärter auf die freie Stelle *Mein Traummann fürs Leben* kennengelernt, aber das konnte meine Mutter natürlich nicht ahnen. »Was sagst du da?« Mir standen die Haare zu Berge, und das Bild einer perfekten Beziehung zwischen zwei hübschen Menschen zerbarst in tausend Scherben. Dafür drängte sich die Gestalt meines Exfreundes vor mein inneres Auge. »Du hast Basti gesagt, dass ich in Warnemünde bin?«

»Das wollte ich nicht«, beteuerte meine Mutter am anderen Ende der Leitung. »Es ist mir einfach so herausgerutscht.«

»Na klasse!«, knurrte ich wütend ins Telefon. »Dann taucht er sicher bald hier auf.« Ich hörte gar nicht mehr auf die Beteuerungen meiner Mutter, wie leid es ihr täte, sondern verabschiedete mich und beendete den Anruf.

»Ist was Schlimmes passiert?« Aufmerksam musterte Henning mich. »Es geht mich zwar nichts an, aber du wirkst ziemlich panisch und aufgebracht.«

»Wie man es nimmt«, antwortete ich und drehte das Handy in der Hand. »Ich glaube, ich stürz' mich mal kurz von der Brücke!«

Er grinste. »Wenn es helfen sollte, lade ich dich lieber zu einem Kaffee oder Eisbecher ein. Was hältst du davon?«

»Danke, nicht viel. Von Eis und Kaffee hatte ich gestern gerade genug. Zudem bräuchte ich jetzt etwas Stärkeres als nur einen Kaffee.«

»Dem wäre abzuhelfen«, lachte er. »Wie wäre es mit einem Glas Wein?« Er sah auf die Uhr. »Eine Stunde hätte ich noch Zeit.«

Nun musste ich ebenfalls lachen, und mein Groll auf meine Mutter verflog. »Das dürfte als Ersatz für einen Sturz ins kalte Wasser genügen.«

Ich steckte das Smartphone ein, und wir gaben die Plätze am Geländer für die nächsten Touristen frei.

Das nächste Restaurant lag nur wenige Meter entfernt zwei Läden neben dem Juwelier, dem ich ursprünglich einen Besuch abstatten wollte.

»Kannst du dich einen kurzen Moment gedulden?«, bat ich meine Urlaubsbekanntschaft, als wir das Juweliergeschäft passierten. »Ich habe vorhin was gesehen, das ich mir anschauen wollte.« Ich grinste schief und eilte auf das Schaufenster zu.

Ich musste nicht lange suchen. Der Ring stach mir abermals sofort ins Auge. Es war ein kleiner Rubin mit noch winzigeren Diamantsplittern, doch sein Preis sprengte mein Budget.

»Na, welcher Klunker soll es denn sein?«, fragte mich der süße Hamburger.

»Hat sich gerade erledigt«, erwiderte ich. »Der mit dem Rubin und den Brillanten hat es mir angetan, doch der Preis ist mir ehrlich gestanden zu hoch. Er ist angemessen, aber nicht für einen Kauf zwischendurch.«

Er lachte. »Vielleicht überlegst du es dir ja noch.«

»Vielleicht!«

Wir gingen weiter und betraten das Restaurant, das über einen kleinen Außenbereich verfügte.

Henning bestellte für sich ein Glas alkoholfreies Hefeweizen, für Sportler wegen der Isotone heiß begehrt, wie er mir erklärte, während ich mir ein Glas Weißwein servieren ließ. Ich hielt es nicht so mit dem Sport. Ich blieb schlank, egal was und wie viel ich aß. Sanne war deshalb stets neidisch auf mich. Zudem musste Fisch bekannterweise schwimmen, am besten in Alkohol, und ich hatte ausreichend Fisch bei Onkel Paul verspeist.

»Machst du in Warnemünde Urlaub oder bist du geschäftlich hier?«, begann ich eine Unterhaltung, die dem Zweck dienen sollte, in Erfahrung zu bringen, ob er noch zu haben war. Zudem hatte er erwähnt, dass ihm nur eine Stunde Freizeit zur Verfügung stände. Das ließ mich vermuten, dass er entweder einen Termin wahrzunehmen hatte oder sich wieder bei seiner Frau einfinden musste.

»Ein Arbeitsurlaub«, antwortete er. »Ich habe in Rostock was zu erledigen und musste mal raus aus der Großstadt hinaus an die Küste. Also kombiniere ich beides miteinander.«

»Nicht schlecht. Und deine ...«, ich zögerte, »... Frau, ist sie ebenfalls hier?« Ich spürte, wie meine Wangen zu glühen begannen, und senkte den Blick in mein Glas.

»Ich bin nicht verheiratet, noch nicht«, entgegnete er verschmitzt.

»Also ist das so etwas wie dein Junggesellenabschied?«

Verwirrt kräuselte er die Stirn. »Wie kommst du auf Junggesellenabschied?«

Ich hätte mich ohrfeigen können. Was plapperte ich für einen Unsinn daher? »Ähm, ich dachte nur, weil du sagtest, noch nicht.«

Er lachte. »Ich bin weder verliebt, verlobt noch verheiratet, wenn dich das interessiert.«

Ich hätte im Boden versinken können und spürte, wie das Glühen nun auch meine Ohren erfasste. »Ich schätze, ich habe mich gerade bis auf die Knochen blamiert«, murmelte ich in meinen Wein und trank fast das halbe Glas in einem Zug.

Er schüttelte den Kopf. »Gräme dich nicht, das passiert jedem mal.« Er trank einen Schluck von seinem Bier, und an seiner Oberlippe blieb ein kleiner Schaumflecken haften. Als er meinen Blick bemerkte, wischte er ihn mit dem Handrücken fort.

Schade, ich hätte ihn auch gerne weggeküsst.

Rike, komm zur Vernunft!

Doch wie sollte ich? Dieser Henning Hansen aus Hamburg, geschüttelt, nicht gerührt, war der perfekte Mann für mich!

»Irgendwie peinlich«, versuchte, ich mich abzulenken. Saß Amors Pfeil tatsächlich so tief in meinem Herz? »Ich weiß gar nicht mehr, was ich sagen soll.«

Henning musterte mich mit einem amüsierten Grinsen im Gesicht. »Dann erzähle doch einfach, was dich an die Ostsee verschlagen hat. Ebenfalls ein Arbeitsurlaub?«

»Nee, dann hätte ich meine Schulklasse mitnehmen müssen. Ich bin Lehrerin, Grundschule. Es war eher die Flucht vor meinem Ex«, haute ich heraus, ohne einen Moment darüber nachzudenken, dass Henning und ich uns gerade erst eine halbe Stunde kannten.

»Dieser Basti?«, fragte er.

Überrascht hob ich die Augenbrauen. Er hatte aufmerksam meinem Telefonat gelauscht.

»Ja, genau der. Meine Mutter musste ihm erzählen, dass ich nach Warnemünde gefahren bin. Wenn ich Pech habe, kreuzt er bald schon auf. Von Berlin ist es mit dem Auto nur ein Katzensprung.«

»Von Hamburg ebenfalls«, ergänzte Henning. »Hat sie ihm denn auch gesagt, wo du untergekommen bist?«

»Das musste sie nicht. Bastian weiß, dass und wo mein Opa hier wohnt.«

»Dein Opa?« Anerkennend hob Henning seine Augenbrauen. »Nicht übel. Dann hast du stets eine Unterkunft an der See. Beneidenswert!«

Ich grinste, denn das durfte ich mir ständig anhören, wenn es zur Sprache kam. »Und auch noch in vortrefflicher Lage«, scherzte ich vergnügt, »nämlich am Alten Strom.«

»Wenn du möchtest, spiele ich deine Urlaubsbekanntschaft, damit er dich in Ruhe lässt«, bot er sich umgehend an.

»Meinst du das im Ernst?« Gerne könntest du das auch in Wahrheit sein, aber das verkniff ich mir, laut auszusprechen.

»Warum nicht?« Er drehte sein Bierglas auf dem Tisch. »Ich hasse Menschen, die sich nicht mit vollendeten Tatsachen abfinden können. Ich bin in dieser Hinsicht selbst ein gebranntes Kind. Es gab da mal eine Frau, die mich regelrecht bedrängt und gestalkt hat, nachdem ich ihr den Laufpass gegeben hatte. Das ging fast ein Vierteljahr, bis ich ein Kontaktverbot gegen sie erwirken konnte.«

»Du Ärmster!« Ich war geschockt und hoffte, dass Bastian nicht auf denselben Einfall kam. Vielleicht hatte ich auch Glück und er blieb da, wo der Pfeffer wächst, nämlich in Berlin.

Das Eis war gebrochen. Es entwickelte sich eine angeregte Unterhaltung, in der ich es tunlichst vermied, nochmals seinen Familienstand anzusprechen. Wir unterhielten uns über dies und das. Ich erzählte ihm von meiner Schulklasse und schüttete ihm mein Herz über den Vertrauensmissbrauch meines Exfreundes aus, so als würden wir uns schon ewig kennen. Henning war ein netter und verständnisvoller Mann. Er hatte im Mai seinen dreißigsten Geburtstag auf Teneriffa gefeiert, wie er mir verriet, und liebte Steaks und Hummer.

»Nicht unbedingt zusammen«, ergänzte er, »auch wenn Surf and Turf derzeit schwer angesagt ist.« Es schüttelte ihn. »Das ist überhaupt nicht meins, jedes für sich hingegen ein Traum.« Er trank sein Bier aus, sah auf die Uhr und seufzte.

»Musst du los?«

Er nickte und winkte im nächsten Moment ab. »Egal, das muss nicht sein. Ich kann den Termin auch verschieben.«

Ich zog die Augenbrauen fragend in die Höhe.

»Das ist mir jetzt peinlich«, druckste er herum, und ein jungenhaftes Lächeln huschte über sein Gesicht. »Ich will es mir in meinem Urlaub gut gehen lassen und habe für heute einen Wellnesstermin gebucht.«

»Na und?« Ich grinste breit. »Das sollte ich mir auch mal gönnen. Geh schon. Ich muss zu meinem Großvater und ihn vorwarnen, bevor mein Ex bei ihm auf der Matte steht.«

Henning wirkte erleichtert. Er winkte die Bedienung an den Tisch und zahlte.

»Sehen wir uns wieder?«, fragte ich.

Er lächelte. »Gerne, Rike. Es hat mich sehr gefreut, dich kennenzulernen.« Abermals holte er seine Brieftasche hervor und gab mir seine Visitenkarte. »Über die Mobilfunknummer bin ich Tag und Nacht erreichbar.«

Ich nahm die Karte und las: *Rechtsanwaltskanzlei Hansen & Söhne.*

»Du bist Jurist und hast zumindest einen Bruder?«, kombinierte ich messerscharf und grinste zu ihm auf.

»Tja, du hast mich durchschaut.«

Lachend verließen wir das Lokal.

*O*pa war zu Hause und erwartete mich bereits, als ich durch die Eingangstür trat. »Na, min Deern, hast du dir was Schönes gegönnt?«

Ich verneinte und musterte ihn. Er sah irgendwie zufrieden aus. War Bastian schon da?

»Rate mal, wer überraschend gekommen ist?«, beantwortete er mir meine unausgesprochene Frage.

Ich stöhnte. »Sage es nicht, Opa, Bastian, habe ich recht?«

Großvater wirkte überrascht. »Wie kommst du auf ihn?«

»Mama hat mich angerufen. Sie hat sich verquatscht.«

Opa hatte ein ungetrübtes Grinsen im Gesicht. »Er sitzt im Wohnzimmer und wartet auf dich, Rike. Gib ihm noch eine Chance. Er will sich entschuldigen, de Jung, und die Wellen glätten.«

»Die Wellen glätten?«, zischte ich, und meine Augen verengten sich zu Schlitzen, aus denen ich Opa Willi anfunkelte. »Einen Tsunami hält niemand auf. Er kann gleich wieder verschwinden und nach Berlin zurückkutschieren.«

»Aber Rike!« Großvater schüttelte den Kopf. »Du kannst ihn doch nicht auf die Straße setzen!«

»Nein, ich sicher nicht, denn es ist dein Haus, Opa.« Ich schnappte nach Luft, als ich begriff, dass Basti allen Ernstes hier auch noch wohnen wollte – mit mir unter einem Dach!

Opa wich meinem wütenden Blick aus. »Was soll ich denn tun? Soll dein Basti auf einer Parkbank übernachten?«

»Er ist nicht *mein Basti*!«, schrie ich und erschrak über meinen Gefühlsausbruch. Ich senkte die Stimme. »Warum eigentlich nicht?« Diese Vorstellung gefiel mir ungemein, obwohl es mir lieber gewesen wäre, würde er postwendend nach Berlin zurückfahren.

Opa brachte dafür kein Verständnis auf. »Aber, Rike!«

»Was! Dann soll er sich eine Bleibe suchen!«, schlug ich aufgebracht vor. »Wo, ist mir einerlei, solange ich ihm nicht begegnen muss.«

»Alle Pensionen sind wegen der Urlaubszeit belegt«, tönte Bastis Stimme durch den Flur. Er stand im Türrahmen zur Stube und grinste mir zu.

Ich ignorierte ihn. »Opa, entweder er oder ich!«, stellte ich meinen Großvater vor die Entscheidung. »Ich kann dir zwar keine Vorschriften machen, wem du in deinem Haus Asyl gewährst, doch bleibt er hier, werde ich gehen.«

»Und wohin?«, schallte Bastis Stimme höhnisch an meine Ohren.

»Halte dich aus unserer Unterhaltung heraus«, fuhr ich ihn an und sandte ihm einen Blick, der, wäre er tödlich gewesen, meinen Ex aus den Latschen gehauen hätte.

»Er hat aber recht, Rike. Warnemünde ist komplett ausgebucht. Selbst die superteuren Hotels haben kaum noch freie Betten, stand gestern in der Zeitung.«

»Papier ist geduldig!«, kommentierte ich Opas Worte. »Es gibt sicher noch eine freie Besenkammer, gerade das Rechte für einen, der gerne mal einen Seitensprung macht.« Ich sah den Flur entlang zu meinem Ex. »Hast du's schon mal im Hotel Neptun oder der

Yachthafenresidenz versucht? Oder in Rostock, da gibt es auch jede Menge Hotels und Pensionen. Noch besser wäre in München. Das ist wenigstens weit genug von Warnemünde entfernt.«

»Sehr witzig, Rike! Warum sollte ich mein Bankkonto plündern oder nach München fahren«, konterte Bastian dreist, »wenn mir dein Großvater Unterkunft gewährt?«

Vor Wut ballte ich die Fäuste, und meine Kiefer mahlten. Ich konzentrierte mich wieder auf meinen Opa. »Selbst wenn ich bei Onkel Paul einziehen muss. Ich bleibe nicht hier, solange er hier wohnt. Lieber Lütt Matten ertragen als den da.« Ich sah meinen Großvater entschlossen an. »Ich möchte dir nicht wehtun, Opa, doch in diesem Punkt bleibe ich hart. Entweder er oder ich. Du hast die Wahl! Überlege es dir.« Ich blickte auf die Uhr. »Ich gebe dir drei Stunden Zeit. Um vier bin ich zurück. Ist Bastian dann noch da, nehme ich meine Sachen und bin weg.«

Opa riss verstört die Augen auf. Er tat mir leid, aber dieses eine Mal musste ich Rückgrat beweisen, denn ich konnte und wollte Bastian seinen Seitensprung nicht verzeihen. Ich schnappte mir Strohhut und Tasche und flüchtete aus dem Haus.

Hektisch sah ich mich um. Mein Herz hämmerte wild gegen meine Rippen. Mein Blutdruck pulsierte, und mein Kopf zersprang mir fast von dem einsetzenden Schmerz. Was für ein Chaos!

Ratlos blickte ich die Alexandrinenstraße entlang und entschied mich für einen Spaziergang auf die Mole. Ich wollte mir die frische Meeresbrise um die Nase wehen lassen. Vielleicht vertrieb sie den Ärger und besiegte die Kopfschmerzen, die meinen Schädel mit einem Mal malträtierten.

Die Alexandrinenstraße verlief parallel zum Alten Strom und war bei Weitem nicht so stark frequentiert wie die Bummelmeile am Wasser. Erst als ich mich in der Straße Am Leuchtturm befand, wurde es wieder belebter. Kleine Läden begrenzten den Gehsteig zur Rechten, doch ich würdigte sie keines Blickes. Kurz dachte ich daran, meine Urlaubsbekanntschaft anzurufen. Dann fiel mir ein, dass es sich Henning gerade gut gehen ließ. Ich wollte ihn dabei nicht stören.

Seufzend glitt mein Blick zum Leuchtturm und dem dahinter befindlichen Teepott. Es waren die Wahrzeichen von Warnemünde. Über ihnen breitete sich ein postkartenblauer Himmel aus, sodass ich mein Smartphone zückte, ein Foto schoss und das Bild mit einem Smiley mit cooler Sonnenbrille an meine Freundin schickte. Von Bastians Ankunft in Warnemünde schrieb ich ihr vorerst nichts. Dann eilte ich der Mole zu.

Nachdem ich ihr Ende erreicht hatte, stützte ich mich auf das Geländer und blinzelte gegen die Sonne zum Strand hinüber. Im Hintergrund ragte das Neptun aus der normalen Bebauung heraus und erinnerte mich abermals an Henning und dass ich nicht wusste, wo er wohnte. War es womöglich in jenem Hotel?

Bei dem Gedanken an den charmanten Hamburger lief sofort wieder mein Kopfkino an. Wäre er der richtige Mann fürs Leben? Vom Äußeren her auf jeden Fall! Ich wusste natürlich, dass die inneren Werte zählten, doch auch da hatte er einen sehr guten ersten Eindruck auf mich gemacht. Er war nett und freundlich, konnte zuhören, war verständnisvoll und besaß sowohl Humor als auch Manieren.

»Hach!«, seufzte ich und ließ meinen Blick über die Ostsee schweifen. Segelboote legten sich in den Wind. In der Ferne entdeckte ich zwei Schiffe auf Reede.

Ein Pärchen mit Kinderwagen und einem Knirps im Vorschulalter gesellte sich an meine Seite. Der jüngere Nachwuchs schlief friedlich und gab keinen Mucks von sich. Der Mund des Großen stand hingegen keine Sekunde still.

»Papa, was ist das da und was ist dies da?«

Ich lächelte verstohlen und musste an die Kinder meiner Klasse denken, die sich während der kommenden sechs Wochen in den Sommerferien erholten. Auch ich hatte Erholung dringend nötig.

Ich schloss die Augen und genoss die Sonne und den Wind auf meiner Haut. Hoffentlich brachte es Opa Willi übers Herz, Bastian vor die Tür zu setzen. Ich wollte keinen Zwist vom Zaune brechen, doch ich würde meine Drohung wahr machen und gehen und bei Onkel Paul um Unterschlupf bitten. Sogar zu Ruthchen würde ich ziehen, wenn es sich nicht verhindern ließ. nur um nicht mit meinem Ex das Haus teilen zu müssen, diesem Weiberheld!

Sofort schob sich das Bild meines Exfreundes und Mona in meine Erinnerung, wie ich die beiden im Bett erwischt hatte, und mein Blut geriet in Wallung. Und nun besaß er sogar noch die Dreistigkeit und tauchte ungebeten in Warnemünde auf und zwang mich dazu, meinem Opa wehzutun.

Ich spürte, wie mich der Hass auf Bastian zu übermannen drohte. Meine Knöchel wurden schon ganz weiß, so krampften sich meine Finger um das Geländer. Eine Szene flammte vor meinem geistigen Auge auf, in der ich mir vorstellte, wie ich ihn in die Ostsee stieß. Eine dreieckige Flosse tauchte aus den Fluten auf, und schnapp war Basti Geschichte!

Ein Lächeln umspielte meine Mundwinkel bei dieser Vorstellung, doch der Weiße Hai schwamm leider nicht in der Ostsee herum. Vor Warnemünde würde es höchstens Kuno der Killerhering sein!

Ich verdrängte den Gedanken und öffnete wieder meine Augen.

Das Wasser funkelte und glitzerte, als schwämmen Tausende von Edelsteinen auf seiner Oberfläche. Es tat in den Augen weh. In der Eile hatte ich meine Sonnenbrille bei Opa vergessen. Also zog ich mir den Strohhut tiefer in die Stirn, und als auch das nicht half, stellte ich mich an das andere Geländer, sodass ich die Sonne im Rücken hatte. Nun konnte ich in der Ferne den Strand von Markgrafenheide und Hohe Düne sehen.

»Schau, Papi«, rief ein Mädchen und wies auf die Ostsee hinaus, »da kommt ein ganz großes Schiff!«

»Das ist eine Fähre«, erklärte der Vater. »Damit fahren wir morgen früh nach Dänemark.«

Ich spürte, wie mich eine angenehme Trägheit überkam. Die Gespräche der Menschen, ihr Lachen und Scherzen klangen nur noch wie ein beruhigendes Rauschen in meinen Ohren, das mich schläfrig machte und mich meine Sorgen vergessen ließ. Ich hätte hier stundenlang stehen und den Leuten zuhören können, weit entfernt von Bastian und seinem Seitensprung.

Eine gefühlte Ewigkeit später raffte ich mich auf und schlenderte zurück. Hätte ich meine Badesachen dabeigehabt, hätte ich mir die Wartezeit am Strand vertreiben und Baden gehen können, doch darauf war ich nicht eingestellt. Also entschied ich mich für Kaffee und Eis, allerdings nicht in der Eisdiele Am Strom.

Noch bevor ich das Ende der Mole erreicht hatte, sprach mich ein Mitarbeiter eines Fahrgastschiffes an. »Kommen Sie mit, junge Frau, trauen Sie sich. Sie werden es nicht bereuen. Es geht auf die Ostsee hinaus und dann Richtung Überseehafen.«

Warum eigentlich nicht!, überlegte ich. Ich hatte noch ausreichend Zeit, bevor ich zu meinem Großvater zurückkehren wollte.

Die Sitzbänke auf dem Oberdeck waren alle besetzt. Ein Rentnerpaar war so freundlich und rückte zusammen, sodass ich nicht als einziger Passagier unter Deck sitzen musste.

»Vielen Dank, das ist sehr nett von Ihnen!«

»Keine Ursache«, erwiderte der Mann. »So dick sind wir alle drei ja nicht.« Er zwinkerte mir zu.

»Unter Deck hält man es sicher kaum aus«, fügte seine Frau hinzu. »Es ist ja auch viel zu heiß, um spazieren zu gehen. Auf der Ostsee wird es hoffentlich etwas frischer sein.«

Das Schiff legte ab und passierte die Mole.

»Schauen Sie doch nur, wie toll!«, rief die Rentnerin begeistert aus und wies auf Leuchtturm und Teepott.

Es war in der Tat ein beeindruckender Blick, um einiges besser als von der Straße aus. Sanne hatte mir zwar auf das erste Bild noch nicht geantwortet. Trotzdem fügte ich auch dieses Foto in eine Textnachricht ein und schrieb: *Fahre gerade auf die Ostsee hinaus!*

Oder war das zu gemein? Sie musste arbeiten und ich folterte sie mit meinen Urlaubsschnappschüssen?

Ich zögerte, die Nachricht auf Reisen zu schicken.

Unsinn, da musste sie durch!

Entschlossen drückte ich auf Senden und stellte fest, dass sich meine Laune wieder zu bessern begann.

Einige Spaziergänger waren stehen geblieben und winkten uns zu. Das Rentnerpaar und ich winkten lachend zurück, und der Mann rief: »Ahoi!«

Nachdem wir die Mole passiert hatten, steuerte der Kapitän den Ausflugsdampfer die Küstenlinie entlang Richtung Westen. Auf Höhe des Hotels Neptun drosselte er die Motoren, und das Schiff dümpelte in der Dünung der Wellen.

Erneut wurde ich an Henning erinnert. Mich hatte es scheinbar ziemlich erwischt. Ob er sich dort drüben gerade der Wellness hingab?

»Also diese Ausfahrt war eine gute Idee«, stellte die Rentnerin fest und legte den Arm um ihren Mann.

Ich stimmte ihr innerlich zu, denn sie brachte mich auf bessere Gedanken. Zudem war der Ausblick wunderschön.

Der fast weiße Sand des Strandes war über und über mit bunten Flecken bedeckt. Luftmatratzen und Windfänge, Strandmuscheln und -körbe, dazwischen die Urlauber, die sich erholten, Sonne tankten oder ausgelassen im Wasser tollten.

Vor und hinter mir klickten die Fotoapparate. Auch ich konnte nicht widerstehen und schoss ein paar Bilder. Dann machte das Schiff kehrt, und wir fuhren die Küstenlinie zurück.

»Wir fahren nun in den Seekanal hinein«, tönte die angenehm sonore Stimme des Kapitäns durch die Lautsprecher an meine Ohren. »Er führt zum Breitling, dem Mündungsgebiet der Warnow. Würden wir dem Fluss folgen, kämen wir im Stadthafen von Rostock an. Hinter der Ostmole können Sie den Jachthafen sehen und davor die Yachthafenresidenz.«

Die Fotoapparate und Handys hatten Großeinsatz.

»Zu Ihrer Rechten kommt das Kreuzfahrtterminal in Sicht. Wir haben Glück, zwei große Pötte liegen am Kai vertäut.«

Die Köpfe glitten in den Nacken, die Hälse wurden gereckt. Ich kam mir wie ein Zwerg in einer Nussschale vor. Ich hielt meinen Hut fest, damit er mir nicht vom Kopf rutschte. Hochhäuser traf es eher als Schiffe.

»Nun passieren wir den Breitling. Zur Linken geht es in den Seehafen, rechts sehen Sie die Neptunwerft, die bereits 1850 gegründet wurde ...«

Ich hörte nicht mehr zu und sah mir lieber die Gegend an.

Das spiegelblanke Wasser, das vor uns lag, in der Ferne die Häuser der Neubausiedlungen. Die Wellen der Schiffsschrauben kräuselten die Oberfläche des Breitlings. In mir kam Urlaubsstimmung auf und der Wunsch, eine Kreuzfahrt zu machen, selbst wenn ich dann ein Umweltsünder war.

Das Wort *Fernweh* drang an meine Ohren, und genauso fühlte es sich an. Über die Weltmeere schippern, fremde Länder und Städte entdecken, unbekannte Kulturen erforschen – in mir erwachte die Abenteuerlust.

Das Nebelhorn holte mich in die Gegenwart zurück, als das Fahrgastschiff zur Wende ansetzte, und bevor ich es mich versah, war die Ausfahrt vorbei, und wir machten am Landungssteg der Westmole wieder fest.

»Ich hoffe, es hat Ihnen gefallen?«, tönte die Stimme aus den Lautsprechern. »Ich wünsche Ihnen noch einen angenehmen Aufenthalt im Ostseebad Warnemünde!«

»Das wünschen wir Ihnen ebenfalls!«, verabschiedete sich das Rentnerpaar von mir.

»Ja, ich Ihnen auch, und nochmals vielen Dank, dass Sie zusammengerückt sind.« Ich sah auf die Uhr. Ob Bastian noch immer Gast in Großvaters Häuschen war, oder hatte Opa Willi ihn vor die Tür gesetzt?

Mit einem bangen Gefühl kehrte ich zum Haus meines Großvaters zurück. Ich hatte den Schlüssel schon in der Hand, als ich aus dem Augenwinkel einen Mann bemerkte, der aus einem der Nachbareingänge trat und den Weg die Alexandrinenstraße entlang Richtung Kirchenplatz einschlug.

War das Henning?

Nein, das konnte unmöglich sein. Was hatte er hier verloren? Wahrscheinlich sah ich in jedem groß gewachsenen Mann mit dunkelblondem Haar meine nette Urlaubsbekanntschaft. Und auch Bluejeans und helles Sommerhemd stellten zu dieser Jahreszeit keine Seltenheit dar.

Ich steckte den Schlüssel ins Schloss und öffnete die Tür.

*O*pa, bist du Zuhause?«, rief ich und schloss die Eingangstür hinter mir.

»Hier oben, Rike, auf dem Balkon.«

»Bist du alleine?« Ich stieg in das Obergeschoss und trat ins Freie.

Opa saß entspannt in einem Korbstuhl. Er hatte sich eine Tasse Tee gemacht und naschte dazu ein paar Kekse, von denen ich annahm, dass sie von Ruthchen waren. Auf jeden Fall waren sie selbst gebacken. Daneben lagen die Ostsee-Zeitung und seine Lesebrille.

»Möchtest du auch?«

Ich lehnte dankend ab, obwohl ich Hunger verspürte.

»Ist vielleicht auch besser so«, meinte er und leckte sich einen Krümel vom Finger. »Paul hat gerade angerufen. Wir sollen zum Grillen kommen.«

Ich nickte nur. »Ist Bastian wieder nach Berlin gefahren?«

Opa hob die Schultern und ließ sie sinken, antwortete aber nicht. Stattdessen stopfte er sich das nächste Plätzchen in den Mund. Dann griff er nach seiner Tasse und spülte das Gebäck mit einem Schluck Tee die Kehle hinunter. »Zumindest wohnt er nicht mehr hier. Es ist mir schwergefallen, ihn vor die Tür zu setzen, de leev Jung, aber ich habe es getan.«

De leev Jung? Ich knirschte mit den Zähnen, aber das genügte mir. Ich hatte gesiegt. Opa hatte sich für mich entschieden, nicht für meinen blöden Ex. Meine Stimmung hellte sich augenblicklich auf.

»Wann sollen wir da sein?«, fragte ich fröhlich und ließ mich im anderen Balkonstuhl nieder.

»Um sechs.«

»Dann nutze ich die Zeit und springe noch schnell in die Wanne.« Ich stand wieder auf und eilte ins Bad.

Eine Dreiviertelstunde später verließen wir das Haus. Ich fühlte mich erfrischt und hatte neue Kleidung an, während Opa aussah, als sei er geradewegs einem Modemagazin entsprungen, und dazu auch noch duftete, als hätte er eine Parfümerie geplündert.

»Mann, Opa, ich erkenne dich kaum wieder. Hast du heute noch was vor? Du hast dich ja richtig schnieke gemacht. Oma Trudchen würde sich die Augen reiben, könnte sie dich so sehen.«

Er grinste mich nur an und schob sein Fahrrad den Gehsteig entlang, anstatt aufzusitzen und loszufahren.

Verwundert folgte ich ihm. »Wozu haben wir die Räder dabei?«, fragte ich, erhielt aber keine Antwort. Stattdessen steuerte er auf das übernächste Haus zu, und mir schwante, weshalb er wie aus dem Ei gepellt war. Wohnte Ruthchen dort?

»Ruth kommt ebenfalls mit?«, teilte er mir mit. Er klappte den Seitenständer aus und ließ das Fahrrad mitten auf dem Bürgersteig stehen. Dann trat er zur Haustür und betätigte den Klingelknopf.

Ich staunte noch mehr. War das zwischen Opa und dieser Frau nicht nur eine reine Nachbarschaftsbekanntschaft, wie ich angenommen hatte? Zumindest war weder meinen Eltern noch mir etwas zu Ohren gekommen, dass es Ruth Simon in Opa Willis Leben gab.

Die Haustür öffnete sich, und eine zierliche Frau in Opas Alter trat heraus.

»Ihr kennt euch ja, oder?«, stellte mein Großvater uns einander vor.

Unentschlossen zuckte ich mit den Schultern.

Kennen war wohl zu viel gesagt. Ich wusste, wie sie hieß und dass sie in der Nähe von Opa wohnte. Mehr auch nicht. Ich hatte mit ihr mal eine Grußformel ausgetauscht, was mich nicht unbedingt zu einer ihrer Bekannten machte.

»Ich bin Ruth«, stellte sie sich vor und trat auf mich zu, um mir die Hand zu reichen. »Und du musst Willis Enkelin aus Berlin sein, Rike, wenn ich mich recht erinnere.« Sie strahlte mich warmherzig an, und das Eis begann zu tauen.

»Stimmt!«, erwiderte ich und schüttelte ihre Hand.

Sie war eine attraktive Erscheinung, selbst mit über siebzig. Silbergraues, kurz geschnittenes Haar, das am Scheitel frech in die Höhe ragte und ihr ein jugendliches Aussehen verlieh. Braun gebrannt, aber nicht übertrieben, dezent geschminkte Augenlider und Lippen, ein modernes Outfit, das zu dem von Opa passte.

Ich war überrascht. So hatte ich Ruth Simon nicht in Erinnerung gehabt. Nun verstand ich, wieso Opa mit einem Mal anstelle seiner alten Klamotten Basecap, Jeans und Shirt mit Aufdruck einer Markenfirma trug.

Ich schenkte ihm ein verschmitztes Grinsen. Was eine Frau bei einem Mann nicht alles bewirken kann! Mama wird große Augen bekommen, wenn sie ihren Vater sieht.

Wir stiegen auf die Räder und fuhren los, was sich

etwas schwierig gestaltete, denn einigen Urlaubern war es egal, dass es in dieser Straße neben zwei schmalen Gehsteigen auch eine Fahrbahn gab. Ein älterer Herr beschwerte sich sogar, als Opa Willi klingelte, um ihn daran zu gemahnen, Platz zu machen. Der Mann empörte sich, hob seine geballte Faust und wetterte uns hinterher, doch wir ignorierten es.

Unser Weg führte uns zum Kirchenplatz und von dort durch die Mühlenstraße bis zur Parkstraße, wo sich Onkel Pauls Häuschen inmitten einer alten Siedlung verbarg. Es war schön gelegen zwischen viel Grün und vor allem ruhig, da es nicht an die stark befahrene Hauptstraße grenzte.

»Sieh nur, Rike«, machte mich mein Großvater aufmerksam, »wir werden bereits erwartet.«

Onkel Paul stand mit seiner Hilde im Vorgarten und sah uns entgegen. Von Lütt Matten fehlte jede Spur. Ob er sich inzwischen beruhigt hatte?

»Schön, dass ihr kommt!«, begrüßten sie uns und traten auf uns zu, um uns zu umarmen – auch Ruth. Anscheinend war sie in Opas Freundeskreis bereits fest integriert.

»Kommt, gehen wir auf die Terrasse.« Tante Hilde lotste uns um das Haus herum auf die Rückseite, wo unter einem ausladenden Sonnenschirm ein liebevoll gedeckter Tisch mit acht Stühlen stand. »Setzt euch!«, forderte sie uns auf und nahm ebenfalls Platz.

Opa und Paul gingen natürlich erst mal zum Grill, um nach dem Rechten zu schauen. Ruth und ich setzten uns. Dabei fiel mir auf, dass es sieben Gedecke waren, und ich fragte mich, wer neben ihrem Enkel noch geladen sei.

Ja, wer wohl?, meldete sich mein Verstand. *Lütt Mattens Freundin oder Frau natürlich! Glaubst du allen Erns-*

tes, dass er bei seinem tadellosen Aussehen noch Single ist?

Das erschien mir einleuchtend. Gleichzeitig merkte ich meine Enttäuschung. Auch wenn er bisher nicht gerade freundlich zu mir gewesen war, gefiel er mir gut.

Besser als Henning?, fragte ich mich.

Vom Aussehen nahmen sie sich nichts, doch vom Benehmen mir gegenüber zog ich derweil den Hamburger vor!

»Ein Gläschen Sekt zum Anstoßen?«, holte mich Hildes Stimme in die Gegenwart zurück.

»Gibt es was zum Anstoßen?«, fragte ich verwirrt.

Hilde lachte. »Auf einen schönen Grillabend, Rike, und weil du wieder in Warnemünde bist.« Sie schenkte mir einen abschätzenden Blick, und mir schwante, dass sie bereits im Bilde war über Basti und mich.

Onkel Paul und Opa kamen zu uns auf die Terrasse. Opa nahm neben seiner Ruth Platz, während Onkel Paul uns Frauen ein Glas Sekt kredenzte. Er und Opa entschieden sich für ein kühles Bier.

Es entspann sich eine lockere Unterhaltung. Paul und Opa kehrten bald schon wieder an den Grill zurück und sahen den Steaks und Würsten beim Braunwerden zu. Hilde und Ruth quetschten mich derweil über Neuigkeiten aus. Vor allem waren sie an meiner Trennung von Bastian interessiert.

»Und du meinst, da gibt es nichts mehr zu kitten?«, fragte Hilde enttäuscht. »Ihr ward so ein schönes Paar.«

Ich verdrehte die Augen. Wie ich diesen Spruch mittlerweile hasste! Konnte, ein so schönes Paar zu sein, einen Seitensprung akzeptabler gestalten?

»Aber, Hilde, ich bitte dich!«, sprach Ruth meinen Gedanken aus. »Der Kerl ist mit ihrer Freundin ins Bett gestiegen. Da ist es völlig einerlei, dass sie ein tolles

Pärchen waren. Den hätte ich ebenfalls achtkantig aus dem Haus geworfen.«

Ich schenkte Ruth einen dankbaren Blick. Nun war das Eis gänzlich getaut.

»Hm, ja, stimmt schon«, lenkte Hilde ein und nippte an ihrem Sekt. »Hast du ihn denn tatsächlich dabei erwischt, oder hat es dir nur jemand erzählt?« Fragend sah sie mich durch die Gläser ihrer Brille an.

»Ich habe sie überrascht«, knurrte ich. »Was denn sonst? Sie lagen übereinander nackt in meinem Bett und haben vor lauter lustvollem Stöhnen mich nicht einmal bemerkt. Deutlicher geht es ja wohl kaum!«

»Armes Kind!« Ruthchen beugte sich vor und tätschelte mir die Hand.

»Ja, dann!« Mehr sagte Hilde nicht.

Um weiteren unangenehmen Fragen zu entgehen, stand ich auf und ging mir die Rosen anschauen. Tante Hilde besaß definitiv den grünen Daumen. Ihre Blumen gediehen prächtig. Der Rasen hätte jeder Grünfläche in England Konkurrenz machen können. Die Büsche und Bäume waren ordentlich gestutzt. Das war natürlich auch Onkel Pauls Verdienst, doch in puncto Garten und Blumen machte Hilde keiner was vor.

Ich schritt die Rosenstöcke ab und erfreute mich an den wundervollen Blüten. Dabei entdeckte ich auf der anderen Seite des Gartenzauns einen alten VW Golf, der mir verdächtig vertraut vorkam, doch das konnte doch nicht sein?

Bevor ich dazu kam, den Hals nach dem Nummernschild zu recken, platzte Lütt Matten in die traute Gesellschaft hinein.

»Moin!« Er trat auf Opa und Ruth zu und schüttelte ihnen die Hand. Mir nickte er knapp zu.

Immerhin!, dachte ich. Heute Vormittag hätte er mir am liebsten noch den Hals umgedreht. Allerdings hätte ich schwören können, in seinem Blick einen Anflug von Schadenfreude entdeckt zu haben. Er wusste also auch schon über mich und meinen Ex Bescheid!

Opa, die alte Plaudertasche!, grollte ich still und fragte mich, wo Lütt Matten seine Ische gelassen hatte? Puderte sie sich noch das Näschen?

Mein Interesse erlosch. Ich drehte mich wieder der Straße zu und grüßte die Nachbarn, die aus dem gegenüberliegenden Haus getreten waren.

»Komm doch wieder zu uns, Rike!«, rief Hilde mir zu.

Widerstrebend folgte ich ihrem Ruf, denn auch Lütt Matten hatte sich am Tisch niedergelassen, und ich wusste nicht, ob noch immer Eiszeit zwischen uns herrschte. Freundlicherweise stand er auf, als er mich kommen sah, und gesellte sich zu den Männern an den Grill.

»Ist er alleine erschienen?«, fragte ich Tante Hilde und setzte mich.

»Wieso? Wen hätte er mitbringen sollen?«, kam ihre überraschte Gegenfrage.

»Na, seine Freundin oder Frau, oder für wen ist das siebente Gedeck?«

»Matthias ist nicht verheiratet«, klärte mich Tante Hilde auf. »Und eine Freundin scheint er derzeit auch nicht zu haben, soweit ich das weiß. Die viele Arbeit lässt ihm kaum Zeit, um nach einer zu suchen.« Sie sah zu den Männern. »Ich hoffe, dass Paul sich bald zur Ruhe setzt. Mit fünfundsiebzig wird es allmählich Zeit.«

»Ja, die Männer«, pflichtete Ruth ihr bei. »Mein Egon konnte sich auch nicht an sein Rentnerdasein gewöhnen, bis er irgendwann dann einfach tot umgefallen ist. Herzversagen, haben die Ärzte gesagt. Er hätte sich mehr schonen und den Ruhestand genießen sollen.« Sie blickte mich an. »Zum Glück ist dein Großvater in dieser Hinsicht einsichtiger, Rike.«

Das freute mich, doch noch immer tappte ich im Dunkeln, welchen Gast wir noch begrüßen würden, bis mir ein Gedanke durch den Kopf schoss, bei dem mir die Haare zu Berge standen. Ein ungeheuerlicher Verdacht keimte in mir auf. Hatte Großvater etwa meinen Einfall aufgegriffen und meinem Exfreund eine Bleibe bei Onkel Paul verschafft?

Ich schenkte Opas Rücken einen kritischen Blick. Dann sah ich zu Hilde.

Keinem war etwas anzumerken, doch welchen Gast erwarteten wir dann noch?

Um das herauszufinden und meinen schauderhaften Verdacht ausschließen zu können, stand ich auf und eilte zur Hecke, um mir das Nummernschild des Golfs anzusehen. Die Ortskennung war ein B! Mehr konnte ich nicht sehen, doch das brauchte ich auch nicht, um zu wissen, dass es der Wagen von Bastian war!

Ich wirbelte auf dem Absatz herum und stürmte auf den Grill und die Herrengesellschaft zu. »Wieso steht Bastians VW neben eurem Grundstück?«, fragte ich lauter als gewollt. »Was hat er hier zu suchen, Onkel Paul?« Mein wütender Blick flog zu meinen Großvater. »Opa Willi, hast du diesen, diesen ...« Mir fiel kein passendes Wort ein, wollte ich keinen Kraftausdruck gebrauchen. »Hast du ihn hier einquartiert?«

»Aber min Deern«, entgegnete Opa Willi und hob besänftigend die Hände. »Wo soll er denn schlafen, solange er in Warnemünde ist? Er kommt auch nicht zum Grillen.«

»Ach wirklich, Opa? Bist du dir da sicher? Und für wen ist dann das siebente Gedeck?«

Hilflos zuckte Opa mit den Schultern und zog es vor, meinem wütenden Blick auszuweichen, indem er Hilfe suchend seinen Freund ansah, der sich intensiv um das Grillgut zu kümmern begann. Einzig Lütt Matten sah mich grinsend an.

»Du hättest ihn nach Berlin zurückschicken können!«, machte ich Opa schwere Vorwürfe. »Dort wartet Mona auf ihn!«

»Nun bleibe doch friedlich«, forderte Lütt Matten mich auf. Er duzte mich, obwohl wir uns heute Vormittag noch gesiezt hatten. Das störte mich nicht. Es ärgerte mich allerdings, dass er sich in Dinge einmischte, von denen er nicht wusste, worum es ging.

»Was mischst du dich ein?«, giftete ich ihn an. »Wärest du genauso verständnisvoll, wenn dich deine Freundin betrogen hätte?« Ich schüttelte lachend den Kopf. Es klang fast hysterisch, weil mich das Ganze zu überfordern begann. »Unwahrscheinlich, so wie du dich wegen des Missgeschicks in der Eisdiele aufgeführt hast!«

Verstört hob er die Hände und trat einen Schritt zurück. Sein hämischer Gesichtsausdruck war einem verunsicherten gewichen. Kannte er die Wahrheit nicht?

Opa hingegen reagierte entsetzt. »Rike, bitte, was ist denn in dich gefahren? Wo sind deine guten Manieren?«

Ich antwortete nicht darauf.

Die Steaks und Bratwürste brutzelten auf dem Grill und rochen köstlich. Trotzdem verspürte ich weder Hunger noch Appetit. Ich fühlte mich betrogen und hintergangen. Bastian stieg mit einer anderen ins Bett, und ich sollte mich beruhigen und so tun, als wäre nichts passiert? Nun war mir klar, wieso Paul und

Hilde so genau über unsere Trennung unterrichtet waren. Sicher hatte Bastian seine Schuld so weit heruntergespielt, dass nun ich die Buhfrau war.

»Ich habe ihn eingeladen«, rief Hilde mir zu. »Wenn du es allerdings unerträglich findest, mit ihm an einem Tisch zu sitzen, bringe ich ihm sein Essen auf sein Zimmer und sage ich ihm, dass er dort bleiben soll.«

Ich war fassungslos und schnappte nach Luft. Der Herr wurde auch noch wie ein Ehrengast bedient.

»Das wird nicht nötig sein«, fasste ich einen wütenden Entschluss. »Ich räume freiwillig das Feld. Dann könnt ihr euch von ihm um den Finger wickeln lassen, aber das sei gesagt: Er hat mich mit einer meiner Freundinnen betrogen, nicht ich ihn mit einem seiner Kumpels. Wenn ihr ein solches Verhalten tolerieren könnt, passe ich wohl nicht in diese Runde!« Ich trat auf den Tisch zu, schnappte mir meine Handtasche und hängte sie mir um. »Einen schönen Abend noch!«

»Er hat mit deiner Freundin geschlafen?«, hörte ich Lütt Mattens fassungslosen Worte, als ich auf die Stirnseite des Hauses zulief, reagierte aber nicht mehr darauf. Auch Opas Bitte, keine Szene zu machen, ignorierte ich. Mich freute nur, dass ich zumindest Matthias die Augen geöffnet hatte.

Als ich mein Fahrrad nahm, warf ich einen Blick auf die Uhr. Es war halb sieben. Ob mein Traummann vielleicht noch Lust hatte, sich mit mir zu treffen? Ich brauchte jemanden, der mit mir was unternahm, mich auf fröhlichere Gedanken brachte und an dessen Schulter ich mich ausheulen konnte. Der Abend war noch jung. Ein Versuch war es wert.

Ich suchte seine Visitenkarte aus meiner Tasche hervor und wählte die Handynummer, unter der er Tag und Nacht erreichbar sein wollte.

Es läutete nur dreimal. Dann meldete sich eine angenehme Stimme am anderen Ende. »Henning Hansen! Mit wem spreche ich?«

Erleichtert atmete ich auf. »Hier ist Rike Müller. Wollen wir uns treffen?«

Ohne zu zögern, sagte er zu.

*W*ir hatten uns zu zwanzig Uhr auf der Mole verabredet. So konnte ich noch das Fahrrad nach Hause bringen und Henning sich landfein machen.

Warum hatte sich die ganze Welt gegen mich verschworen?

Bastian kreuzte unaufgefordert an meinem Rückzugsort auf, obwohl ich ihm deutlich zu verstehen gegeben hatte, dass es endgültig aus war zwischen uns.

Opa verbündete sich mit dem Feind und hätte meinen Ex sogar in sein Haus einquartiert, wenn ich nicht Protest angemeldet hätte.

Nun war auch noch Onkel Paul in diese Sache involviert, der aus alter Freundschaft zu meinem Großvater ihm nie einen Wunsch abschlagen konnte. Und seine Hilde wollte obendrein, dass Basti und ich uns wieder versöhnten. Opa wollte das ebenfalls. Einzig Ruthchen stand zu mir. Sie wurde mir immer sympathischer, und vielleicht nun auch Lütt Matten. Zumindest hatte er anders reagiert als erwartet, nachdem er begriffen hatte, wie sich die Sachlage verhielt.

Ich hatte den Molenkopf erreicht und sah mich um. Der charmante Hamburger war noch nicht da. Ein Blick auf meine Uhr sagte mir, dass ich auch zu früh dran war. Es war gerade einmal zwanzig Minuten vor acht.

Die Mole war noch immer gut besucht. Es wurden Fotos vor traumhafter Kulisse gemacht mit dem Molenfeuer vor der weiten offenen See oder mit Warnemünde im Hintergrund. Manche Urlauber stellten sich auch mit dem Rücken gen Norden, um den Seekanal zum Überseehafen auf die Festplatten ihrer Digitalkameras und Smartphones zu bannen. Ich hätte maximal ein Selfie schießen können.

Ich suchte mir einen Platz am Geländer und holte mein Smartphone heraus. Während ich mein Fahrrad in den Abstellraum gebracht hatte, war von Sanne ein Anruf eingegangen, den ich noch nicht beantwortet hatte, und es gab viel zu erzählen.

Ich lauschte dem Freizeichen und ließ meinen Blick nach Warnemünde schweifen. Der Wind war angenehm weich und spielte mit meinem Haar. Ich hatte mir eine Hemdbluse mitgenommen, sollte es abends kühler werden, was ich allerdings bezweifelte. Seit anderthalb Wochen fielen die Temperaturen selbst des Nachts nicht unter fünfundzwanzig Grad.

»Hallo Süße!«, meldete sich meine Freundin. »Ich habe es vorhin schon versucht, doch du bist nicht ans Telefon gegangen.«

»Ich weiß. Ich hatte gerade das Fahrrad ins Haus gebracht und das Klingeln nicht gehört.«

»Macht ja nix. Jetzt bist du dran. Erzähle, was gibt es für Neuigkeiten? Übrigens, deine Fotos sind toll. Am liebsten würde ich sofort meinen Koffer packen und dich besuchen kommen.« Sie lachte.

Ich hingegen war verwirrt. »Wie kommst du darauf, es könnte Neuigkeiten geben? Verfügst du neuerdings über hellseherische Fähigkeiten?« Ich kicherte.

»Wieso? Ist wirklich was passiert?«

»Wie man es nimmt. Opa scheint auf Freiersfüßen zu wandeln. Ich habe ihn beinahe nicht wiedererkannt, aber das ist nicht die Neuigkeit des Tages. Davon gibt es übrigens zwei.« Ich erzählte ihr von Bastis Auftauchen in Warnemünde und dass Opa ihn bei Onkel Paul einquartiert hatte.

»Das kann doch wohl nicht wahr sein!«, erregte sich Susanne. »Was ist denn in deinen Großvater gefahren? Opa Willi war doch sonst so verständnisvoll! Liegt das an seiner neuen Flamme?«

»Wohl eher nicht. Ruthchen steht voll auf meiner Seite, doch nun die zweite Neuigkeit!« Ich legte eine bedeutungsschwangere Pause ein und ließ meine Sanne ein wenig zappeln.

»Rede schon! Hast du deinen Traummann kennengelernt?«

Ich kicherte vergnügt. »Du hast es erraten, ein Wahnsinnstyp. Wenn ich ein Foto von ihm habe, schicke ich es dir.«

»Erzähl schon, wie sieht er aus, was macht er beruflich?«

Ich merkte ihr an, dass sie vor Neugier fast platzte. »Er heißt Henning, kommt aus Hamburg und ist Rechtsanwalt«, fasste ich in Kurzform zusammen, denn ich hatte ihn zwischen den Leuten entdeckt. »Er ist circa eins neunzig groß, sportlich, mit unglaublich blauen Augen.« Ich kicherte wie eine verliebte Göre. »Ich muss Schluss machen. Er ist im Anmarsch. Wünsch' mir Glück!«

»Tausendfach, Süße! Vernasche ihn und halte mich auf dem Laufenden!« Sie grinste und legte auf.

Während ich das Handy in meiner Tasche verschwinden ließ, blickte ich Henning entgegen. Er trug eine helle Sommerhose, ein flamingofarbenes Hemd und hatte eine dunkel getönte Sonnenbrille auf. Er sah umwerfend aus, eben wie ein blonder James Bond im Freizeitlook. Das fanden anscheinend auch einige Damen, die ihm Blicke zuwarfen, die ihren Angetrauten sicher nicht gefielen.

»Hallo schöne Frau!«, begrüßte er mich und gesellte sich an meine Seite, »ist hier noch ein Plätzchen frei?« Er grinste von einem Ohr zum anderen.

»An meiner Seite?«, fragte ich pikiert zurück und schenkte ihm ein verschmitztes Lächeln. »Schön, dass du gekommen bist. Wo residierst du eigentlich?«

Er lachte. »Residieren trifft es in der Tat.« Er nickte über die Schulter Richtung Hohe Düne, und ich staunte mit offenem Mund.

»In der Yachthafenresidenz?«

»Jepp!«

»Bist du denn auch standesgemäß mit einer Jacht angereist?«, prustete ich und zwinkerte ihm zu.

Er nickte anstelle eines Ja.

»Echt jetzt?« Ich war baff.

»Ja, aber nicht mit einem Segelschiff. Das wäre alleine zu gewagt. Es ist nur eine kleine Motorjacht.«

Ich wusste nicht, was ich sagen sollte. Egal ob klein oder groß! Eigentlich war meine Frage nur ein Scherz gewesen, aber wie hieß es so schön? Aus Spaß wird oftmals ernst.

»Beeindruckt?«, grinste er und stützte sich mit beiden Händen auf das Geländer.

»Ja!«, krächzte ich und räusperte mich.

Er wandte sich mir zu. »Hast du schon gegessen?«

Ich schüttelte den Kopf. »Wieso fragst du? Hörst du nicht meinen Magen knurren?«

»Ach, das ist das störende Geräusch!« Er griff nach meiner Hand, und ich entzog sie ihm nicht. Dann schlenderten wir die Mole zurück.

»Du hast am Telefon so seltsam geklungen?«, sagte er. »Was ist passiert? Dein Ex?«

Ich nickte. »Er ist tatsächlich hier aufgekreuzt, und mein Großvater wollte ihn auch noch bei sich aufnehmen, *de leev Jung*«, ahmte ich Opa Willi nach und schnaubte erzürnt. »Da habe ich ihm die Pistole auf die Brust gesetzt, entweder er oder ich. Nun ist Bastian fort, doch mein Opa war so clever und hat ihn bei seinem Freund untergebracht, bei dem wir eigentlich zum Grillen eingeladen waren. Mir ist augenblicklich der Appetit vergangen. Verstehst du das?« Ich blickte Zustimmung heischend zu Henning auf.

»Ah, deshalb also der Anruf, der wie ein Hilferuf klang.« Er schenkte mir einen mitleidigen Blick. »Ich schätze allerdings, dein Opa hat es sicher nicht böse gemeint.«

»Nein, sicher nicht«, zischte ich ironisch, denn ich war gänzlich anderer Meinung. »Wenn es nach ihm, Onkel Paul und dessen Hilde ginge, sollten wir uns am besten die Honnymoonsuite nehmen, um Wiedervereinigung zu feiern.«

Er lachte. »So schlimm?«

»Ja!«, nickte ich und schmiegte mich an seinen Arm. Ich brauchte seine verständnisvolle Nähe.

Überrascht musterte mich Henning von der Seite.

»Entschuldige, ist dir das unangenehm?« Ich ging auf Abstand, doch er zog mich an sich heran und legte mir seinen Arm um die Taille. Dabei schenkte er mir einen Blick, dass mir die Knie weich wurden.

Mensch, Frederike, was ist los mit dir? Hat es dich so schlimm erwischt?

Arm in Arm schlenderten wir auf den Teepott zu, der wegen seiner ungewöhnlich geschwungenen Dachform das Wahrzeichen von Warnemünde war, und stiegen die Treppe zum Vorplatz hoch. Große Hoffnung hegte ich nicht, noch einen freien Tisch zu ergattern, doch es konnte nicht alles schief laufen an diesem Tag. Ein Kellner führte uns zu einem Tisch auf der Terrasse, von wo aus wir einen schönen Blick über die Dünen zum Wasser hatten. Die Ostsee glitzerte in den Strahlen der abendlichen Sonne. Es war wunderschön.

Henning erzählte mir von seinem Leben in Hamburg, das bei Weitem nicht so aufregend war, wie ich es mir vorgestellt hatte. Die Kanzlei war von seinem Großvater gegründet worden, der – im ersten Moment glaubte ich, mich verhört zu haben – in Warnemünde geboren worden und nach dem Krieg nach Hamburg gegangen war. Er hatte sie an seinen Sohn, Hennings Vater, weitergegeben. Inzwischen gab es neben dem Senior zwei weitere Teilhaber, nämlich Henning und dessen Bruder Johannes.

»Johannes Hansen«, lachte ich. »Klingt super, besser als Frederike Müller.« Ich rollte mit den Augen. »Der Mädchenname meiner Mutter lautet Petersen. Tja, Müller war namenstechnisch eindeutig ein Schritt nach hinten.«

»Da gibt's nur eins«, meinte Henning trocken. »Du musst dir einen Mann mit einem Nachnamen suchen, der zu deinem Vornamen passt.«

Rike Hansen, nicht schlecht!, durchfuhr es mich, und ich merkte, wie mir die Hitze in die Wangen schoss.

»Wenn dein Großvater aus Warnemünde stammt, könnten sich er und mein Opa rein theoretisch sogar kennen«, überlegte ich laut. »Opa ist ebenfalls hier geboren und hat nie woanders gelebt. Wer ist eigentlich der Ältere von euch beiden, du oder Johannes?«

»In gewissem Maße, er.«

Fragend hob ich die Augenbrauen, doch er bekam es nicht mit. Dann erschien die Kellnerin und brachte unsere Bestellung.

Henning aß Fisch, während mir noch immer der Geruch vom Grillen in der Nase hing und ich mich deshalb für ein Steak mit Backkartoffeln und Dipp entschieden hatte. Henning hatte anerkennend geschmunzelt und gemeint, er möge Frauen, die man nicht auf eine Weide zum Grasen führen muss.

Nach dem Essen überlegten wir, ob wir die Lokalität wechseln und in der nur ein paar Meter weiter liegenden Strandbar unser Glück versuchen sollten, verwarfen aber diese Idee, denn sie war aufgrund ihrer vorzüglichen Lage ständig überfüllt.

»Dann eben ein anderes Mal«, meinte er. »Vielleicht bestellen wir einfach für morgen. Es gibt da ganz himmlische Plätze.« Ein verschmitztes Grinsen huschte über sein Gesicht. »Was hältst du von einem gemütlichen Bett in den Dünen?«

»Aber, aber, Herr Hansen, so forsch?« Ich zwinkerte ihm zu, und wir genossen den Wein und den Blick, der sich uns bot.

»Ich hätte da noch eine viel bessere Idee«, brach er nach einer Weile das kurzzeitige Schweigen. »Was hältst du von einem Ausflug über die Ostsee?«

»Über die Ostsee?«, echote ich und sah entgeistert drein. Meinte er das, was mir augenblicklich in den Sinn kam?

»Ja. Ich habe doch eine Motorjacht. Auf der gibt es genügend Platz. Wir fahren immer schön die Küste entlang Richtung Osten bis hoch nach Rügen. Ich werde erst wieder übernächsten Montag in der Kanzlei erwartet. Was hältst du davon?«

Nur noch anderthalb Wochen!, war das Erste, woran ich dachte. Ich war enttäuscht. Für mich hatte die Ferienzeit gerade erst begonnen.

»Ich weiß, wir kennen uns noch so gut wie gar nicht«,

fügte er hinzu, weil ich nicht sogleich euphorisch jubelte. »Es wäre aber eine gute Möglichkeit, uns besser kennenzulernen und deinem Ex die kalte Schulter zu zeigen.« Er sah mich erwartungsvoll an.

Überrumpelt seufzte ich. Was sollte ich dazu sagen? Klar, die Ostsee auf einer Motorjacht zu erkunden, wäre natürlich der Hammer. Bastian zu zeigen, wo selbiger hing, ebenfalls. Trotzdem hatte Henning recht. Wir waren einander fremd. Würde es mehrere Tage auf engstem Raum zusammen gehen? Und was würde Opa dazu sagen, wenn ich ihn sang- und klanglos alleine ließ und mit einem Fremden auf Bootstour ging?

Nachdenklich stützte ich das Kinn in die Hand und blickte ihn an.

Vom Typ her sprach mich Henning definitiv an. Diese blauen Augen, in denen ich förmlich ertrank, auch wenn es kitschig klang. Sein Mund, seine Lippen, sein dunkelblonder Schopf. Wie gerne hätte ich ihn mit meiner Hand durchgewuschelt oder seine Lippen geküsst, doch dafür war es eindeutig noch zu früh. Wir hatten uns heute erst kennengelernt, und genau das war der Punkt, der mich zögern ließ.

»Ich weiß mich auch zu benehmen«, gelobte er, da er den Grund meines Zögerns erriet, und grinste in seinen Wein. Dann trank er und stellte das Glas zurück auf den Tisch. »Was ist, Rike, sagst du Ja, oder hat es dir bloß die Sprache verschlagen?«

»Ich bin, zugegeben, etwas überrumpelt«, antwortete ich und schenkte ihm ein verträumtes Lächeln.

Warum eigentlich nicht? Er war Anwalt, kein Massenmörder. Vielleicht würde es Bastian endlich die Augen öffnen, dass es zwischen uns nichts mehr gab, und vielleicht würde aus einer zufälligen Urlaubsbekanntschaft mehr werden als nur ein Flirt.

*W*ährend des Frühstücks war Opa Willi recht wortkarg. Lag es an meinem gestrigen Abgang bei Onkel Paul, über den wir kein Wort verloren, oder hatte ich dem Ganzen nun die Krone aufgesetzt, als ich ihn darüber in Kenntnis setzte, einen mehrtägigen Törn über die Ostsee zu unternehmen?

»Und wer ist das, mit dem du in See stechen willst?«, fragte er mit griesgrämiger Miene und schlürfte von seinem Kaffee.

»Ähm, ein Bekannter«, wich ich aus.

»Aha, ein Bekannter also.« Er stellte die Tasse zurück auf den Tisch, und ich wusste, dass ihn meine Antwort nicht zufriedenstellte. »Ich wusste gar nicht, dass du Bekannte in Warnemünde hast, die über eine Motorjacht verfügen.«

»Wenn ich lieber bei dir bleiben soll ...« Ich ging auf seine Anspielung nicht ein, beendete aber weder den Satz noch mein Angebot. Es war vielmehr eine nicht ernst gemeinte Floskel, um die Wellen zu glätten, die sich gerade aufzutürmen begannen.

»Nein, nein, Rike.« Abwehrend hob er die Hände. »Du hast deine wohlverdienten Sommerferien. Die will ich dir nicht vermiesen und dir zumuten, sie an der Seite eines alten Knackers zu verbringen.«

Autsch! Das war gemein!

Ich legte das angebissene Brötchen zurück auf den Teller und sah ihn an.

»Aber Opi«, raspelte ich Süßholz. »Du und alter Knacker, dass ich nicht lache. Deine Ruth hat aus dir eher einen steilen Zahn gemacht, und das meine ich im positiven Sinne.« Ich langte über den Tisch und tätschelte ihm die Hand. »Ich muss hier nur weg. Basti hätte nicht aufkreuzen dürfen, dann wäre alles in Ordnung.«

»Also ist dieser Törn mehr eine Flucht als eine Erquickung?«, fragte er, und ich musste über seine Wortwahl lachen.

»So kann man es auch ausdrücken, Opa.« Mein Lächeln verflog. Ich sah ihm bittend ins Gesicht. »Tue mir den Gefallen und lass Bastian nicht mehr in dein Haus, auch nicht, wenn ich für ein paar Tage nicht da bin. Ich weiß, dass du ihn gut leiden konntest, aber auch du darfst sein Fehlverhalten nicht ignorieren. Also lass dich von ihm nicht um den kleinen Finger wickeln, Opa. Ich kenne ihn. Er schafft es, allen den unschuldigen Burschen vorzuspielen, *de leev Jung.*« Ich zwinkerte ihm zu. »Er soll sich nach Berlin verziehen und aus meinem Leben verschwinden. Ich will ihn nie mehr wiedersehen.«

Opa seufzte und entzog mir seine Hand, um nun meine zu tätscheln. »Ist es tatsächlich so schlimm?« Mitfühlend ruhte sein Blick auf mir. »Das habe ich wohl nicht bedacht. Ich hatte mich nur für dich gefreut, dass du einen netten Mann wie Bastian an deiner Seite hast.«

»Das ist mir klar, doch stell dir vor, du wärest nach Hause gekommen und hättest Oma Trudchen mit Onkel Paul im Ehebett erwischt.«

Opa schluckte bestürzt. »Das hast du schon einmal angeführt.« Die Vorstellung schien ihm nun endlich begreiflich zu machen, wie ich mich gerade fühlte. »Ich möchte nicht indiskret sein, Rike, doch wer ist dieser Bekannte? Ist er vertrauenswürdig?«, hakte er behutsam nach.

»Ja, Opa, sonst würde ich nicht mit ihm auf der Ostsee herumschippern wollen. So verzweifelt bin nun auch noch nicht, dass ich etwas Dummes tue, nur um meinem Exfreund zu entfliehen.«

Ich erzählte ihm von Henning und dass ich ihn erst gestern kennengelernt hatte. Dabei spürte ich, wie mir die Hitze in die Wangen schoss, doch ich war erwachsen und musste weder meinen Großvater noch meine Eltern um Erlaubnis bitten, um mit einem Mann zusammen sein zu dürfen.

»Komme doch morgen einfach mit«, schlug ich ihm vor. »Dann lernst du ihn kurz kennen und winkst mir zu, wenn ich in See steche!«

Opas Miene hellte sich endlich wieder auf, und seine Lippen umspielte ein Lächeln. »In See stechen, ja. Dazu hätte ich auch mal wieder Lust.«

Den Rest des Vormittags verbrachte ich mit kleineren Besorgungen und dem Zusammensuchen der Dinge, die ich mitnehmen wollte. Ich ging mit Opa zum Optiker und holte im Anschluss noch ein paar Lebensmittel aus dem Supermarkt an der Ecke, was sich als zeitintensiv und nervenaufreibend entpuppte, denn das Geschäft wurde von Urlaubern förmlich überrollt. Aus aller Herren Länder schienen sich hier Männlein und Weiblein, vorwiegend. jüngerer Jahrgänge, zu treffen. Ein paar Kunden vor uns standen zwei Asiaten in der Schlange an der Kasse, die sich ein gewaltiges Kontingent an Schokolade in den Einkaufskorb gepackt hatten, als gäbe es ab morgen keine Süßigkeiten mehr. Das Pärchen vor uns schleppte gleich zwei Bierkästen, mehrere Weinflaschen, Cola und Wasser, dazu noch Grillfleisch en masse. Hinter uns wurden Erfrischungsgetränke und Eis auf das Kassenband gelegt. Nur Opa und ich schienen einen gewöhnlichen Einkauf getätigt zu haben.

»Ich muss ja noch ein paar einfache Turnschuhe kaufen«, fiel mir ein. »Wegen des Bootes«, fügte ich erklärend hinzu.

»Bei uns hat danach kein Hahn gekräht«, merkte Opa an und rückte einen halben Schritt näher an das Ziel unseres Anstehens heran.

»Aber Opa!«, erwiderte ich tadelnd und folgte ihm. »Du willst euren Fischkutter jetzt nicht mit einer Motorjacht vergleichen?« Ich verdrehte die Augen. Manchmal kam Großvater auf seltsame Ideen.

Endlich waren wir an der Reihe. Erstaunt blickte die Kassiererin zu uns auf, als sie so alltägliche Dinge wie einen Becher Margarine, Milch, Kaffeesahne und ein halbes Brot auf dem Warenband sah. Als sie Opa erkannte, hellten sich ihre Gesichtszüge auf und sie nickte ihm freundlich zu.

Fünf Minuten später standen wir wieder an der frischen Luft.

»Du meine Güte «, pustete ich und lüftete die Arme an, um etwas abzukühlen. Selbst wenn die Luft auf dem Kirchenplatz auch nicht gerade erfrischend war, empfand ich sie angenehmer als im Geschäft. »Da drinnen ist ja was los. Da würde mir die Lust am Einkaufen vergehen. Berlin ist zwar ganzjährig überlaufen, aber in meinem Supermarkt lässt sich zum Glück kaum ein Urlauber sehen. Respekt den Angestellten hier.«

Opa zuckte nur mit den Schultern. »Und wohin willst

du jetzt, ins Schuhgeschäft gegenüber oder in jenes am Alten Strom?«

»Meinst du, dass ich irgendwo ein paar einfache, doch vor allem preiswerte Treter bekomme?«, entgegnete ich skeptisch. »Immerhin sind die Schuhe nur für das Schiff.«

Mein Großvater kräuselte die Stirn. »Weiß ich nicht, doch versuchen können wir es mal.«

»Oder ich setze mich in die S-Bahn und fahre nach Lütten-Klein ins Einkaufscenter«, überlegte ich laut.

»Willst du das wirklich tun?«

Unentschlossen strich ich mir eine Haarsträhne aus dem Gesicht und verwarf die Idee. »Einverstanden. Ich versuche mein Glück gegenüber. Sollte ich nichts finden, kann ich es immer noch woanders versuchen.« Ich hakte mich bei ihm ein.

Wir überquerten die Straße und passierten den Parkplatz, der voll belegt war.

Plötzlich nahm ich aus dem Augenwinkel eine Bewegung wahr. Bevor ich ausmachen konnte, um was oder wen es sich handelte, sah ich mich Bastian gegenüber.

»Wo kommst du denn her? Stalkst du mich?«

»Bitte, Rike, wir müssen reden.«

»Nein, vergiss es! Ich habe dir nichts mehr zu sagen, als dass du aus meinem Leben verschwinden sollst.« Ich wollte mich abwenden, doch er griff nach meinem Arm und hielt mich fest.

»Es tut mir leid, was vorgefallen ist, ehrlich. Ich weiß nicht, wie ich das mit Mona ungeschehen machen soll. Es war ein Ausrutscher, bitte, glaube mir. Es kommt nie wieder vor. Ich kann dich nur bitten, mir zu verzeihen.« Er griff in seine Hosentasche und holte etwas hervor, das ich nicht erkennen konnte, weil es in seiner Faust verschwand. »Wir hatten so viele Pläne.« Er ging vor mir auf die Knie.

Mir stockte der Atem. Die ersten Passanten waren bereits stehen geblieben und starrten neugierig zu uns herüber. Es wurde getuschelt. Erwartungsvolle Mienen, wissendes Lächeln, denn wir befanden uns unglücklicherweise auch noch genau auf Höhe des Kirchenzugangs. Was konnte da schon anderes passieren als ein Heiratsantrag!

»Ach, wie romantisch!«, hörte ich den Ausruf einer Frau und wäre am liebsten im Boden versunken.

»Verzeih mir, Mausi, bitte«, drangen Bastis Worte an mein Ohr. »Willst du mich heiraten?« Er öffnete die Hand, und ein goldener Ring mit einem funkelnden Diamanten kam zum Vorschein.

»Bist du verrückt?«, zischte ich und spürte, wie mir die Hitze der Scham in die Wangen schoss. »Du betrügst mich, spionierst mir hinterher und verlangst nun allen Ernstes, dass ich dich heiraten soll?«

Mit einem dümmlichen Grinsen im Gesicht, nickte er. »Ich schwöre, Rike, es war ein dummer Zufall, dass ich dich und deinen Großvater in den Supermarkt habe gehen sehen, und da habe ich kurz entschlossen auf dich gewartet.«

»Klar, Bastian. Und den Klunker hattest du rein zufällig in der Tasche, oder hast du ihn schnell beim Juwelier an der Ecke gekauft?« Ich kochte vor Wut. Für wie dämlich hielt er mich eigentlich? »Steh endlich auf. Du machst dich lächerlich und mich auch!«

»Bitte, Rike, verzeih mir, was ich dir angetan habe, und werde meine Frau.« Flehend sah er zu mir auf und streckte mir inzwischen beide Arme bittend entgegen. Das war an Peinlichkeit kaum noch zu überbieten.

Ich war sprachlos und schluckte bestürzt. Kannte er keine Grenze? Hatte er sein Schamgefühl in Berlin gelassen?

Na klar, bei Mona im Bett, wo sonst!, stieß mein Gehirn gehässig heraus.

Mit allem hätte ich gerechnet, nicht aber damit, dass er so tun würde, als wäre sein Verhalten entschuldbar und es würde genügen, mir nur einen funkelnden Ring unter die Nase zu halten, und schon flöge ich ihm an den Hals.

Mein verzweifelter Blick traf sich mit dem meines Großvaters, der ein paar Schritte abseits stand.

Opa Willi sah betreten drein, auch wenn es mir vorkam, als schwänge ein Funken Zuversicht in seinem Blick. Hoffte er noch immer darauf, dass sich das mit Bastian und mir wieder einrenken würde? Hatte er denn nichts kapiert?

Inzwischen schienen alle Passanten mich anzustarren und auf meine Antwort zu warten, obwohl meine Reaktion Antwort genug sein dürfte. Warum drehte ich mich nicht einfach um und ließ Bastian auf den Knien zurück?

Ein Mann trat aus der Masse der Gaffenden heraus auf uns zu. Hatte ich eben noch gedacht, schlimmer könnte es kaum werden. Es konnte. Es war Lütt Matten.

»Belästigt er dich, Frederike?« Er legte seinen Arm schützend um mich, und mir quollen verständnislos die Augen aus dem Kopf. »Lass sie zufrieden, Bastian. Ihr seid kein Paar mehr. Akzeptiere es und kehre nach Berlin zurück.« Ohne Bastians Reaktion abzuwarten, zog er mich fort, und Ziehen traf es in der Tat.

Ich war wie paralysiert. Träumte ich das gerade? Lütt Matten half mir in der Stunde meiner größten Not? Was war denn in den gefahren?

»Ich hatte ja keine Vorstellung, wozu der Kerl fähig ist«, raunte er mir zu, während wir die Straße überquerten und im Trubel der Urlauber verschwanden. »Ich wusste nur von meiner Oma, dass ihr euch getrennt habt, aber nicht den Grund. Den habe ich erst gestern Abend beim Grillen mitbekommen. Sorry, wenn ich dir unrecht getan habe. Ich ahnte ja nicht, dass dich dieser miese Kerl mit deiner Freundin betrogen hat. Das ist das Letzte! Das habe ich auch meinen Großeltern gesagt und ihnen empfohlen, ihn zum Teufel zu jagen, aber Opa Paul hat es deinem Großvater versprochen.« Er seufzte und zuckte hilflos mit den Schultern. »Ich wollte mich auch bei dir für mein unmögliches Verhalten entschuldigen. Du konntest wahrlich nichts dafür, dass Eis und Kaffee auf mir gelandet sind.« Er blieb stehen und wandte sich mir zu.

Ich brachte kein Wort heraus. »D...d...danke!«, stotterte ich, »dass du mich aus dieser oberpeinlichen Situation gerettet hast.« Das war vorerst alles, was ich sagen konnte. Dann fiel mir Opa ein, den ich vor der Kirche vergessen hatte. Egal, er war alt genug und fand auch ohne mich den Weg nach Hause. Hauptsache, er ließ sich von meinem Ex nicht um den Finger wickeln. »Was machst du eigentlich hier? Hast du frei?«

Er schüttelte den Kopf, und wir schlenderten weiter. Inzwischen gehorchten mir meine Beine wieder, sodass ich ohne Hilfe laufen konnte. Trotzdem ruhte sein Arm noch immer auf meiner Hüfte.

»Ich war auf dem Weg zu einem Kunden.« Er nickte zu einem der kleinen Restaurants, die die Mühlenstraße beiderseits säumten. »Begleite mich doch einfach und trinke einen Kaffee zur Beruhigung, während ich meine Verhandlung führe, oder soll ich dich nach Hause bringen?«

Mir fehlten die Worte. Wo war der sture Lütt Matten geblieben, der mich bis gestern noch wie Ungeziefer behandelt hatte?

Als hätte er meinen Gedanken erraten, setzte er hinzu: »Mein Opa hat mir gründlich den Kopf gewaschen, nachdem ihr die Firma verlassen habt. Echt, ich habe mich dir gegenüber mies benommen. Nochmals, es tut mir leid.«

Ich winkte ab. »Keine Ursache, Matthias. Du sahst in der Tat aus wie ein Schwein, von oben bis unten besudelt. Wahrscheinlich hätte ich im ersten Moment ebenso reagiert.« Ich lächelte versöhnlich zu ihm auf. »Mein Angebot steht natürlich auch weiterhin, dass ich für die Kosten der Reinigung aufkommen werde.«

»Das musst du nicht, es sei, du willst dich mit Oma Hilde über die Kosten einigen.« Er schmunzelte. »Hose und Hemd hängen inzwischen gewaschen und gebügelt wieder in meinem Schrank.«

Mir fiel ein Stein vom Herzen.

»Was ist, Frederike, Kaffee oder nach Hause?«

»Kaffee«, lachte ich, und meine gute Laune kehrte zurück. »Eine Tasse Kaffee ist jetzt sicher genau das Richtige. Und nochmals vielen Dank! Das vergesse ich dir nie.«

1 0

*a*ls ich wieder bei meinem Großvater ankam, war dieser nicht zu Hause. Ich vermutete, er hielt sich bei Ruthchen auf, um sie über die neueste Entwicklung ins Bild zu setzen. Ich war nicht böse. So hatte ich erst einmal meine Ruhe, bevor er mich mit unnötigen Fragen und seiner Meinung nervte.

Ich entfernte die Preisschilder von den dunkelblauen Turnschuhen und packte sie in den Koffer. Dann überlegte ich, was mir noch fehlen würde, und holte Handtücher und Seiflappen aus Opas Wäscheschrank, weil ich nicht wusste, ob solche Artikel an Bord vorrätig waren. Immerhin war ich ursprünglich nicht eingeplant gewesen.

Als ich mit allem fertig war, brühte ich mir einen Tee und setzte mich mit der Tasse auf den Balkon.

Unter mir hörte ich den Lärm der Touristen, die am Alten Strom flanierten. Es war wie ein lautes Summen. Hin und wieder flackerte ein Lachen auf, ein Kind schrie, und dazwischen der Ruf der Möwen. Ich blendete alles weitestgehend aus und bemühte mich, das peinliche Erlebnis mit Bastian aus meiner Erinnerung zu verdrängen. Nie hätte ich vermutet, dass er so tief sinken könnte. Am meisten wurmte mich das Verhalten von Opa Willi. Warum hatte er nicht eingegriffen und mich aus der Situation befreit? Mich beschlich das Gefühl, dass er noch immer die Hoffnung hegte, der Bruch zwischen Basti und mir sei zu kitten.

Kopfschüttelnd schlürfte ich meinen Tee, während meine Gedanken zu Matthias flogen, meinem Retter in der Not.

Ich war noch immer über seine rasante Wandlung überrascht, gestern noch das Ekelpaket par exellence und nun der perfekte Gentleman. Irgendwie fühlte ich mich bemüßigt, ihn mit Henning zu vergleichen, um herauszufinden, wer besser zu mir passte. Das war idiotisch, das war mir bewusst. Weder den charmanten Hamburger noch Lütt Matten kannte ich gut genug, um ihre Vor- und Nachteile gegeneinander abwägen zu können.

»Rike, bist du zu Hause?«, hörte ich Opas Stimme vom Flur zu mir nach oben schallen.

»Ja!«, rief ich zurück. »Ich bin auf dem Balkon.«

Kurze Zeit später tauchte Großvater im Türrahmen auf und kam zu mir ins Freie. »Wo bist du denn mit Lütt Matten hingerannt?«

»'nen Kaffee trinken als kleines Dankeschön, weil er mich vor Bastian gerettet hat. Du hast es ja nicht für nötig befunden.« Ich schenkte Opa einen beleidigten Blick.

»Was, ich?« Verständnislos sah er mich an. »Ich gehe doch nicht dazwischen, wenn miner Deern ein Heiratsantrag gemacht wird.«

»Ach, wirklich, Opa. Und wenn es Godzilla gewesen wäre? Hättest du den auch um meine Hand anhalten lassen?«

»Godzilla?« Fragend hoben sich Opas buschige Augenbrauen.

»Mensch Opa, du lebst wahrlich hinter dem Mond. Weißt du wirklich nicht, wer Godzilla ist?« Ich nahm meine Tasse und stand auf. »Ich wollte damit sagen, dass es dir scheinbar völlig egal ist, dass Bastian mich betrogen hat, egal, wie viel Verständnis du heute Morgen am Frühstückstisch auch geheuchelt hast. Hauptsache, ich bin unter der Haube.«

Ich drängte mich an ihm vorbei und wollte mich in mein Zimmer verziehen, um meine Ruhe zu haben. Zuerst brachte ich aber noch meine Tasse in die Küche. Dabei kam ich an Opas Schlafzimmer vorbei, das nach Westen mit Blick auf die Alexandrinenstraße wies. Das Fenster war angeklappt, sodass ich hörte, wie jemand meinen Namen rief.

War das mein Ex? Ich dachte, mich tritt ein Pferd!

Ich spurtete zum Fenster und spähte durch die Gardine auf die Straße.

»Rike, ich liebe dich!«

Bastian hatte aus Rosenblütenblättern ein großes Herz auf die Fahrbahn gezaubert, und es kam leider kein Auto vorbei, um seine Liebeserklärung zu zerstören. Umringt war er von einigen Schaulustigen, die die Fassade von Opas Haus mit den Augen nach seiner Angebeteten, also mir, absuchten. Hoffentlich hatten sie die Bewegung hinter der Gardine nicht bemerkt.

Was sollte ich nun tun? Zu ihm hinausgehen und ihm die Leviten lesen und mich gleichzeitig zum Gespött der Leute machen? Oder sollte ich Opa vorschicken? Ihn betraf die Liebeserklärung nicht, und er konnte mir beweisen, dass er auf meiner Seite stand.

»Was gibt es denn da zu sehen?«, ertönte Opas Stimme hinter mir, und ich fuhr zusammen.

»Nichts, Opa, nur meinen bescheuerten Ex, der sich und mich zum Affen macht!«

»Ruft da jemand deinen Namen?«

Ich nickte und unterdrückte den Wusch, vor Wut laut loszuschreien.

Opa trat neben mich und wollte die Gardine zur Seite

schieben, doch ich konnte ihn noch rechtzeitig daran hindern.

In diesem Moment trat eine kleine zierliche Frau auf die Straße und hielt zielsicher auf meinen Exfreund zu.

Ruthchen war da. Jetzt wurde es interessant.

Ich spitzte die Ohren und hielt sogar die Luft an, um nichts zu verpassen.

»Sagen Sie mal, junger Mann, geht es Ihnen noch gut?«, schimpfte sie und stemmte die Fäuste in die Seite. »Was machen Sie hier für einen Lärm? Geht es nicht in Ihren Schädel hinein, dass Frederike Sie nicht wiedersehen will?« Sie wandte sich den Umstehenden zu. »Dieser feine Herr hat seine Freundin mit ihrer Freundin betrogen und erwartet nun, dass sie ihm den Seitensprung verzeiht und seinen Heiratsantrag annimmt.«

Ein sardonisches Grinsen konnte ich auf Ruthchens Lippen erkennen, als sie sich Opas Haus zuwandte, wo sie uns hinter der Gardine vermutete.

Ein Raunen ging durch die Reihen der Gaffenden. Waren sie eben noch darauf erpicht gewesen, zu erfahren, wer Rike war, schenkten sie nun meinem Ex empörte Blicke. Dann wandten sie sich ab und gingen ihrer Wege. Gleichzeitig rumpelte das Postauto heran und zerstörte das Herz auf der Straße.

Erleichtert atmete ich auf.

Ruthchen war auf den Gehweg getreten und sah zufrieden Basti hinterher, der sich wie ein begossener Pudel trollte. Dann trat sie auf Opas Hauseingang zu.

Im Sauseschritt lief ich zur Tür, öffnete und fiel ihr um den Hals. »Dankeschön!« Ich gab ihr einen Kuss auf die Wange.

»Gern geschehen, du Ärmste. Ich habe schon gehört, was vor der Kirche vorgefallen ist.« Sie löste sich aus meiner Umarmung und sah mich mitfühlend an. »Der hat echt Nerven! Gut, dass dich der lütte Matten gerettet hat.«

Nun wusste ich, dass Opa bei ihr gewesen war.

»Ich habe Willi schon ins Gewissen geredet«, fuhr sie fort. Sie schloss die Tür und schenkte Opa einen unmissverständlichen Blick, der hinter mir in den Flur getreten war. »Er soll Paul sagen, dass er deinen Verflossenen aus seinem Haus werfen soll.«

»Ist schon gut.« Opa hatte den Wink verstanden.

Er ging in die Stube, nahm das Telefon vom Tisch und drückte eine Kurzwahltaste.

»Hallo Paul! Ich bin's, Willi. Höre mal, setze Bastian vor die Tür. Er soll zurück nach Berlin fahren ... – Was? – Nein! Das ist doch egal. Du bist ihm keine Rechenschaft schuldig. Es ist dein Haus. Du hast ihm zwei Nächte Unterkunft gewährt ... – Okay, dann eben nur eine Nacht. Er soll sich entweder ein Hotelzimmer nehmen oder auf 'ner Parkbank schlafen, wenn er hierbleiben will. – Das ist doch egal, warum ich meine Meinung geändert habe. Tue es bitte für meine Enkelin und mich. Schönen Abend noch, Paul!«

Opa beendete das Gespräch. »Zufrieden?« Fragend glitt sein Blick zwischen Ruth und mir hin und her.

Ruth nickte, und auch ich rang mir ein Lächeln ab.

»Wie wäre es mit einem gemütlichen Abendbrot bei mir zu Hause?«, wechselte Ruthchen das Thema. »Ich habe Brot gebacken und einen Tomatensalat mit Zwiebeln, Feta und Basilikum gemacht. Wie ich hörte, habt ihr beim Schlachter frischen Aufschnitt gekauft. Lassen wir es uns zusammen schmecken, bevor du morgen auf große Reise gehst. Dann kannst du mir auch gleich von deiner netten Urlaubsbekanntschaft berichten.« Sie grinste verschmitzt.

»Wir waren beim Schlachter?« Erstaunt sah ich erst sie, dann Großvater an.

»Du nicht. Ich aber, während du mit Lütt Matten durchgebrannt bist.«

»Opa, ich bin nicht mit ihm durchgebrannt, und sein Name ist Matthias. Er hat mich vor Bastian aus einer unangenehmen Situation befreit.« Vorwurfsvoll musterte ich Opa Willi. Irgendwie ging er mir heute gehörig auf den Geist.

»Lasst das Streiten, Kinnings!«, forderte Ruthchen streng. »Bringt lieber noch eine Flasche Bier mit. Das habe ich nicht im Haus, dafür Sekt für uns zwei Hübschen.« Sie hakte sie sich bei mir ein und zog mich hinaus auf die Straße. »Schaffst du das alleine, Willi?«

Opa brummelte etwas in seinen Bart und schloss die Tür hinter uns.

Bastians Rosenblätter lagen verteilt auf Gehweg und Straße. Würde es ihm endlich eine Lehre sein, dass ich nichts mehr von ihm wissen wollte? Hauptsache, er fuhr endlich wieder nach Berlin zurück und ließ mich fortan in Ruhe?

Es wurde ein schöner Abend. Ruthchen holte ihre Fotoalben heraus, und so erfuhr ich vieles über sie, ihren Egon und den Sohn. Opa bettelte bei mir um Schönwetter, indem er mehrfach betonte, dass es ihm leidtäte, dass er zu Bastian gehalten hatte, und ich erzählte im Gegenzug, was ich über Henning wusste.

Während ich in den höchsten Tönen schwärmte, huschte ein Schatten über Ruths Gesicht. Ich vermutete, dass sie mein Glück an ihres mit ihrem verstorbenen Mann erinnerte, und sie tat mir leid, und ich hielt den Mund.

»Du hast ein schönes Häuschen«, sagte ich, als wir uns gegen halb elf verabschiedeten.

»Ja, das habe ich«, entgegnete sie lapidar und drückte meine Hand. »Ich wünsche dir viel Spaß und immer eine Handbreit Wasser unterm Kiel!«

Als ich schließlich im Bett lag, ließ ich den Tag kurz Revue passieren. Er gehörte sicher zu jenen, an die ich mich immer mit einem Schaudern erinnern würde. Er hatte allerdings auch ein paar Überraschungen bereitgehalten, denn dass Matthias sich auf meine Seite schlagen würde, hätte ich nie angenommen. Und vielleicht war meinem Ex nun endlich bewusst geworden, dass er mir nicht mehr hinterherrennen musste. Er war für mich gestorben, ein für alle Mal. Zudem hatte Ruthchen einen weiteren Stein bei mir im Brett. Sie war eine Seele von Mensch, und ich war froh, dass sie und Opa sich so gut verstanden.

*a*m nächsten Vormittag brachte mich Opa zur Fähre, die zwischen Hohe Düne und Warnemünde verkehrte. Er hatte für mich bereits einen Fahrschein gekauft und drückte ihn mir in die Hand.

»Mach's gut, min Deern, und komm gesund zurück.« Er nahm mich in die Arme und drückte mich.

»Willst du nicht mitkommen?«, fragte ich verwirrt.

»Lass mal gut sein, Rike. Du willst doch nicht mit deinem Großvater im Schlepptau erscheinen.«

»Aber Opa! Warum sollte ich mich für dich schämen? Henning weiß, dass ich bei dir wohne. Ich schätze, er freut sich sogar, wenn er dich kennenlernen darf.« Ich sah ihn bittend an.

»Bist du dir sicher?«

Ich nickte.

»Na gut, dann komme ich mit.« Opa nahm mir den Teleskopgriff meines Trolleys wieder aus der Hand und wollte sich sogar den Rucksack schnappen, den ich zu meinen Füßen abgestellt hatte, aber ich meldete Protest an. Ich war doch kein schwächliches Püppchen, das nicht mal seine Siebensachen tragen konnte.

»Wollt ihr noch mit oder nicht?«, fragte der Angestellte, der die Fahrscheine kontrollierte und für Ordnung und Sicherheit während der Überfahrt sorgte. »Wir müssen los.«

»Jo!«, antwortete Opa. »Ich brauche nur noch ein Ticket.«

Er trat an den Fahrkartenautomaten und löste einen Schein, während ich mich auf die Fähre begab. Als Opa neben mir stand, ging der Schlagbaum herunter, und das Fährschiff legte ab.

Die Überfahrt dauerte nicht lange. Ich stellte mir vor, wie eintönig die Schicht der Angestellten wohl sein musste, wenn man ständig von einem Ufer zum anderen pendelte. Hin und her, hin und her. Für mich wäre das nichts. Es erschien mir genauso langweilig wie eine Arbeit am Fließband oder bei Onkel Paul in der Produktion. Deshalb empfand ich vor diesen Menschen einen Heidenrespekt, dass sie, ohne zu murren, ihrer Arbeit gewissenhaft nachkamen.

Auf der anderen Seite schlenderten wir zum Hotel. Hotel traf es nicht im Geringsten. Es war eine weitläufige Anlage, wie man sie aus Serien wie *Das Traumhotel* kannte. Henning erwartete mich bereits in der Lobby, wofür ich ihm dankbar war. Das gesamte Ambiente samt seinen Gästen war mir ein wenig zu exklusiv. Ich war eher der Pauschaltourist und stieg in weniger mondänen Etablissements ab.

»Ich freue mich, dass du da bist«, begrüßte er mich. Er nahm mich in den Arm und hauchte mir ein Begrüßungsküsschen auf jede Wange. Dabei fiel sein Blick auf meinen Begleiter.

»Darf ich vorstellen, mein Opa«, sagte ich und löste mich von ihm.

»Angenehm, Herr Petersen! Henning Hansen aus Hamburg, aber Henning genügt voll und ganz.« Er strahlte Großvater an und reichte ihm die Rechte, während ich erstaunt war, dass er sich den Namen gemerkt hatte. »Rike hat mir schon viel über Sie erzählt, natürlich nur Gutes, sodass ich mich freue, Sie kennenlernen zu dürfen.«

Opa schmunzelte in seinen ergrauten Bart. »Freut mich ebenfalls. Passen Sie auf mine Deern gut auf, und bringen Sie sie wohlbehalten wieder zu mir zurück.«

»Das verspreche ich Ihnen, Herr Petersen.« Henning nahm Opa den Koffer aus der Hand. »Dann wollen wir mal. Sie kommen doch bis zum Anleger mit?«

»Wenn ich darf«, lachte Großvater.

Wir verließen das Hotel und begaben uns zum Jachthafen, der sich direkt an das Hotelgelände anschloss. Von kleinen Booten bis hin zu den richtigen Luxusjachten war alles vertreten, egal ob es sich um motorbetriebene Schiffe oder Segler handelte. Auch Hennings Jacht war recht passabel.

Anerkennend pfiff Opa durch die Zähne, als wir sie erreichten. »Nicht gerade klein.«

»Sie misst knapp vierzehn Meter in der Länge und fünf in der Breite«, erklärte Henning. »Das Kajütdach ist begehbar und hat einen separaten Ruderstand. Zudem kann ich den Bereich mit einem Biminitop versehen.«.

»Mit einem was, Bikinitop?«, fragte Opa und runzelte verwirrt die Stirn.

Henning lachte. »Mit einem Bikini hat es nichts zu tun, Herr Petersen, obwohl der ebenfalls etwas schützen soll.« Er grunzte amüsiert, und ich fiel mit ein, obwohl ich auch nicht wusste, wovon er sprach. Ich fand nur Opas Frage lustig. »Biminitop wird das Bootsverdeck beziehungsweise Sonnensegel genannt.«

»Aha!« Opa zuckte mit den Schultern und grinste verschmitzt zurück. »Ich bin zwar keine Landratte, aber so was gab's bei uns nicht an Bord.«

»Sie sind zur See gefahren?«, fragte Henning überrascht.

»Jo, en bäten.« Opa zwinkerte ihm zu. »Wie viel Tiefgang hat Ihre Jacht?«

»Einen guten Meter.«

»Und wie viel PS unter der Haube?«

»Siebenhundertvierzig.«

»Nicht schlecht.« Anerkennend nickte Opa.

»Die Jacht ist mit zwei Kabinen mit jeweils einer und einmal zwei Kojen ausgerüstet, beide Einheiten natürlich mit separatem Sanitärbereich«, begann Henning, alle Vorzüge seines Schiffes aufzuzählen. Mir erschien es fast so, als fürchtete er, bei der falschen Ausstattung könnte Opa mir verbieten, mitzufahren. »Wir haben Heizung, Klimaanlage und einen Küchenbereich an Bord, Bugstrahlruder, Autopilot und Beiboot sowie einigen anderen Schnickschnack. Für Sicherheit und Komfort ist also gesorgt. Ihrer Enkelin wird es an nichts fehlen.« Er grinste, und auch Opa Willi konnte sich ein Schmunzeln nicht verkneifen.

»Toller Vortrag«, lobte er. »Sollte es mal keine Streitfälle mehr geben, fangen Sie eben als Verkäufer an.«

Das Eis war gebrochen. Henning und Opa lachten aus vollem Hals, und ich war froh, dass mein Großvater Henning mochte.

»Wollen Sie sich die Jacht mal anschauen, Herr Petersen?« Henning schien zu merken, dass es Opa in den Fingern juckte, das Schiff zu erkunden.

»Lieber nicht, junger Mann, sonst überlege ich es mir und steige nicht mehr ab. Ich war Küstenfischer.« Opas Blick nahm einen wehmütigen Ausdruck an. »Aber irgendwann musste Schluss sein. Zumindest kann ich jeden Tag die alte *Sturmschwalbe* vom Fenster aus sehen.«

»Die Lust auf Meer vergeht sicher nie«, entgegnete Henning und bugsierte meinen Koffer an Bord.

»Mach's gut, Opa!« Ich fiel meinem Großvater um den Hals und drückte ihm einen dicken Kuss auf die Wange. »Ich rufe regelmäßig an, versprochen.« Dann löste ich mich aus seiner Umarmung und folgte Henning auf die Jacht.

Auch von innen war sie beeindruckend. Vor allem war ich über den Küchenbereich erstaunt, der sich harmonisch in das Gesamtkonzept eingliederte. Es handelte sich um eine kleine Einbauküche mit Kühl-Gefrierschrank und Herd. Nur ein Geschirrspüler fehlte. Die Sitzmöglichkeiten sahen äußerst bequem aus. Der Tisch war groß genug, um ordentlich an ihm speisen zu können. Alle Möbel und die Wandverkleidungen waren aus edlen Materialien gefertigt, zumindest erschien es mir so. Ich verstand nicht viel davon.

Henning brachte mich in die Einzelkabine, die überraschend geräumig war.

»Das ist dein Reich für die kommenden Tage«, sagte er und stellte den Koffer in die Ecke. »Hand- und Seiftücher findest du hier.« Er öffnete eine Schublade, in der Vorrat für mindestens einen Monat lag, wenn man nicht täglich wechselte. »Richte dich ein, Rike. Ich lege in der Zwischenzeit ab.«

Das wollte ich natürlich nicht verpassen. Zum Auspacken war später noch Zeit. Es war das erste Mal, dass ich an Bord einer Motorjacht einen Hafen verließ. Das wollte ich nicht verpassen. Außerdem stand Großvater noch an der Pier zum Winken.

Ich folgte Henning hinauf aufs Deck.

Gemächlich setzte sich die Jacht in Bewegung und tuckerte aus dem Bereich der Marina auf die offene See hinaus. Ich hielt mich an der Heckreling fest und sah zum Landungssteg, auf dem Opa stand, die Augen mit der Hand beschattet, und mir zuwinkte.

Es war ein toller Moment, als wir den Jachthafen hinter uns ließen und auf die Ostsee fuhren, nicht zu vergleichen mit meinem Ausflug auf dem Fahrgastschiff der Weißen Flotte, selbst wenn deren Schiffe größer waren als Hennings Jacht. Hinter uns die Hotelanlage und der dazugehörige Strandbereich, vor uns die weite See – nichts als Wasser bis zum Horizont. Warnemünde, die Molen und Leuchtfeuer blieben zurück.

Erst als Opa sich umdrehte und aus meinem Blickfeld verschwand, ging ich zu Henning und stellte mich neben ihn. Das Meer war spiegelblank. In der Ferne sah ich die Fähre aus Dänemark, die auf Warnemünde zuhielt. Die Schiffe lagen noch immer auf Reede. Ein weiteres war hinzugekommen. Dafür fehlten heute die Segelboote. Es ging kein Wind. Als ich einen Blick nach Markgrafenheide warf, konnte ich den weißen Sandstrand sehen, der mit Badegästen gut bevölkert war. Es war ein wundervoller Tag, um in See zu stechen. Ein Abenteuer begann, mit dem ich bis vorgestern nicht gerechnet hätte. Ich freute mich wie ein kleines Kind.

»Na, gefällt es dir?«

»Ja, ich bin überwältigt. Vielleicht sollte ich tatsächlich mal eine Kreuzfahrt machen.« Ich sah ihn an.

Da sich gestern keine Gelegenheit mehr ergeben hatte, Sanne anzurufen, hatte ich es heute Morgen versucht, doch sie war nicht an ihr Handy gegangen. Ich vermutete, sie war bereits im Hotel zum Dienst. Also hatte ich ihr eine Nachricht geschickt, dass sie mich unbedingt nach Feierabend anrufen sollte. Es gäbe sagenhaft viel zu erzählen.

»Was ist?«, fragte Henning, da ich ihn noch immer anstarrte, ohne es zu merken.

Ich schüttelte den Kopf. »Nichts. Ich war gerade in

Gedanken. Dann gehe ich mal nach unten und packe aus.«

Ob er was dagegen einzuwenden hat, wenn ich ihm einen Kuss auf die Wange gebe, so als kleines Dankeschön?

Kurz entschlossen trat ich an ihn heran, stellte mich auf die Zehenspitzen und gab ihm einen verliebten Kuss.

»Oh, wofür war der denn?«, wollte er wissen und sah mich überrascht an.

»Ein Dankeschön für den bevorstehenden Törn und dass du mich mitnimmst, Henning. Ich freue mich wie ein kleines Kind am Heiligen Abend!« Dann eilte ich auf den Niedergang zu und begab mich in meine Kajüte.

Als ich eine Viertelstunde später wieder an Deck kam, hatte sich Henning auf das Kajütdach begeben, wo sich ein weiterer Steuerplatz befand. Ich stieg die Stufen hinauf und gesellte mich an seine Seite.

»Na, Herr Kapitän!«, grüßte ich ihn und grinste von einem Ohr zum anderen.

»Setz dich doch und nimm dir was zu trinken.« Er wies auf eine geöffnete Flasche Wasser und ein paar Gläser, die hinter ihm auf dem Tisch standen. »Wollen wir losdüsen oder gemächlich fahren?«

Ich nahm mir ein Glas und schenkte mir einen Schluck Wasser ein. »Zeig mal, was dein Schiff so unter der Haube hat. Wie heißt es eigentlich?«

»*Frederike.*«

Ich riss die Augen auf. »Du nimmst mich auf den Arm.«

»Nein, wirklich. Ich konnte doch nicht ahnen, dass ich dich kennenlernen würde. Die Jacht wurde nach meiner verstorbenen Mutter benannt.«

Ich schluckte bestürzt. »Sie ist tot? Das tut mir leid.«

Am liebsten hätte ich ihn in den Arm genommen und geherzt.

»Keine Ursache! Ist nicht mehr so schlimm«, erwiderte er. »Sie hatte Krebs. Als sie starb, war ich zwölf Jahre alt. Inzwischen hat mein Vater erneut geheiratet – keine Frederike«, er lachte, »sondern eine Marianne. Sie ist für meinen Bruder und mich eine wundervolle Ersatzmama geworden.«

»Das freut mich für euch. Wie war noch mal sein Name?«

»Johannes.« Er sah mich über die Schulter an. Ich stand wie bestellt und nicht abgeholt staunend da und hielt mich an meinem Glas fest. »Warum setzt du dich nicht neben mich?« Er wies auf den freien Platz an seiner Seite.

»Weil ich mich erst einmal umschauen und an alles gewöhnen muss«, gab ich ehrlich zu. »Ich komme mir noch etwas deplatziert vor.«

»Wieso denn das?«, fragte er verwirrt. »Du stehst doch nicht unter Beobachtung. Zudem bist du eine kluge, gebildete Frau, kein Dummerchen. Das ist ein ganz normales Schiff. Du müsstest die Jachten anderer sehen, dann verstände ich dieses Gefühl. Und jetzt hinsetzen und festhalten, Rike. Wir heben ab.« Er zwinkerte mir zu, klopfte mit der flachen Hand auf die Sitzfläche des Nebenplatzes und wartete, bis ich ihn eingenommen hatte.

Dann heulte der Motor auf, und ein Ruck ging durch das Schiff, als es die Trägheit überwand und Fahrt aufnahm. Die Jacht hob aber nicht ihre Nase aus dem Wasser, wie ich es aus Filmen kannte. Henning erklärte mir, dass es am Bootstyp lag. Die *Frederike* war ein Verdränger.

Die Küste spulte sich zu unserer Rechten ab. Warnemünde in unserem Rücken wurde kleiner und kleiner, bis es schließlich hinter der Küstenlinie verschwand. Es war ein Wahnsinnsgefühl, in hohem Tempo über das Wasser zu rasen, vergleichbar vielleicht mit einer Fahrt in einem offenen Cabriolet. Wir passierten Fischland-Darß, umrundeten die Nordspitze der Halbinsel und hielten auf den Nationalpark Vorpommersche Boddenlandschaft zu, wo Henning die Geschwindigkeit drosselte. Gemächlich fuhren wir weiter, bis er einen geeigneten Platz zum Ankern fand.

»Hunger?«

Ich bejahte.

Mir war überhaupt nicht aufgefallen, wie die Zeit verronnen war. Das Erlebnis, das er mir bot, war zu fantastisch und hatte mich von solch menschlichen Bedürfnissen wie Hunger und Durst komplett abgelenkt. »Ich habe richtig ein Loch im Bauch«, stellte ich überrascht fest. »Und meine Kehle ist wie ausgedörrt.«

»Das liegt an der salzigen Luft und der Sonne.« Er reichte mir eine neue Flasche Wasser.

»Was gibt es denn zu essen?«, fragte ich. »Ich habe an alles Mögliche gedacht, nur nicht daran.«

Er grinste. »Verständlich, da bist du nicht die Erste, die an so was keinen Gedanken verschwendet hat, weil sie sich auf mich verließ.«

»Oho, als lädst du regelmäßig Frauen zu dir auf die Jacht ein und entführst sie auf See?«

»Gelegentlich!«

Wir gingen hinunter in den Gemeinschaftsbereich.

»Wir können uns was aus der Konserve warm machen. Wenn du willst, können wir auch kochen. Fischstäbchen, Kartoffeln, Milch und Butter wären da.«

»Fischstäbchen? Du? Ein Kerl wie ein Baum isst Fischstäbchen?«

»Auch ein Baum war einst ein Sprössling«, entgegnete er und zuckte mit den Schultern. »Erinnert mich an meine Kindheit. Mein Bruder und ich waren glücklich, wenn es entweder Fischstäbchen, Spaghetti mit Tomatensoße oder Pizza gab. Hummer und Steaks habe ich erst später entdeckt.«

»Du armer Mann, wurdest du nicht mit Kaviar großgezogen?«, neckte ich ihn.

»Kaviar, pfui Teufel!« Henning schüttelte es. »Sage nicht, dass du Fischeier liebst!«

Ich nickte verstohlen. »Allerdings nur den preiswerten aus dem Supermarkt. Für den vom Stör reicht mein Lehrergehalt nicht aus.«

Henning stand vor dem Kühlschrank und sah mich erwartungsvoll an. »Konserve oder Tiefkühlkost?«

»Was ist denn an Konserven vorrätig?«

Er schmunzelte. »Unter anderem Nudeln mit Hackbällchen in Tomatensoße.«

Nun grinste ich auch. »Okay, nehmen wir. Wo ist das Kochgeschirr?«

Zusammen machten wir uns an die Arbeit. Henning reichte mir einen Kochtopf und die Konservendose. Während ich das Essen warm werden ließ und umrührte, damit nichts anbrannte, deckte er den Tisch.

»Unternimmst du regelmäßig solche Ausflüge?«, wollte ich von ihm wissen, als wir schließlich beim Essen saßen.

»Hin und wieder, wenn es die Zeit erlaubt. Manchmal auch übers Wochenende, doch es fällt schwer, nach nur zwei Tagen wieder an Land zurückzukehren und in die Kanzlei zu gehen.«

»Du tust mir richtig leid.« Ich prustete verschmitzt. »In den Sommerferien fahre ich meist zu meinem Opa nach Warnemünde. Dort habe ich den Strand und das

Meer direkt vor der Tür, und günstig ist es auch. Wenn es passt und meine Freundin mit mir im Herbst gleichzeitig Urlaub hat, buchen wir eine Fernreise. Mit Bastian bin ich immer nur im Winter weggefahren. Er hat beim Straßenbau gearbeitet und konnte deshalb meist nur in der kalten Jahreszeit mehr als ein paar Tage am Stück frei machen. Dann ging es entweder in die Berge, also Winterurlaub, oder dahin, wo er die gesamte Zeit faul am Strand liegen konnte.«

»Na, Hauptsache, nicht an den Ballermann. Da bin ich natürlich auch schon gewesen, aber Mallorca ist so wunderschön. Ich muss keine Sangria aus Eimern trinken, bis ich umfalle.«

»Ist inzwischen auch nicht mehr erlaubt, aber gemacht habe ich das auch schon mal. Da war ich siebzehn. Inzwischen liebe ich die Kombi aus Kultur und Erholung, also die eine Hälfte des Tages ein Museum anschauen, eine Ausstellung besuchen, und die andere shoppen oder einfach nur relaxen.«

Henning nickte zustimmend. »Dann passen wir gut zusammen.«

Nach dem Mittag räumten wir alles auf und wuschen ab. Dann kochten wir uns noch einen Kaffee und stiegen wieder auf das Oberdeck. Die Fahrt ging weiter.

Als mich Henning darauf aufmerksam machte, dass wir nun Hiddensee passieren würden, dachte ich kurzzeitig daran, nach Stralsund abzubiegen, um in der alten Hansestadt einen kurzen Zwischenstopp einzulegen, aber er winkte ab.

»Auf der Rücktour. Wir landen auch nicht auf Hiddensee an. Jetzt geht es erst einmal hoch nach Rügen am Kreidefelsen vorbei bis nach Sassnitz. Dort machen wir Halt und genießen den Rest des Tages.«

Fragend kräuselte ich die Stirn. »Kommt es mir nur so vor, oder hast du dich akribisch auf diesen Törn vorbereitet?«

Verschmitzt lächelte er mir zu, und mir wurde warm ums Herz. Ich war überglücklich, dass ich mitgefahren war.

Henning schien es ebenso zu gehen. Er streckte seine Hand nach mir aus, und seine Finger strichen zärtlich über meine Wange. Dann beugte er sich mir zu, und wir küssten uns zum ersten Mal.

*D*er Nachmittag war angebrochen, als wir den nördlichsten Punkt Rügens, das Kap Arkona, passierten. Wenig später erreichten wir die Kreidefelsen.

»Was für ein Anblick!«, stieß ich heraus. »Aus dieser Perspektive kenne ich sie nur aus dem Fernsehen oder von Bildern. Echt toll! Da fällt mir sofort Caspar David Friedrich ein.« Ich war ein Fan von diesem Bild und sprudelte vor Begeisterung förmlich über.

Henning grinste zu mir auf. Er hatte den Motor gedrosselt, und wir dümpelten mit der Dünung auf dem Wasser umher. »Wusstest du, dass er ganz in der Nähe in Greifswald geboren wurde?«

Ich schüttelte den Kopf. »Bist du Experte, oder woher weißt du das?«

Er griff zur Seite und beförderte einen Touristenführer über Rügen und die Ostseeküste zutage. »Hier steht alles drin.« Er lachte über mein verdattertes Gesicht.

»Steht da auch, wo genau der Königsstuhl ist?«

»Aber sicher doch.« Er kniff die Augen zusammen und suchte den Küstenstreifen ab. »Das dort müsste er sein. Das gesamte Gebiet gehört zum Nationalpark Jasmund«, erklärte er mit wissender Miene. »Und hinter der Biegung kommt dann Sassnitz in Sicht.«

»Da bin ich auch schon gewesen, allerdings ist es Jahre her.« Trotz allem erinnerte mich, dass ich mit meinen Eltern am Hafen lecker Fisch gegessen hatte und wir im Anschluss auf der Mole waren, und war darüber erstaunt.

»Vielleicht liegt es daran, weil es für dich ein besonderes Erlebnis gewesen ist«, meinte Henning, als ich es ihm erzählte.

»Möglich!« Ich sah die Felsen empor. Der Anblick war erhaben. Die Kreide strahlte rein und weiß. Hin und wieder waren Abbruchstellen zu erkennen. Der Zahn der Zeit und die Naturgewalten hinterließen ihre Spuren an einem Gestein, das Millionen von Jahren bereits erlebt hatte.

Ich sah zu Henning. »Steht in deinem schlauen Buch, wie alt diese Felsen sind?«

Henning blätterte im Reiseführer herum, wurde jedoch nicht fündig. Also zückte er sein Handy und googelte.

»Darauf hätte ich auch kommen können«, tadelte ich mich. »Ich bin nicht ganz so handyaffin. Nicht, dass ich das Internet ignorieren würde. Zuhause denke ich sofort daran, aber wenn mein Laptop nicht in der Nähe ist, vergesse ich, dass ich auch das Smartphone nutzen kann.«

Henning schmunzelte und wurde fündig. »Hier steht es: *Die Kalkalgen lebten vor etwa 70 Mio. Jahren im lichtdurchfluteten Oberflächenwasser eines Meeres, das Norddeutschland bedeckte. Nach ihrem Tod sanken sie auf den Meeresboden und bildeten im Laufe der Zeit mächtige Ablagerungen aus Kalkschlamm. Dieser Kalkschlamm ist heute in Form der Rügener Kreide überliefert.«*

»Also als Kreidefelsen?«, fragte ich und reckte den Hals, um auf sein Handy zu sehen.

Er nickte. »Ja, weiter unten werden sie erwähnt, und hier ist auch ein schönes Foto.« Er hielt mir das Smartphone unter die Nase. Dann machte er das Display aus und legte es auf den Tisch.

»Fotografierst du mich mal vor den Felsen?«, bat ich ihn und reichte ihm mein Handy. Im Anschluss schoss ich noch ein paar Fotos von der Landschaft. Natürlich durften auch ein, zwei Bilder von meinem süßen Hamburger Kapitän nicht fehlen – eines davon auf jeden Fall für Sanne. Dann brühte ich uns einen Tee auf, und wir setzten die Fahrt fort.

Die Marina in Sassnitz befand sich im Schutz einer langen geschwungenen Mole, die den Hafen vor der Gewalt des Meeres bewahrte. Urlauber spazierten auf ihr hin und her. Sie wies die beachtliche Länge von anderthalb Kilometern auf. Auf ihrem Molenkopf stand ein Leuchtturm. Fischkutter und Ausflugsdampfer ankerten neben Segelbooten und Motorjachten. Es herrschte reges Treiben.

Henning bekam einen freien Anlegeplatz zugewiesen, der sich direkt an der Mole und in der Nähe eines schwimmenden Fischrestaurants befand.

»Siehst du, Rike, weit laufen brauchen wir nicht, um unseren Hunger zu stillen«, stellte er fest und vertäute die Jacht.

Ich befestigte derweil den letzten Fender, der die Bordwand vor einer Berührung mit der Kaimauer oder anderen Booten bewahren sollte, und nickte lachend. »Es gibt da hinten noch weitere Restaurants. Ich würde mir aber gerne erst einmal die Beine vertreten, bevor wir uns wieder setzen. Was hältst du davon?«

»Recht viel.«

Wir machten uns landfein und wechselten das Schuhwerk. Dann verschloss Henning die Jacht, und wir gingen an Land.

Hand in Hand schlenderten wir bis zum Ende der Mole und blickten hinaus aufs Meer. Im Westen und Süden wurde es von Land begrenzt. Erst nach Osten hin lag vor uns die offene See.

»Da hinten muss irgendwo Binz sein«, machte ich Henning aufmerksam und wies in die Ferne. »Wir haben da Urlaub gemacht, meine Eltern und ich. Deshalb kenne ich auch ein paar Dinge von Rügen. Im Sassnitzer Hafen waren wir nur als Zwischenstopp zum Essen. Der Urlaub war schön.«

»Hast du eigentlich Geschwister?«, fragte Henning. Er zückte sein Smartphone und schoss von mir und der Sicht ein Foto. »Ebenfalls schön!« Er grinste und hielt mir das Handy vor die Nase.

Ich kicherte und schüttelte den Kopf. »Einzelkind, leider. Ich hätte immer gerne einen großen Bruder gehabt, der mich vor meinen Mitschülern in Schutz nimmt und sie vermöbelt, wenn sie mir doof gekommen sind.«

»Ach, sind sie das?«

»Manchmal schon. Es ist nicht leicht, wenn man zu den Besten gehört. Die schlechteren Schüler nehmen einem das übel. Ich wurde oft als Streber beschimpft, obwohl ich nicht viel lernen musste.«

»Kenne ich irgendwie, obwohl mein Bruder und ich genügend Unfug angestellt haben, sodass wir akzeptiert wurden.«

»Tja, dafür war ich dann wohl zu brav.« Ich grinste.

Die Unendlichkeit des Meeres zog mich in ihren Bann. Überall Wasser. Was in seinen Tiefen lauerte, war noch immer nicht gänzlich bekannt. Die Weltmeere galten als die bisher unerforschteste Zone des Planeten. Die Ostsee zählte sicher nicht dazu. Trotzdem konnte ich mir vorstellen, was die Leute in der Vergangenheit empfunden haben mochten, wenn sie sich der Urgewalt der See gegenübersahen. Wie viele Meeresungeheuer glaubten sie versteckt in den Fluten? Selbst ich war oftmals erstaunt, welch seltsame Lebensformen es gab. Manche erheiterten mich, anderer waren fast schon gruslig, von winzig kleinen Exemplaren bis hin zu unglaublich großen.

»Worüber sinnst du nach?«, fragte Henning und musterte mich von der Seite.

»Über die Geheimnisse des Meeres«, erwiderte ich.

Er lachte. »Ein kleiner Jacqes-Yves Cousteau steht also neben mir.«

Ich runzelte die Stirn. »Da regt sich was in meiner Erinnerung. Ich weiß nur nicht, was.«

»Das war vor unserer Zeit«, erklärte er. »Ein Meeresforscher. Da mein Vater aber mit seinen Dokumentationen förmlich aufgewachsen ist, kamen Johannes und ich nicht umhin, Cousteau kennenzulernen.«

»Hat der nicht auf einem Schilfboot den Atlantik bezwungen und alles gefilmt?«, überlegte ich.

»Das war Thor Heyerdahl auf seiner Ra. Cousteau war der mit der roten Wollmütze. Seine Filme waren für die damalige Zeit unglaublich spektakulär.«

»Ach so!« Ich hob die Schultern und wechselte das Thema. »Ich sollte meinen Opa anrufen. Er freut sich, wenn er von mir hört.«

»Du magst deinen Opa, habe ich recht?«

Ich bejahte.

Henning stellte sich an die Mauer, die den Molenkopf begrenzte und sah hinaus auf die See, während ich Opa Willi anrief und ihm alles berichtete.

»Bestelle schöne Grüße!«, rief er mir zu, als ich mich von ihm verabschiedete.

»Mache ich!«, rief ich zurück und gab die Grüße weiter. Dann beendete ich das Gespräch und trat auf ihn zu. »Du musst dich leider noch einen Moment gedulden. Meine Freundin hat gerade versucht, mich zu erreichen. Da muss ich zurückrufen, unbedingt!«

»Eine Freundin oder *die* Freundin?«, fragte er.

»*Die* Freundin. Ihr Name ist Susanne. Wir kennen uns von klein auf.« Ich entfernte mich erneut ein Stück, damit ich sicher sein konnte, dass er das Gespräch nicht mitbekam. Ich hatte Sanne viel zu erzählen, vor allem über ihn.

Susanne fiel aus allen Wolken, als ich ihr sagte, dass ich gerade am Kreidefelsen vorbei nach Sassnitz geschippert sei. Sie war begeistert und auch ein wenig neidisch, doch ich wusste, es war keine Missgunst. Sie gönnte mir mein Glück, hätte es aber auch gerne selbst erfahren.

»Ich muss langsam Schluss machen«, sagte ich nach einem kurzen Blick aufs Display. »Wir quasseln bereits seit über einer Viertelstunde. Ich will ihn nicht zu lange warten lassen.«

»Das solltest du auch nicht, Süße«, antwortete sie. »Halte ihn gut fest. Du scheinst einen Wahnsinnsfang gemacht zu haben. Ich freue mich so für dich!«

»Danke, Sanne! Ciao!«

Ich beendete den Anruf, steckte das Smartphone in die Tasche und trat auf Henning zu.

»Danke für deine Geduld, und nun lass uns was zwischen die Kiemen bekommen! Die Nudeln sind schon lange verdaut.«

Wir schlenderten zurück und suchten uns einen Tisch in einem der Restaurants an der Promenade. Henning erkundigte sich nach Bastian, ob er noch immer in Warnemünde sei, und ich erzählte ihm von seinem peinlichen Auftritt vor dem Supermarkt und später vor Opas Haus. Dass mich Lütt Matten vor der Kirche gerettet hatte, ließ ich unerwähnt. Das musste er nicht wissen. Ruthchens Eingreifen lobte ich hingegen in den höchsten Tönen.

»Und wer ist Ruthchen?«, wollte er wissen.

»Opas Nachbarin Ruth Simon. Er nennt sie aber immer nur Ruthchen, und ich habe es mir inzwischen ebenfalls angewöhnt. Sie war es auch, die ihm ins Gewissen geredet hat, Onkel Paul zu sagen, dass er Basti aus seinem Haus werfen soll.«

»Tolle Frau«, entgegnete Henning krächzend und räusperte sich. »Zum Glück hat dein Großvater auf sie gehört. Der Typ könnte sich mit meiner Ex zusammentun. Im Stalken scheinen beide denselben Kurs zu fahren. Ist er nach Berlin zurückgekehrt?«

»Keine Ahnung. Ich hoffe es. Das hätte ich Opa vorhin fragen sollen.«

Nach dem Essen gingen wir in die Stadt. Sassnitz' Flaniermeile war recht überschaubar, eine kurze Einkaufspassage mit einigen Läden, in denen ich stöberte und ein neues Sommerkleid fand. Im Anschluss suchten wir uns ein Restaurant und tranken eine Flasche Wein. Als die Sonne am Horizont verschwand, kehrten wir schließlich zur Jacht zurück.

Den folgenden Tag blieben wir noch in Sassnitz, um einen Ausflug zum Königsstuhl zu unternehmen. Es war ein schöner Tag. Wir genossen den Ausblick auf die Kreidefelsen und die Ostsee. Den Abend verbrachten wir auf der Jacht, und am nächsten Morgen ging die Reise weiter. Zu spät dachte ich an die Störtebekerfestspiele, die jedes Jahr Tausende Zuschauer nach Ralswiek lockten. Wir hatten aber Ralswiek bereits passiert. Also tröstete ich mich mit dem Gedanken, dass wir so oder so keine Eintrittskarten mehr erhalten hätten. Die Vorstellungen waren meist ausverkauft.

Henning steuerte die Jacht immer in Sichtweite des Festlandes, dennoch weit genug entfernt, sodass es nur ein schmaler Küstenstreifen war, den ich erkennen konnte. Ostseebäder wie Prora, Binz und Sellin zogen an uns vorbei. Als wir Göhren hinter uns gelassen hatten, setzte er Kurs auf die offene See hinaus, und ich erlebte das Gefühl, auf einer Minikreuzfahrt zu sein. Wohin ich auch sah, überall Wasser, auf dem sich die Strahlen der Sonne brachen.

»Wo geht es jetzt hin?«, fragte ich und griff nach dem Reiseführer, der auf dem Tisch lag, und schlug die Karte auf. »Nach Vilm?« Das war das Erste, was mir ins Auge fiel.

»Geht nicht. Die Insel Vilm ist ein Naturschutzgebiet und für den Tourismus gesperrt. Zudem befinden wir uns hier«, er beugte sich mir zu und tippte auf die Karte, »meilenweit von Vilm entfernt.«

»Upps, da lag ich ja voll daneben«, lachte ich. »Zum Ersten Offizier tauge ich kaum. Kartenlesen scheint nicht zu meinen Stärken zu gehören.«

»Deshalb wurden Navis erfunden. Wir fahren jetzt ein Stück auf die Ostsee hinaus und kommen auf der Rücktour an Vilm vorbei.« Er setzte den Kurs Richtung Südosten, und ich schmökerte im Reiseführer weiter. »Vilm war früher für die SED-Bonzen reserviert«, erzählte er, während die *Frederike* mit ihrem Bug das Wasser teilte. »Ursprünglich wollte ich mit dir auf der Greifswalder Oie anlanden.« Er wedelte mit seiner Hand voraus, wo ich ein kleines Eiland inmitten der sonnenüberfluteten Ostsee entdeckte. »Auch sie ist inzwischen Naturschutzgebiet und für den privaten Bootsverkehr gesperrt. Wir fahren aber einmal um sie herum. Das haben meine Eltern mit uns auch gemacht, als wir vor knapp zwanzig Jahren die Ostsee erkundet haben.«

»Ah, daher kennst du dich also so gut aus«, lachte ich.

»Na klar«, konterte er. »Ich war damals elf Jahre alt. Da erinnere ich mich natürlich noch haargenau an jedes Detail.« Er grinste breit. »Auf jeden Fall muss in den letzten zwei Jahrzehnten beinahe jede kleine Insel zum Naturschutzgebiet ernannt worden sein, außer die Insel Ruden. Doch auch dort können wir nicht anlanden. Die Hafenanlage ist inzwischen so marode, dass sie keine Betriebserlaubnis mehr besitzt. Es wird vom Anlanden abgeraten.«

»Das ist ja beinahe wie verhext«, unkte ich und suchte im Reiseführer nach den genannten Inseln. »Vilm ist Teil des Naturschutzgebietes Insel Vilm«, las ich vor.

»Der Name leitet sich vom slawischen Wort *ilumu* ab, was *Ulme* bedeutet.«

»Ach ja? Wusste ich nicht. Gibt es dort viele Ulmen?«

»Keine Ahnung, davon steht hier nichts. Dafür wird erwähnt, dass *Greifswalder Oie* aus dem Niederdeutschen stammt. Es bedeutet *kleine Insel*.« Ich sah nach vorn auf das vor uns liegende Eiland, das in der Tat nicht sehr groß zu sein schien. Dann entdeckte ich im Reiseführer eine Auflistung der wichtigsten Daten. »Maximale Länge 1550 Meter«, teilte ich Henning mit, »und gerade einmal 540 Meter breit.«

»Das ist klein«, bestätigte er.

Die Jacht hatte sich inzwischen so weit genähert, dass ich mir die Insel in aller Ruhe anschauen konnte. Sie war beinahe so platt wie eine Flunder. Weiße Sandstrände, hinter denen sich flache Dünen erhoben, ansonsten Buschwerk und Wiesen. Im Osten der Insel ragte ein Leuchtturm empor. Ein paar Gebäude waren zu erkennen. Viel mehr schien es dort nicht zu geben.

»Es ist der östlichste Leuchtturm Deutschlands«, erzählte ich Henning mit der Nase im Buch, »der denselben Namen wie die Insel trägt. Sehr einfallsreich waren sie bei der Namensgebung nicht gerade. Und du hast recht, die Greifswalder Oie ist Naturschutzgebiet.«

Wir passierten den ehemaligen Hafen, in dem ein einsames Schiff auf dem Wasser dümpelte. Einmal täglich wurde einer genau definierten Anzahl Touristen der Zutritt zur Insel gewährt, hatte ich im Reiseführer erfahren. Sie durften eine geleitete Führung über das Eiland unternehmen, um das ökologische Gleichgewicht nicht zu stören. Das hätte mich ebenfalls interessiert.

Die Jacht drehte nach Südwesten ab.

»Und wohin geht es nun, Herr Kapitän?« Ich schlug den Reiseführer zu und legte ihn auf den Tisch.

»Nächstes Ziel ist die Insel Ruden! Wir umrunden sie, damit du dir alles von der Seeseite aus ansehen kannst, und dann fahren wir nach Lauterbach. Dort landen wir an, füllen die Tanks wieder auf und verbringen die Nacht in der Marina.«

»Zusammen?«, rutschte es mir heraus.

Er sah mich grinsend an. »Nichts lieber als das.«

Verträumt lächelte ich zurück und ärgerte mich, dass er seine Sonnenbrille trug, weil ich das Blau seiner Augen nicht sehen konnte. Es musste fast so dunkel sein wie die See um uns herum. Ich richtete den Blick wieder aufs Meer.

Die Sonne ließ die Oberfläche der Ostsee glitzern und funkeln. Ihre Strahlen brachen sich in ihren Wellen. Der Wind hatte noch mehr aufgefrischt und wehte über die See, sodass kleine Gischtflocken durch die Luft stoben. Ich hatte mir bereits meine Jacke angezogen. Auch Henning hatte sein Sweatshirt gegen einen winddichten Blouson getauscht. Ich trug sogar ein Tuch um den Hals und setzte mir die Kapuze auf. Trotzdem war es wunderschön.

Ich griff nach dem Smartphone und machte ein paar Bilder, nicht nur von der atemberaubenden Natur, sondern auch von dem Mann neben mir. Dabei fiel mir auf, dass Hennings Gesicht sehr gerötet war, obwohl wir uns vor dem Aufbruch eingecremt hatten, aber die salzige Luft und die Reflexion der Sonne auf dem Wasser hinterließen ihre Spuren.

»Ich gehe mal meinen Sonnenschutz auffrischen«, sagte ich und erhob mich von meinem Platz. »Ich komme mir wie ein Dörrfisch vor. Brauchst du auch deine Sonnenmilch?«

»Wäre wohl ganz angebracht«, erwiderte er und nahm etwas Fahrt aus der Jacht.

Und wie eine Tomate möchte ich auch nicht leuchten, dachte ich, als ich den Niedergang auf das Deck und von dort hinunter zu den Kabinen stieg, doch dafür war es inzwischen zu spät. Der Blick in den Spiegel zeigte mir, dass auch ich bereits zu viel Sonne abbekommen hatte. Es war aber kein Sonnenbrand, nur eine vorübergehende Hautrötung, die am morgigen Tag gebräunt sein würde. Einzig die hellen Ringe, die meine Augen umrahmten, ließen sich aufgrund des Tragens der Sonnenbrille nicht verhindern und sahen etwas komisch aus.

»Fast wie ein Uhu!«, murmelte ich und trug mir eine dicke Schicht Creme auf die Haut auf. Dann kehrte ich zu Henning auf das Dach der Kajüte zurück und warf einen kritischen Blick in sein Gesicht. Seine Sonnenbrille lag neben ihm. Er sah nicht besser aus.

»Was grinst du vor dich hin?«

Ich reichte ihm die Sonnenmilch und nahm meine Brille ab. »So siehst du auch aus.«

Er fiel in mein Lachen ein, als er die weiß umrahmten Augen in meinem ansonsten geröteten Gesicht sah. Dann stand er auf, nahm mich in den Arm und gab mir einen Kuss. »Wir sollten nach unten gehen. Da sind wir der Sonne nicht mehr ausgesetzt.«

»In meine oder deine Kabine?«, frotzelte ich und schmiegte mich an seine Schulter.

Er lachte. »Ist mir egal, doch das sollten wir auf später verschieben. Jetzt lass uns erst mal den Hafen anlaufen.«

Von Ruden ging es zurück zur Südküste von Rügen. Dabei kamen wir an der Insel Vilm vorbei und legten wenig später in der Marina von Lauterbach an.

»Mein lieber Scholli!«, staunte Henning, als er die weitläufige Hafenanlage sah. »Hier hat sich richtig was getan. Ich weiß gar nicht, ob es damals auch schon eine solch große Marina gab. Wahrscheinlich schon. Ich kann mich nur nicht mehr daran entsinnen.«

Wir gingen an Land, um uns die Beine zu vertreten. Es herrschte reges Treiben. Die Anlegeplätze waren fast vollständig belegt, Schiffe aus aller Herren Länder, sogar ein Ami war dabei.

»Ist der etwa mit einem Segelschiff über den Atlantik gefahren?«, raunte ich Henning verwundert zu, als ich den kleinen Wimpel mit der US-amerikanischen Flagge sah.

»Bei der Größe und mit der nötigen Besatzung kann man es wagen. Allerdings ist das ein gemietetes Boot. Sieh dir Namen und Heimathafen an. Es kommt aus Bremen. Der Wimpel ist nur eine Zier. Es ist ein deutsches Schiff.«

Ich ergriff seine Hände und zog ihn auf Armeslänge zu mir heran. »Habe ich dir schon gesagt, dass ich dir für diese Reise dankbar bin? Ein wundervolles Erlebnis, das man nicht alle Tage geboten bekommt – vor allem nicht mit einem so netten Kapitän wie dir!«

Er beugte sich zu mir herunter, und unsere Lippen fanden sich. Eine Woge des Glücks durchströmte meinen Körper. Ich ließ mich von ihm in den Arm nehmen und verschränkte die Hände hinter seinem Hals. Die Welt um uns herum war vergessen, während wir uns innig küssten. Die Zeit stand still und hätte nicht mehr weitergehen müssen. Ich war glücklich und zufrieden wie seit der Trennung von Bastian nicht mehr.

Hand in Hand schlenderten wir umher und sahen uns alles an. Es gab kleine Verkaufsstände, die frischen Fisch anboten, vorwiegend jedoch Souvenirs. Auf unserem Erkundungsrundgang fanden wir ein Fisch- & Steakhouse, wo wir uns für den Abend einen Tisch reservieren ließen, um zuvor noch einmal zur Jacht gehen zu können. Lauterbachs Hafen bot sanitäre Einrichtungen. Es wurde Zeit, zu duschen und das Salz und die Sonnencreme vom Körper zu spülen. Ich wusch mir die Haare, die von der Sonne inzwischen beinahe weißblond waren. Dazu meine gebräunte und im Gesicht gerötete Haut. Ich kam mir wie eine Mischung aus Nord- und Südländerin mit indianischem Einschlag vor. Auch Henning sah wie ein südländischer Sonnyboy aus. Ihm fehlten einzig die schwarzen Haare.

Das Restaurant befand sich in einem hübschen Backsteinbau und bot neben einem gemütlichen Gastraum eine Sonnenterrasse mit Meerblick. Der Kellner führte uns zu unserem Tisch in der vorderen Reihe, sodass wir neben dem leckeren Essen auch einen fantastischen Blick aufs Wasser genießen konnten. Große Schirme schützten vor der Sonne. Die leichte Brise kühlte mein erhitztes Gesicht.

»Ich habe Hunger wie ein Bär«, teilte ich Henning beim Hinsetzen mit.

»Das liegt an der Seeluft. Die macht hungrig.«

Wir sahen in die Karte, und ich wusste nicht, was ich nehmen sollte, ein typisches Frauenproblem.

»Am besten die Karte einmal hoch und runter«, schlug Henning vor, als er meine Unentschlossenheit bemerkte. »Bestelle, was du möchtest. Du bist eingeladen.«

Ich fühlte, wie mir noch mehr Hitze in die Wangen schoss, was ich erstaunlich fand. Mein Gesicht glühte wie ein Backofen, doch es tat nicht weh, sodass ein Sonnenbrand ausgeschlossen werden konnte.

»Ich werde ein Rumpsteak nehmen«, entschied er und leckte sich in Vorfreude darauf die Lippen. »Das mit dreihundert Gramm. Und dazu Bratkartoffeln und

117

ein Salat. Das wird genügen, und wenn nicht ...« Er hob die Schultern und grinste mich verschmitzt an.

Ich begnügte mich mit einer etwas kleineren Ausführung des Rumpsteaks, nahm dazu eine Backkartoffel und ebenfalls einen Salat.

Nach dem Essen überlegten wir, ob wir den Abend im Lokal oder an Bord ausklingen lassen sollten, und entschieden uns für eine Flasche Wein im Restaurant.

Mit dem Anbruch der Dunkelheit kamen die Mücken von der benachbarten Wiese, sodass wir uns entschlossen, doch zur Jacht zurückzukehren. Henning ließ die Flasche verkorken, zahlte, und wir schlenderten zum Schiff zurück. Dort hatten wir wenigstens Mückenspray gegen die lästigen Biester.

Je später der Abend wurde, umso kühler wurde es. Henning holte eine Decke hervor, und wir kuschelten uns in sie ein. Wir hätten uns auch etwas überziehen können, aber sowohl er als auch ich zogen die Nähe des anderen vor. Zärtliche Küsse, leise Worte und Streicheleinheiten wurden ausgetauscht. Ich spürte, dass der Wein zu wirken begann, und mein Bedürfnis nach Liebe stieg. Über uns funkelten die Sterne am nachtschwarzen Himmel. Der Mond war aufgegangen und stand wie eine silberne Sichel am Firmament.

Von den anderen Schiffen drangen leise Stimmen und fröhliches Lachen zu uns herüber. Da, wo Kerzen entzündet waren, flackerten die Flammen wie kleine Lichtpunkte in der Dunkelheit. Einige Boote waren hell erleuchtet. Es war einfach nur schön.

Irgendwann brachten wir die Gläser nach unten und verschlossen das Deck.

»Und nun?« Er sah auf mich herab, und ich schmiegte mich an seine Brust.

Seine Arme umschlangen meinen Körper und spendeten mir Geborgenheit. Ich hätte ewig so verweilen können.

Ich könnte ihn auch küssen, dachte ich und hob den Kopf.

Unsere Blicke trafen sich und dann unsere Lippen. Es war der wohl schönste Kuss in meinem bisherigen Leben.

Seine Hände glitten meine Hals hinab und schoben die Träger meines Tops von den Schultern. Dann hauchte er mir Küsse auf die nackte Haut, und wir stolperten in seine Kabine, wo wir eng umschlungen in seine Koje fielen.

In dieser Nacht schlief ich nicht allein.

14

Die Sonne fiel durch das Bullauge in die Kajüte und unser Bett. Sie kitzelte mich an der Nase und streichelte warm mein Gesicht. In rhythmischen Abständen plätscherte das Wasser des Hafenbeckens gegen die äußere Bordwand der Jacht. Möwen schrien. Stimmen waren von der Pier zu hören. Wie spät war es wohl?

Egal!

Ich verspürte keine Lust aufzustehen. Ich lag neben Henning, einem Hammermann, und atmete den Duft seines Körpers ein, eine leicht herbe männliche Note, die ich erotisch fand. Ich hatte einmal gelesen, dass wir bei der Partnerwahl auch unserer Nase vertrauen. Das hing mit den Abwehrstoffen des anderen zusammen, die den Körpergeruch eines Menschen prägten. Nur wer andere Immunstoffe besaß als wir selbst, roch für uns interessant. Immerhin sollte dem gemeinsamen Nachwuchs größtmögliche Selbstheilung zugesichert werden. Henning duftete für meine Sinne verführerisch. Er musste genau der Richtige sein.

Wohlig seufzend, schmiegte ich mich an seinen Körper.

Er rasierte sich die Brust. Ich spürte die harten Stoppeln der nachwachsenden Haare an meiner Wange. Im Schlaf sah er zufrieden aus. Seine dichten Wimpern zitterten leicht. Träumte er von mir und der vergangenen Nacht?

Ich wusste es nicht, doch auch ich war zufrieden wie eine Katze, die von der süßen Milch geschleckt hatte. Was für eine wundervolle Zeit! Vor zwei Wochen hätte ich nicht gewagt, davon zu träumen.

Überhaupt hätte ich niemals angenommen, dass ich so schnell über Bastians Seitensprung hinwegkommen könnte. Er und Mona hatten mich mit ihrem Fehlverhalten schwer verletzt. Mona war eine ehemalige Studienkollegin von mir. Sie unterrichtete am anderen Ende von Berlin, doch wir waren noch locker befreundet. Bastian hatte seit fast fünf Jahre mit mir zusammen gelebt. Er war in meine Wohnung eingezogen, wir hatten Tisch und Bett und unser Leben geteilt. Inzwischen hatte ich ihn vor die Tür gesetzt. Er hatte seine Siebensachen wieder abgeholt und ich das Schloss ausgetauscht. Wo er untergekrochen war, wusste ich nicht, und es interessierte mich auch herzlich wenig. Vielleicht waren nun Mona und er ein Paar.

Nach diesem abrupten Ende hatte ich befürchtet, für lange Zeit am Boden zerstört zu sein und in Depressionen zu verfallen. Deshalb auch meine überstürzte Flucht zu Opa an die Ostsee. Eigentlich hatte ich die ersten zwei Wochen mit Erholung auf dem heimischen Balkon verplant. Da aber Bastian nach seinem Rauswurf fast täglich vor meiner Tür gestanden und um Schönwetter gebettelt hatte, war mir nichts anderes übrig geblieben, als aus Berlin zu verschwinden. Wenn ich es recht bedachte, durfte ich meiner Mutter nicht einmal böse sein. Die Flucht in den Norden war vorhersehbar gewesen. Erstaunlich, dass mein Ex nicht von selbst auf diese Idee gekommen war.

Henning seufzte neben mir und drehte sich auf die andere Seite, sodass er mir nun den Rücken zuwandte.

Was war ich froh, dass ich ihn getroffen hatte. Es

war Liebe auf den ersten Blick, eine Tatsache, die ich stets bezweifelt hatte, dass es sie gab, oder war ich derzeit nur empfänglicher dafür?

Ich kräuselte die Stirn und horchte in mich hinein.

Nein, das war es nicht, im Gegenteil! Eigentlich hatte ich vermutet, vom männlichen Geschlecht vorerst kuriert zu sein. Ich hatte nicht einmal Lust auf einen Urlaubsflirt verspürt, als ich die Bahnfahrt angetreten hatte. Dann waren Henning und ich uns begegnet. Auch hierbei hatte meine Mutter unbeabsichtigt ihre Finger im Spiel gehabt. Hätte er mich überhaupt bemerkt, wenn nicht das Smartphone permanent geläutet hätte?

Ich wusste es nicht. Was ich aber wusste, das hier war kein Urlaubsflirt, zumindest nicht für mich. Empfand Henning ebenso?

Er rollte sich erneut zu mir herum und öffnete die Augen. »Hast du gut geschlafen?« Er küsste mich auf den Scheitel.

»Wie in Abrahams Schoß, obwohl ich dich ihm tausendmal vorziehe.«

»Wieso, kennst du ihn?«, lachte er und schlang die Arme um mich.

»Natürlich nicht. Ist nur so eine Redensart.«

»Ich weiß.«

Wir sahen uns in die Augen.

Oh, dieses Blau!

»Was wollen wir heute unternehmen?«, fragte ich ihn und strich mit dem Zeigefinger über seine nackte Brust.

»Was möchtest du denn gerne tun? Wir können nach Stralsund weiterfahren oder noch einen Tag in Lauterbach verbringen. Ich muss nur spätestens am Sonntag wieder in Hamburg sein, nachdem ich dich wohlbe-

halten bei deinem Großvater in Warnemünde abge-
liefert habe.«

»Dann verbleibt uns noch eine Woche!«, frohlockte
ich und stibitzte mir einen Kuss von seinen Lippen.
»Meinst du, wir bekommen in Stralsund heute noch
einen Liegeplatz?«

Henning zuckte mit den Schultern und rollte sich
auf den Rücken. »Es ist Saison und dazu noch in fast
allen Bundesländern Ferien. Vielleicht sollten wir erst
zum Abend Stralsund ansteuern. Dann sind sicher einige wieder abgereist.«

»Und wenn nicht?«

»Dann fahren wir weiter. Der Tank ist voll und die
Ostsee groß.«

»Nur leider alle Inseln Naturschutzgebiet.« Ich kuschelte mich an seine Seite. »Ich ärgere mich, dass wir
auf der Hinfahrt an Ralswiek vorbeigefahren sind. Ich
hatte nicht daran gedacht.«

»An was denn?« Er setzte sich mit dem Rücken an
das Kopfteil des Bettes, und ich legte meinen Kopf auf
seine Brust.

»Hat dir das dein Reiseführer nicht erzählt?«, neckte
ich ihn und blickte zu ihm auf. »Die Störtebekerfestspiele. Allerdings weiß ich nicht, ob man dafür
überhaupt noch Karten an der Abendkasse erhält.«

»Das ließe sich mit einem Anruf klären«, entgegnete er. »Oder wir befragen das Internet.«

»Ja, aber es würde bedeuten, dass wir von deiner
geplanten Route abweichen müssen und einen Teil der
Strecke, die wir bereits geschippert sind, erneut zurück-
legen müssten.«

»Na und?« Er grinste und streichelte mir das Gesicht. »Gefällt es dir nicht an meiner Seite?«

»Du dummer Kerl!« Spielerisch boxte ich ihm in die

Rippen, und er keuchte, als hätte ich ihn schwer verletzt. Dann schwang er die Beine aus dem Bett und sah sich nach der Landkarte und seinem Smartphone um, fand beides aber nicht.

»Liegt die Karte vielleicht an Deck?«, fragte ich und konnte mich an seinem Knackarsch kaum satt sehen.

»Möglich, doch wo ist mein Telefon?« Er zog sich Slip und Hose an und verschwand aus der Kabine.

Ich seufzte. Sollte ich auch aufstehen?

Keinesfalls. Es war zu schön im Bett. Zudem hoffte ich, dass Henning noch ein wenig mit mir schmusen würde, doch für ihn schien der neue Tag mit dem Aufstehen begonnen zu haben. Mit der Nase auf der Karte kehrte er in die Kabine zurück und blieb vor dem Bett stehen.

»Okay, es ist ein Umweg, aber warum nicht? Alternativ können wir auch ein Auto mieten und fahren hin. Rügens Alleen sollen wunderschön sein.«

»Vielleicht werden auch Bustouren angeboten«, entgegnete ich. »Dann muss keiner von uns des Nachts noch fahren.«

Henning runzelte die Stirn und fuhr mit dem Zeigefinger über die Karte. Dann hellte sich sein Gesicht auf. »Ralswiek ist von Lauterbach nur einen Katzensprung entfernt.« Er holte sein Smartphone aus der Hosentasche und checkte die genaue Strecke. »Achtzehn Kilometer, Rike. Das schaffen wir sogar zu Fuß, wenn wir rechtzeitig aufbrechen.« Er grinste und googelte weiter. »Das einzige Problem stellt eine Autovermietung dar. Hier gibt es keine. Zumindest wird nichts in der näheren Umgebung angezeigt.«

»Schade!«, kommentierte ich seine Feststellung mit einem verführerischen Lächeln. »Dann bleiben wir eben im Bett.«

Hennings Grinsen wurde breiter, während er nicht aufgab und weitersuchte. »Ah, hier gibt es eine Rufnummer.« Er wählte, doch es ging niemand ran. »Ist wohl noch zu früh für den Kartenvorverkauf, oder er ist am Sonntag geschlossen.« Er sah mich an. »So, meine Liebe. Nix mit faul im Bett rumliegen. Wir duschen uns jetzt, essen gemütlich an Deck Frühstück und fahren anschließend nach Stralsund. Dort gehen wir zur Touristinformation, wo ich sicher einen Mietwagen buchen und vielleicht sogar Tickets kaufen kann.«

»Kann das nicht noch einen Moment warten?« Ich lüftete die Bettdecke an und gewährte ihm einen Blick auf meinen nackten Körper.

Er schnalzte mit der Zunge. »So viel Zeit muss sein.«

*U*m die Mittagszeit erreichten wir die Hansestadt Stralsund. Es war ein wundervolles Panorama, das sich uns bot. Die neue Brücke, die die Insel Rügen für den Autoverkehr mit dem Festland verband, der interessante Bau, in dem sich das Ozeaneum befand, daneben die historischen Speicher, alles überragt von den Kirchen der Stadt.

»Für diesen Entwurf war sicher ein Wettbewerb ausgeschrieben«, vermutete Henning beim Anblick des Ozeaneums. »So etwas stampft nicht jedes Architekturbüro aus dem Boden.«

Ich zuckte nur mit den Schultern. Dazu konnte ich nichts sagen. Ich war kein Architekt. »Früher befand sich das Meeresmuseum in einer Kirche«, erinnerte ich mich stattdessen. Es war lange her, dass ich Stralsund einen Besuch abgestattet hatte. Gab es das alte Museum noch?

Ich griff mir den Reiseführer und blätterte in ihm herum. Henning steuerte in der Zwischenzeit das Schiff sicher in den Hafen und legte an.

»Neben dem Ozeaneum müssen wir uns auch das Meeresmuseum anschauen«, teilte ich ihm mit, als wir Hand in Hand auf Erkundungstour gingen. »Das ist für mich Nostalgie pur. Meine Großeltern waren mit mir regelmäßig dort. »Da kommen Kindheitserinnerungen hoch.«

Henning lachte.

»Doch, ehrlich«, entgegnete ich. »Es gibt da so eine Schautafel, wo man sein Wissen über die Fischarten testen kann. Opa war stets mein Held, wenn er alle Fische den richtigen Namen zuordnen konnte. Ich habe stets einen Fehler gemacht. Und die riesige Krabbe ...« Ein Schütteln durchlief meinen Körper. »Die sieht aus wie ein Monster einem Science-Fiction-Film!«

»Du bist ja Feuer und Flamme!«, bescheinigte er mir und sah sich um.

An fast jeder Ecke gab es ein Restaurant. Stralsund war eine alte Stadt und hatte der Hanse angehört. Das konnte ich an den Häuserfronten sehen. Backstein-fassaden, wohin ich auch sah. Natürlich gab es auch moderne Bauten. Mein Smartphone hatte wieder einmal Dauereinsatz. Ich klickte hierhin und dorthin und hoffte, dass der Akku durchhielt. Er zeigte nur noch wenige Prozent.

Auch Hennings Smartphone schoss ein Foto nach dem anderen. Gelegentlich fiel mir auf, dass er dabei auch mich ablichtete, wenn er glaubte, ich bekäme es nicht mit. Mehrmals bat er mich, vor einer Sehens-würdigkeit zu posieren. Hin und wieder kam auch ein gemeinsames Selfie hinzu. Eines davon schickte er an seine Anwaltskanzlei mit dem Untertitel: *Meine nette Reisebegleiterin Rike und ich in der schönen Hanse-stadt Stralsund!*

Ich fühlte mich geschmeichelt, denn wir kannten uns noch nicht sehr lange. War es ein Zeichen dafür, dass er genauso empfand wie ich, oder wollte er vor seinen Kollegen nur mit mir prahlen? Immerhin war ich eine attraktive Frau.

Während wir uns an einem Imbiss eine Bratwurst im Brötchen schmecken ließen, schenkte ich ihm einen grüblerischen Blick. Wir gingen wie Frischverliebte miteinander um, doch war es ihm auch tatsächlich ernst oder war ich für ihn nur ein Urlaubsflirt?

Ich werde ihn bei Gelegenheit danach fragen, nahm ich mir vor und lächelte, als sich unsere Blicke kreuzten. Ich musste aber behutsam vorgehen. Manches Mannsbild versetzte eine derartige Frage in blinde Panik, und es rannte wie ein aufgescheuchter Hahn davon.

Auf dem Marktplatz fanden wir schließlich die Stralsunder Tourismuszentrale, die trotz Sonntag geöffnet hatte. Wir erkundigten uns nach Tickets für die Störtebekerfestspiele, und die Dame schaute in ihren PC.

»Für morgen ist leider alles ausverkauft«, teilte sie uns mit. »Auch nichts mehr an der Abendkasse. Ich hätte allerdings noch ein paar Karten für übermorgen, also Dienstag.«

Enttäuscht sah ich zu Henning. Da wären wir sicher schon weg.

»Was meinst du, Rike?« Er schenkte mir einen fragenden Blick.

»Mich musst du nicht ansehen«, sagte ich achselzuckend. »Ich habe noch fünf Wochen frei.«

Er grinste. »Ich zwar nicht, doch am Dienstag muss ich auch noch nicht wieder in Hamburg sein. – Okay«, wandte er sich der Dame am Schalter zu, »wir nehmen zwei Karten. Wenn Sie uns noch eine Autovermietung empfehlen können?«

»Das können Sie auch gerne bei mir buchen.« Sie lächelte mit einem charmanten Augenaufschlag zu Henning auf.

Während Henning mit ihr Modell und Abholung des Fahrzeugs abklärte, schmökerte ich in den Flyern, die in einem Ständer auslagen. Dabei fand ich auch einen für das Ozeaneum und das Meeresmuseum. Ich wollte mich gerade an die Angestellte wenden, als mein Smartphone zu läuten begann. Das Display zeigte eine mir unbekannte Mobilfunknummer.

»Ja, bitte?«, nahm ich den Anruf entgegen.

»Hallo, mein Name ist Matthias Siewert. Bist du das, Frederike?«

Matthias Siewert? Es machte klick!

»J...Ja!«, stotterte ich perplex. Woher hatte er meine Nummer, doch vor allem, was wollte er von mir?

»Dein Großvater war so freundlich, mir deine Telefonnummer zu geben«, sagte er, als hätte er meine Gedanken erraten. »Ich hoffe, es stört dich nicht.«

»I wo«, antwortete ich und trat ans Schaufenster, damit Henning nicht alles mitbekam.

»Ich wollte dich eigentlich bereits gestern zum Abendessen einladen, aber dein Opa sagte mir, dass du gar nicht in Warnemünde bist.«

»Das stimmt«, gab ich einsilbig zurück und lugte über die Schulter zu Henning, der noch mit der Autobuchung beschäftigt war.

»Bevor ich es vergesse, dein Ex ist gestern wieder nach Berlin zurückgekehrt.«

Aha, daher wehte also der Wind. Basti fort, freie Bahn für ihn! Ob er von Henning wusste?

»Danke, Matthias, das freut mich zu hören«, versuchte ich, das Gespräch zu beenden. »Wir telefonieren, wenn ich wieder in Warnemünde bin.«

»Wo steckst du eigentlich?«

»In Stralsund.«

»In Stralsund! Was machst du da?«

»Hat dir das Opa nicht erzählt?«

»Er meinte nur, du wärest mit jemandem auf eine Bootstour gegangen.«

»Stimmt.«

Es entstand eine Pause. Ich wusste nicht, wie viel ich

Lütt Matten erzählen wollte. Er hingegen schien am anderen Ende auf Informationen begierig zu sein.

»Darf man erfahren, mit wem?«, brach er schließlich das Schweigen.

»Ich werde spätestens am kommenden Sonntag wieder zurück sein«, antwortete ich, ohne auf seine Frage einzugehen. »Tut mir leid, wenn ich dir den gestrigen Abend vermiest haben sollte.«

Es war mit einem Mal so ruhig am anderen Ende. War er überhaupt noch dran?

»Hallo, Matthias, bist du noch da?«

Schweigen.

Ich sah auf das Display. Es war dunkel. Der Akku hatte den Geist aufgegeben.

Pech!, dachte ich und wandte mich um. Henning stand hinter mir, wie lange wohl schon?

»Wer war das?«, fragte er.

»Der Enkel von Onkel Paul. Er wollte mir nur mitteilen, dass Bastian endlich nach Berlin zurückgefahren ist.« Ich zwang mich zu einem fröhlichen Lächeln.

»Das ist doch wunderbar!« Auch Hennings Mund umspielte ein Lachen. »Wir können gehen. Der Mietwagen steht am Dienstagvormittag im Hafen bereit.« Er wollte meine Hand ergreifen, in der ich noch immer das Smartphone hielt, doch ich entzog sie ihm und trat erneut auf die Angestellte zu.

»Ich kann doch sicher bei Ihnen auch die Tickets für das Meeresmuseen und das Ozeaneum kaufen, oder etwa nicht?«

Sie lächelte. »Derzeit steht nur das Ozeaneum den Besuchern offen. Das Meeresmuseum hat vor Kurzem seine Pforten geschlossen und wird umgebaut. Neueröffnung soll im Mai 2022 sein.« Sie reichte mir die Eintrittskarten für das Ozeaneum und nahm das Geld entgegen und verabschiedete sich. »Ich wünsche Ihnen einen angenehmen Aufenthalt in Stralsund und viel Spaß bei den Störtebekerfestspielen in Ralswiek!«

Wir bedankten uns und traten hinaus auf den sonnenüberfluteten Markt.

Den Ausflug in das Ozeaneum verschoben wir auf Montag. Uns standen anderthalb Tage Zwangsaufenthalt in Stralsund bevor, ehe wir auf die Insel zurückfuhren, um uns das Freibeuterspektakel anzusehen. Die wollten überbrückt werden. Also nutzten wir den Sonntag zum Bummeln und verbrachten den Abend auf der Jacht.

Henning war am Folgetag vom Ozeaneum begeistert. Die Aquarien waren zwar nicht alle exotisch und bunt. Trotzdem konnte auch ich mich dem Flair der einheimischen Gewässer nicht entziehen.

Das Museum war in verschiedene Bereiche untergliedert und wartete mit fünf Dauer- und einer Sonderausstellung auf, die neben den Weltmeeren auch den einheimischen Gewässern gewidmet waren. Fußlahm kehrten wir am frühen Nachmittag auf die *Frederike* zurück und kochten und brutzelten uns in der kleinen Bordküche ein leckeres Mahl.

Glücklicherweise hatte Henning mich nicht weiter nach Lütt Matten befragt. Die Aussage, dass er der Enkel von Onkel Paul war, der mir nur hatte mitteilen wollen, Basti sei nach Berlin zurückgekehrt, schien ihm zu genügen. Ich wollte nicht, dass er auf dumme Gedanken kam und eifersüchtig wurde. Es reichte schon, dass Matthias' Anruf mich verunsichert hatte.

Was wollte er von mir? Wieso hatte er mich zum Essen einladen wollen? Empfand er plötzlich was für mich?

Die Frage sollte eher lauten: Empfindest du was für

ihn?, meldete sich mein Verstand. *Warum denkst du darüber nach?*

Das konnte ich auch nicht sagen. Empfand ich was für ihn? Ich horchte in mich hinein.

Matthias war ein attraktiver Mann. Das war mir bereits in der Eisdiele aufgefallen. Dass er sensibel und verständnisvoll war, hatte er mir mit Basti bewiesen. Wahrscheinlich hätte ich mich für ihn interessiert, wenn ich nicht zuvor Henning begegnet wäre. Was aber, wenn Henning in mir doch nur einen Urlaubsflirt sah? Wäre es dann nicht gut, den lütten Matten als Ersatz in der Hinterhand zu haben?

Ich schämte mich gerade für mich selbst. Eine solche Berechnung war mir eigentlich fremd. Trotzdem wurmte es mich, dass mein Akku den Anruf abrupt unterbrochen hatte. Deshalb nahm ich mein Telefon und schickte Matthias eine Nachricht.

Entschuldige, mein Akku war leer. Ich melde mich, wenn ich wieder in Warnemünde bin. LG Rike

Dann schaltete ich das Display aus und spähte den Niedergang hinab in den Küchenbereich, wo Henning dabei war, eine Flasche Wein aus dem Vorrat auszuwählen.

»Was hattest du eigentlich in Rostock zu tun?«, rief ich ihm zu. Ich wusste nur, dass er in Warnemünde einen Arbeitsurlaub verbrachte. Mehr hatte er nicht erzählt. »Hast du alles erledigen können?«

»Habe ich. – Rot oder weiß?«

»Rot«, antwortete ich und wartete, ob er mir auch auf meine erste Frage eine Antwort geben würde, doch das tat er nicht.

Er kam wieder zu mir auf Deck und stellte Gläser und die Flasche auf den Tisch. Dann füllte er Wein ein und setzte sich neben mich.

»Was für ein schöner Abend.« Er legte den Arm um meine Schulter und prostete mir zu. »Ich freue mich auf morgen und auf die Vorführung. Du ebenfalls?«

Ich bejahte. Scheinbar war er nicht gewillt, über seinen Auftrag zu reden. Okay, das musste er auch nicht. Es ging mich nichts an.

Die Luft war mild und warm. Die Geräusche der Stadt verebbten, je später es wurde. Wir unterhielten uns, um uns besser kennenzulernen. Es gab so viel, was wir voneinander nicht wussten. Mein Interesse galt vor allem seinen Gefühlen mir gegenüber. Waren sie genauso tief wie meine? Er war stets aufmerksam und liebevoll. Trotzdem hatte ich noch immer nicht die drei bewussten kleinen Worte gehört, oder war es dafür einfach noch zu früh? Und wie sollte es nach unserem Ostseetörn weitergehen?

Ich spürte, wie mich die ersten Zweifel und Ängste zu übermannen drohten, die mir sagten, ich war unsterblich in ihn verliebt.

Nichtsdestotrotz schlief ich in dieser Nacht überglücklich an seiner Seite ein. Mein letzter Gedanke galt Susanne. Ich musste sie morgen unbedingt anrufen. Wenn sie erfuhr, wie gut es zwischen Henning und mir lief und wie glücklich ich trotz meiner Bedenken war, würde sie sich riesig für mich freuen.

Ich staunte nicht schlecht, als ich am nächsten Tag das Wägelchen sah, das auf uns wartete, ein Audi-Cabriolet. Die Kanzlei von Hennings Familie musste tadellos laufen. Inzwischen kam ich mir wie ein Schmarotzer vor, denn mir bot sich nur selten eine Gelegenheit zum Bezahlen. Henning war stets schneller, oder er bestand darauf, die Rechnungen zu begleichen. Erstaunlich, dass ich vorgestern die Eintrittskarten für das Museum hatte zahlen dürfen.

»Gefällt es dir?«, fragte er auf meinen überraschten Ausruf hin und grinste zufrieden von einem Ohr zum anderen.

Ich bejahte. »Ich wollte schon immer mal Cabrio fahren.« Verschmitzt zwinkerte ich zurück.

Wir fuhren aus Stralsund heraus und passierten in gemäßigtem Tempo die neue Trasse über den Strelasund. Eine wahre Blechlawine rollte der Insel entgegen, und genauso viele Autos brausten dem Festland zu. Der Wind spielte mit meinem offenen Haar, wenn ich den Hals reckte und aus dem Windschutz der Sonnenblende auftauchte. Ich warf einen Blick über die Schulter und war über das Panorama begeistert, das sich mir bot. Leider konnten wir nicht anhalten und aussteigen, um es uns anzusehen, aber Henning erhaschte zumindest im Rückspiegel einen knappen Blick und ich schoss ein Foto und hoffte, dass es nicht verwackelt war.

Wir entschieden uns für die Nebenstraßen und Ortsdurchfahrten. Das dauerte zwar länger, aber wir wollten etwas von Rügen sehen. Auf ein schnelles Vorankommen kam es uns heute nicht an. Wir hatten ausreichend Zeit. Die Vorstellung begann erst um zwanzig Uhr.

Ich hatte heute Morgen Sanne noch erreicht und ihr die Neuigkeiten der vergangenen zwei Tage mitgeteilt. Als ich ihr von Matthias' Anruf erzählte, den der leere Akku rüde beendet hatte, merkte sie auf.

»Ich kann mich des Eindrucks nicht erwehren, dass es dir leidtut, dass ihr unterbrochen wurdet.«

Ich seufzte. »Irgendwie schon. Immerhin hat er sich als netter Mensch entpuppt. Er hat mich vor der Antwort auf Bastis Heiratsantrag gerettet. Das vergesse ich ihm nie. Und er hat auch seinen Opa bedrängt, meinen Ex vor die Tür zu setzen. Es wäre an mir gewesen, mich dafür bei ihm mit einem Essen zu bedanken, nicht umgekehrt, aber ich bin ja schon am nächsten Tag mit Henning losgefahren.«

»Empfindest du was für ihn?«

Ich zuckte mit den Schultern. »Darüber bin ich mir nicht ganz im Klaren.«

»Hm, und ich dachte, du schwebst mit deinem Henning auf rosaroten Wolken übers Meer.« Sie kicherte.

»Das tue ich«, versicherte ich Sanne. »Ich habe nicht eine Sekunde an Matthias gedacht – bis zu seinem Anruf.«

»Und warum geht er dir nun nicht mehr aus dem Kopf?«, fragte sie.

»Das frage ich mich ebenfalls.« Ich seufzte resigniert. »Vielleicht liegt es daran, dass ich ihn inzwischen gut leiden kann und mir Gedanken darüber mache, wie es mit Henning und mir weitergehen wird,

wenn das hier vorbei ist. Matthias wohnt in Warnemünde, Henning kehrt in knapp einer Woche nach
Hamburg zurück. Fernbeziehungen haben auf Dauer
keine Chance.«

»Und du musst in spätestens einem Monat wieder
zurück nach Berlin, und dann ist auch Matthias außer
Reichweite.«

»Ich weiß!«

»Süße, das ist dir doch nicht erst vor zwei Tagen
bewusst geworden. Komme erst mal mit dir ins Reine.
Was willst du wirklich, eine neue Beziehung beginnen
und dafür in Kauf nehmen, nach Hamburg umzu-
ziehen, oder willst du dein altes Leben in Berlin wei-
terführen, oder ist eigentlich dieser Matthias der Richtige für dich? Aber bedenke, auch bei ihm wirst du
früher oder später einen Ortswechsel in Kauf nehmen
müssen, denn er wird sicher nicht zu dir nach Berlin
umziehen, wenn er die Firma seines Großvaters über-
nimmt.«

Ich seufzte abermals. Sanne sah immer alles so
einfach und klar.

»Ich weiß, es klingt hart«, fuhr sie unerbittlich fort.
»Ich bin aber verwundert, dass du plötzlich am Zwei-
feln bist. Wen liebst du, Matthias oder Henning?«

»Henning«, antwortete ich. »Matthias finde ich sym-
pathisch. Um ihn lieben zu können, müsste ich ihn
erst mal richtig kennenlernen.«

»Na also, Rike. Dann halte ihn fest, deinen scharfen
Hamburger Jung!« Sie kicherte.

»Du hast ja recht«, gab ich klein bei. »Ich weiß nur
nicht, warum es sich mit einem Mal so anfühlt, als
täte ich Matthias weh, entschiede ich mich für Henning. Allein das Wort *entscheide* ist ein Witz! Ich kenne Lütt Matten doch überhaupt nicht. Zwischen uns

ist nie etwas gewesen. Er ist mir bedeutend fremder als Henning.«

»Das sehe ich ein wenig anders, Süße. Was du von Henning weißt, ist nichts weiter als ein Urlaubseindruck. Ich schätze, du kennst Matthias aus den Erzählungen seiner Großeltern bedeutend besser.«

Ich war nachdenklich geworden. Hatte Sanne recht? Wenn ich ehrlich war, ja. Zumindest beschäftigte mich seitdem ihre Argumentation.

Auch wenn Matthias und ich uns nie persönlich begegnet waren, das gemeinsame Buddeln am Strand blendete ich aus, hatte ich durch Onkel Paul und seine Hilde viel über ihn erfahren. Ich hatte sogar Fotos von ihm gesehen. Deshalb war er mir wohl auch in der Eisdiele bekannt vorgekommen. Ich wusste, dass er das Gymnasium mit Bravour absolviert und einen Beruf in der Fischverarbeitung erlernt hatte, um sich für sein Studium fit zu machen, was ich ihm hoch anrechnete. Er wusste, wovon er sprach, und kannte die Praxis. Sogar über seine Freundinnen hatte ich einiges erfahren. Warum waren wir uns eigentlich nie in Warnemünde begegnet?

Die Landschaft flog an mir vorüber. Die Dörfer waren beschaulich und klein. Felder und Wiesen säumten unseren Weg. Rügen war eine ländliche Gegend, über der sich ein strahlend blauer Himmel mit einigen Schäfchenwolken erhob.

Wenn Götter reisen, lacht der Himmel!, fiel mir das alte Sprichwort ein. Traf das auch für Verliebte zu?

Ich schenkte Henning einen verträumten Blick und griff nach seiner Rechten, die lässig auf seinem Oberschenkel ruhte. »Habe ich dir eigentlich schon gesagt, dass ich mich in dich verliebt habe?«, rief ich gegen die Fahr- und Windgeräusche an. Ich musste ihm meine Gefühle offenbaren, um zu erfahren, woran ich bei ihm war.

Überrascht sah er mich an, um sich gleich darauf wieder auf den Verkehr zu konzentrieren. »Nein, hast du nicht, zumindest noch nicht heute. Tust du das?«

Ich sah, wie sich seine Mundwinkel verschmitzt in die Höhe hoben und sich kleine Grübchen unterhalb seiner Wangenknochen bildeten.

»Ja, das tue ich, Henning!« Zärtlich drückte ich seine Hand, doch mehr als ein Schmunzeln kam ihm nicht über die Lippen. Ich war enttäuscht. Dann sagte ich mir, dass Männer eben so sind. Sie konnten die bewussten drei kleinen Worte nicht so einfach aussprechen wie wir Frauen.

In Rambin entdeckten wir einen Bauernmarkt, zu dem ein Hofcafé sowie eine Fischräucherei gehörten. Wir legten eine Pause ein, ließen es uns schmecken und sahen uns die Auslagen an, bevor wir weiterfuhren.

Die Fahrt war wunderschön. Henning raste nicht, sondern fuhr eher langsam, sodass heute wir die sprichwörtlichen Sonntagsfahrer waren und von anderen Autos überholt wurden. Dabei traf uns mehr als nur ein vorwurfsvoller Blick.

Einen weiteren Abstecher unternahmen wir nach Bergen, bevor wir zum Abend Ralswiek erreichten.

Menschen über Menschen, wohin ich sah. Ich kam mir wie auf einem Volksfest vor. Mit so vielen Leuten hätte ich im Traum nicht gerechnet.

Wir schlenderten umher, sahen uns den Hafen an und aßen noch etwas in einem weitläufigen Imbissareal, bevor wir uns zum Zuschauerbereich begaben.

»Wow!«, staunte ich, als wir endlich die Naturbühne sahen und unsere Sitzplätze suchten. «Was für eine Kulisse!« Ich war beeindruckt.

Beiderseits wurde die Bühne von Häuserkulissen begrenzt, geradezu ein Wahnsinnsblick auf den Großen Jasmunder Bodden. Das linke Bühnenbild war einem Hafenbereich mit Festung nachempfunden. Sein Gegenüber wies das Ambiente eines Stadtkerns auf. Es gab einen Pier, an dem eine Kogge auf dem Wasser schaukelte. Eine weitere entdeckte ich auf dem Bodden. Und im Hintergrund zeichnete sich die Küstenlinie von Rügen mit ihren schroffen Kreidefelsen ab.

»Das erinnert mich an die Karl-May-Festspiele in Bad Segeberg«, meinte Henning. Er holte die Decke aus seiner Tragetasche hervor und legte sie auf unsere Plätze, damit wir es beim Sitzen weicher hatten. »Das liegt wohl an der Naturbühne, nur dass diese ohne Felsen, Cowboys und Indianer ist, dafür mit Schiffen und viel Meer.« Er holte den Reiseführer hervor und blätterte in ihm herum.

Ich war erstaunt, dass er stets den Reiseführer dem Internet auf seinem Smartphone vorzog. Überhaupt hatte er nicht die Angewohnheit, alle paar Minuten sein Handy zu checken, ob eine Nachricht für ihn eingetroffen sei, oder um sich in den sozialen Netzwerken über Neuigkeiten zu informieren. Ein Punkt, in dem wir gut miteinander harmonierten. Ich tat es ebenfalls nicht.

Ich lehnte mich an seine Seite. Da er den Reiseführer in den Händen hielt, hatte er keinen Arm frei, um ihn mir um die Schulter zu legen. Also schlang ich meinen um ihn.

Punkt zwanzig Uhr begann die Aufführung, in der neben den Hauptakteuren viele Nebendarsteller zum Einsatz kamen. Es gab mehr als zwei Dutzend Pferde, mit denen über die Bühne gejagt und geritten wurde, sowie mehrere Schiffe, die im Laufe der Aufführung zum Einsatz kamen. Es wurde geschossen, gefochten, gelacht und gestritten. Klaus Störtebeker musste sich mit seinen Vitalienbrüdern seiner Haut erwehren. Die Pyrotechniker hatten alle Hände voll zu tun, und das nicht nur am Ende der Show. Schiffe gingen in Flammen auf, Kanonen wurden abgefeuert, und dann erhob sich zum Abschluss der Aufführung ein beeindruckendes Feuerwerk über dem Großen Jasmunder Bodden.

»Ist das toll!«, rief ich aus und fiel in das begeisterte Klatschen der Zuschauer ein, während die Raketen in den nächtlichen Himmel schossen und sich zu bunten Lichtfontänen entfalteten. Zufrieden und glücklich kuschelte ich mich in Hennings Umarmung, legte den Kopf in den Nacken und starrte zum Himmel empor.

Vergessen waren Matthias und die plötzlichen Zweifel. Seit ich mit Henning auf Reisen war, schwebte ich wie auf rosaroten Wolken, und kein Grau trübte sie bisher. Er hatte mir zwar noch nicht gesagt, dass er mich ebenfalls lieben würde, doch ich tröstete mich damit, dass er es früher oder später täte.

»Davon werde ich meinen Kollegen und Freunden berichten«, schwärmte er. »Ich bin froh, Rike, dass dir dieser Einfall gekommen ist.« Er beugte sich mir zu und, wir küssten uns, während das Feuerwerk den nächtlichen Himmel über dem Jasmunder Bodden erhellte.

Am Folgetag ging es von Stralsund nach Hiddensee, wo wir erneut anlanden wollten, bevor wir uns endgültig auf die Heimreise begaben.

»Wusstest du, dass der Norwegerkönig Hedin hier unter anderem um eine Frau gekämpft haben soll?«, teilte ich Henning mein gerade frisch erworbenes Wissen aus dem Reiseführer mit, der in den vergangenen Tagen zu meiner Lieblingslektüre geworden war. »Von seinem Namen soll Hiddensee abgeleitet worden sein.«

Er schenkte mir einen verschmitzten Blick über den Rand seiner Sonnenbrille hinweg. »Was soll ich daraus schlussfolgern, Rike, dass ich um dich kämpfen soll oder muss?«

»Na logisch!«, erwiderte ich. »Das ist ja wohl das Mindeste, was ich erwarten darf, wenn plötzlich Klaus Störtebeker auftaucht, um mich zu entführen.«

»Versprochen! Ich werde ihn und seine Mannen in die Flucht schlagen«, entgegnete er und lachte.

Ich grinste zurück. »Womit befasst sich eigentlich eure Kanzlei?«

Verdutzt sah er mich an. »Auf keinen Fall mit Entführungsfällen.« Er prustete amüsiert und wurde ernst. »Mit Miet- und Baurecht. Warum fragst du danach?«

»Nur so.« Ich winkte ab. »Hat mich interessiert, auf welchem Gebiet du dir deine Brötchen verdienst.«

Er sah mich seltsam an, zumindest deutete ich so seinen Gesichtsausdruck, denn seine Augen konnte ich durch die getönten Gläser nicht erkennen.

»Ich wollte dir schon lange etwas sagen«, hob er an, doch ich hörte nur mit einem Ohr hin.

Ich hatte am Ufer ein Restaurant mit einer wunderbaren Terrasse entdeckt. Erst später wurde mir bewusst, dass ich Henning womöglich bei dem Versuch, mir seine Liebe zu gestehen, unterbrochen hatte. Als ich ihn fragte, was er mir hatte sagen wollen, schüttelte er nur den Kopf.

»Ist egal.«

Ich beließ es dabei, denn dann konnte es nichts Wichtiges gewesen sein.

Mein Blick schweifte über die Insel, die mit viel Grün und Wanderwegen aufwarten konnte, während die Jacht auf einen kleinen Hafen zuhielt.

Die Insel war für ausgedehnte Spaziergänge wie geschaffen. Wir hatten die letzten Tage viel zu viel gesessen und es uns gutgehen lassen. Bewegung täte uns beiden gut.

In bequemen Schuhen und mit vollen Smartphoneakkus machten wir uns an die Erkundung Hiddensees. Das Eiland war romantisch, wild und schön. Graslandschaften mit Büschen und Bäumen, hin und wieder ein Gehöft. Die Vögel zwitscherten, Grillen zirpten. Das war unberührte Natur. Es gab einzig Pferdefuhrwerke wie aus einer längst vergangenen Zeit. Privater Autoverkehr war komplett von der Insel verbannt.

Wir verbrachten den ganzen Tag in der Natur und den Abend an Bord der *Frederike*. Traurigkeit überkam mich, wenn ich daran dachte, dass schon morgen unser Törn zu Ende war. Wie würde es in Warnemünde weitergehen? Sollte ich zu Henning in die Yachthafenresidenz übersiedeln oder er zu Opa und mir an den Alten Strom? Bei letzterem hätte natürlich auch Opa Willi noch ein Wörtchen mitzureden. Und was würde sein, wenn sein Urlaub zu Ende war und er nach Hamburg zurückkehren musste?

Davor grauste mir.

Als hätte er meine Gedanken erraten, legte er seinen Arm um mich und gab mir einen zärtlichen Kuss. »Du hast mich neulich gefragt, ob ich meinen Auftrag in Rostock und Warnemünde erledigt hätte, und ich habe bejaht! Sicher fragst du dich, worum es ging.«

Ich nickte verhalten, wollte nicht neugierig erscheinen, obwohl es mich interessierte.

»Unsere Kanzlei plant einen neuen Standort in Rostock. Ich habe mich nach geeigneten Immobilien, sprich Gewerberäumen umgeschaut.«

Ich sah ihn an wie eine Kuh, wenn's donnert. »Wie jetzt, heißt das, du wirst fortan in Rostock sein?«

Er lächelte. »Ja. Mein Vater will, dass ich die Kanzlei hier übernehme. Johannes wird später die in Hamburg führen. So könntest du in der Nähe deines Opas wohnen, wenn du mit mir zusammenbleiben willst.«

Ich war überrumpelt. War das sein: Ich liebe dich?

»Was sagst du dazu?«

Erst mal nichts. Ich war sprachlos und trank einen Schluck Wein.

»Du musst darauf nicht antworten, nicht sofort«, fügte er hinzu. »Vielleicht ist das Ganze ein wenig zu überstürzt. Immerhin kennen wir uns gerade mal eine Woche.«

»Heißt das, dass du mich liebst?«, kam ich mit einer Gegenfrage, denn das war es, was ich gerne von ihm hören wollte.

Er wich meinem Blick aus und sah hinaus aufs Meer. »Ich möchte mit dir mein Leben teilen.«

Aber lieben tust du mich nicht, durchfuhr es mich schmerzlich, oder kannst du einfach nur nicht diese drei magischen Worte aussprechen?

Warum fiel es Männern so schwer, einer Frau ihre Liebe zu gestehen? Ein einfaches Ja hätte mir bereits genügt.

Ich löste mich von ihm, stand auf und trat an die Reling.

Wollte ich diesen entscheidenden Schritt tun?

Die letzten Tage war ich vor Liebe regelrecht blind

gewesen, wie ein Teenager bis über beide Ohren verknallt. Ich hätte mir nichts lieber gewünscht, als mit
Henning mein Leben zu teilen. Nun bot er mir diese
Möglichkeit, und ich konnte mich nicht wirklich darüber freuen. Vielleicht bekam ich auch nur weiche
Knie. Wollte ich tatsächlich Knall auf Fall sämtliche
Brücken hinter mir abbrechen, um von Berlin zu ihm
an die Küste zu ziehen? Wie würde sich unser Leben
im realen Alltag anfühlen? Das hier war eine Sommer-
romanze, die sich nicht auf Dauer aufrechterhalten
ließ. Das sah ich inzwischen klarer als noch ein paar
Tage zuvor. Schnell wären die rosaroten Wölkchen ver-
pufft und die Geigen verstummt, die seit dem Tag unseres Kennenlernens am Himmel hingen. All meine
Fragen führten zu nur einer Antwort: Wir mussten es
zusammen probieren. Doch war ich dazu wirklich bereit?

Mein erster Gedanke galt meinen kleinen Rackern.
Die Vorstellung, meine Klasse aufzugeben, zerriss mir
beinahe das Herz. Auf der anderen Seite war es nur eine Frage der Zeit, dass sich nach dem Ende ihrer Grund-
schulzeit unsere Wege trennen würden. Doch was war
mit meinen Eltern, den Kollegen und natürlich Sanne? Alle ließe ich in Berlin zurück. Dafür würde ich
fortan Opa Willi näher sein, und nicht zu vergessen
Ruthchen, die inzwischen einen festen Platz in meinem Herzen eingenommen hatte. Selbst Matthias und
seine Großeltern schloss ich in meine Überlegungen
mit ein und spürte, wie ich wankelmütiger wurde.

*Auf keinen Fall kündigst du deinen Job und deine
Wohnung!,* meldete sich mein Verstand, *nicht, bevor
du dir sicher bist, dass es mit Henning das Richtige ist.
Du liebst deinen Beruf, und eine Bleibe zu diesen Kondi-
tionen findest du in Berlin kein zweites Mal.*

144

Ich drehte mich um und lehnte mich mit dem Gesäß gegen die Reling.

Der Wein schimmerte tief rot in den Gläsern und brach das Licht der flackernden Kerzen. Henning blickte erwartungsvoll zu mir auf. Ich wollte ihm aber keine Antwort geben, jedenfalls jetzt noch nicht.

»Bist du bei deiner Suche fündig geworden?«, fragte ich stattdessen.

»Was meinst du, passende Gewerberäume?« Er hob die Schultern. »Ich habe mir einige vielversprechende Immobilien angeschaut und das Passende gefunden. In Hamburg werden wir über sie diskutieren. Erst dann wird eine Entscheidung gefällt.«

»Wo wirst du wohnen?«

Er zuckte mit den Schultern und schien mit einem Mal recht wortkarg.

»In Warnemünde oder Rostock?«, bohrte ich weiter. Immerhin sollte ich doch zu ihm ziehen.

»Das ist noch nicht ganz in trockenen Tüchern«, wich er einer konkreten Antwort aus und schenkte sich einen Schluck Wein nach. »Möchtest du auch noch?«

Dankend lehnte ich ab. Ich war hundemüde. Die viele frische Luft und die Sonne. Ich schlief jede Nacht wie ein Stein.

Ich setzte mich wieder neben ihn und unterdrückte ein Gähnen. »Ich sollte ins Bett gehen. Es ist schon spät.«

»Alleine?«, fragte er und legte den Arm um mich.

Konnte ich da widerstehen?

Ich griff ich nach meinem Glas und trank es aus. Dann sah ich in seine Augen, in denen sich der Kerzenschein widerspiegelte, und mir wurde warm ums Herz.

Der Sternenhimmel über uns war wunderschön. Ich

kuschelte mich wieder in seine Arme und sah hinauf zum nächtlichen Firmament, an dem ich so viele Sterne funkeln sah, wie es in einer Großstadt wie Berlin nie möglich war. Eine Sternschnuppe fiel mit glühendem Schweif, und ich wünschte mir, dass ich endlich mal entschlussfreudiger sei und nicht bei jeder Entscheidung kalte Füße bekam.

1 7

*a*m nächsten Tag hieß es von Rügen mit seinen vorgelagerten Inseln wie Hiddensee Abschied nehmen. Wir machten uns auf die Heimreise, die wir in gemäßigtem Tempo absolvierten. Das Wetter zeigte sich auch heute von seiner allerbesten Seite. Hatten wir bei der Fahrt von Sassnitz nach Lauterbach noch unsere winddichten Jacken benötigt, lag ich heute entspannt im Bikini auf dem Kajütdach und ließ mir die Sonne auf den Pelz scheinen, um nicht bleich wie ein Käse nach Warnemünde zurückzukehren. Bis auf mein Gesicht und die Arme war ich noch vornehm blass.

»Ich kann gar nicht glauben, dass heute bereits Donnerstag ist«, sagte ich, stützte mich auf dem Arm ab und sah zu Henning, der am Ruderplatz saß. »Wann genau wirst du nach Hamburg zurückkehren?«

»Sonntag früh breche ich auf.« Er wies zum Festland hinüber. »Schau, Rike, Fischland-Darß kommt in Sicht.«

»Machen wir dort abermals fest?«

Er schüttelte den Kopf. »Beim nächsten Mal vielleicht, versprochen.«

Ich seufzte nur, griff mir Sonnenbrille und Hut und setzte mich neben ihn.

Die Ostseeküste Mecklenburg-Vorpommerns war wunderschön. Der Sand wurde immer feiner und weißer, je weiter man nach Osten kam. Es gab kaum

Strandabschnitte, die mit Steinen übersät waren, außer im Bereich der Steilküsten. Das Wasser der Ostsee war klar und funkelte in der Sonne. Seine Farbe veränderte sich mit ihrem Stand. Manchmal schimmerte es fast schon grün bis türkis und erinnerte mich an exotische Gefilde. Kleine Dörfer und Städte wechselten sich mit Wiesen, Feldern und Waldstücken ab, und über allem der strahlend blaue Himmel. Nicht umsonst standen die Farben der Landesflagge blau, gelb und rot für das Firmament und das Meer, für die weitläufigen Felder sowie für den Backstein, der vorherrschender Baustoff in früheren Jahrhunderten gewesen war. Auch das hatte ich dem Reiseführer entnommen.

Ich sah hinüber zu der lang gestreckten Halbinsel, die viel zu schnell an uns vorüberzog. Warum hatten wir die Jacht nicht gegen ein Paddelboot getauscht?

Er hat ein knallrotes Gummiboot!, fiel mir die Textzeile eines Kultschlagers ein, und ich musste lächeln.

»Was ist?« Prüfend schenkte mir Henning einen Blick über den Rand seiner Sonnenbrille.

»Nichts!« Ich schüttelte den Kopf, stand auf und setzte mich auf seinen Schoß.

Vielleicht sollte ich einfach meinen inneren Schweinehund besiegen und zu ihm ziehen. Auf der anderen Seite stellte eine Trennung auf Zeit vielleicht auch die Probe dar, die ich brauchte, um zu erfahren, ob ich ihn vermissen würde.

Natürlich wirst du ihn vermissen!, schrie mein Herz. *Du kannst es ja jetzt schon kaum akzeptieren, dass die gemeinsame Zeit bald vorüber ist.*

Wie wahr!, dachte ich und seufzte leise. Seinen fragenden Blick ignorierte ich und lehnte meinen Kopf an seinen. Ob er genauso verliebt war wie ich?

»Ich liebe dich!«, versicherte ich ihm ein weiteres

Mal und gab ihm einen verträumten Kuss auf die Wange.

Henning schaltete auf Autopilot und nahm mich in den Arm, um mich richtig zu küssen, und es war ein toller Kuss. Am liebsten wäre ich mit ihm unter Deck gegangen, aber das Ziel unserer Reise war nah.

Als Warnemünde in Sicht kam, verstärkte sich mein Gefühlschaos. Auf der einen Seite freute ich mich, Opa Willi und Ruthchen wiederzusehen. Auf der anderen wäre die schöne Zeit mit Henning vorbei.

»Opa!«, stieß ich heraus und saß kerzengerade. Ihn hatte ich völlig vergessen. Seit Sassnitz hatten wir nicht mehr miteinander telefoniert. »Ich muss meinen Großvater anrufen!« Ich löste mich aus seinen Armen und stieg hinab auf das Deck, wo mein Smartphone lag.

Opa ging nicht an sein Telefon. Vielleicht war er bei Ruth oder zum Einkaufen. Also wählte ich seine Handynummer. Die war besetzt.

Ich stieg wieder zu Henning auf das Kajütdach, doch bevor ich mich neben ihn setzen konnte, klingelte mein Telefon. Meine Mutter!

»Hallo Mama!«, begrüßte ich sie überschwänglich freudig, denn das schlechte Gewissen begann zu nagen. »Schön, dass du anrufst.«

»Das freut mich, wenn es dich freut, Frederike.«

Ich war auf der Hut. Meine Mutter sprach mich nur mit vollem Namen an, wenn es ungemütlich wurde.

»Es hätte deinen Vater und mich gefreut, wenn du dich auch mal bei uns gemeldet hättest. Seit letztem Mittwoch haben wir nichts mehr von dir gehört, und am Mittwoch auch nur, weil ich dich angerufen habe.«

Autsch! Mama war sauer, doch ich war kein kleines Kind mehr.

»Tut mir leid«, nuschelte ich mir in meinen Bart.

»Ich habe mehrfach versucht, dich zu erreichen. Entweder war dein Telefon ausgestellt oder du gingst nicht ran. Zurückgerufen hast du ebenfalls nicht. Ich habe mir schon Gedanken gemacht. Und nun erfahre ich von Opa, dass du mit einem wildfremden Mann über die Ostsee fährst. Du hast ihn doch gerade erst kennengelernt!«

Ich stand auf und stieg den Niedergang hinab. Henning sollte nicht unbedingt alles mitbekommen, vor allem nicht, dass es um ihn ging.

»Mama, ich bin sechsundzwanzig Jahre alt, keine sechs«, machte ich sie unmissverständlich darauf aufmerksam, dass ich sie nicht mehr um Erlaubnis bitten musste. »Ich verstehe ja, dass du auch noch meine Mutter sein wirst, wenn ich sechzig bin, und du dir deshalb Sorgen machst. Das gibt dir aber noch lange nicht das Recht, mich zurechtzuweisen, weil ich mein Leben lebe, wie es mir gefällt.«

Mama schnappte am anderen Ende der Leitung nach Luft – und schwieg, legte aber nicht auf.

»Ich hätte mich zwischendurch melden sollen«, gab ich zu und ruderte ein Stück wieder zurück. »Der Ausflug war aber so fantastisch. Wir haben so viel unternommen. Das erzähle ich dir und Papa, wenn ich wieder in Berlin bin. Lange Rede, kurzer Sinn: Darüber habe ich glatt vergessen, euch anzurufen. Nicht mal an Opa Willi habe ich gedacht. Tut mir leid.«

»Das hat er mir gerade erzählt, Frederike«, murrte sie. Sie war noch nicht gänzlich besänftigt.

»Ach, dann hast du gerade mit ihm telefoniert. Ich habe es versucht, um ihm zu sagen, dass wir bald Warnemünde erreichen, aber bei ihm war besetzt.«

»Was ist das denn für ein Mann, mit dem du unterwegs bist?«, fragte Mama. Sie klang etwas sanftmütiger. »Opa sagte nur, er hätte einen soliden Eindruck auf ihn gemacht.«

Ich lächelte verträumt. »Sein Name ist Henning. Er kommt aus Hamburg, ist Rechtsanwalt, und ich habe mich in ihn verliebt.«

Mama seufzte. »Das ging schnell. Hätte ich nicht angenommen, dass du so fix über die Trennung hinwegkommst, aber schön. Wie ich hörte, hast du Basti zum Teufel gejagt? Das freut mich.«

Ich atmete auf. Zumindest stand meine Mutter auf meiner Seite, was Bastian betraf, und wollte nicht auch, dass ich mich mit ihm wieder versöhnte.

»Du, Rike, es tut mir leid, dass ich mich verplappert habe. Das wollte ich nicht.«

Mir ging das Herz auf. »Ach, Mama, das habe ich dir doch längst verziehen. Bastian mag zwar ein Idiot sein. Er ist aber nicht dumm und hätte eh erraten, wo ich hingefahren bin.«

»Nur gut, dass du dein Türschloss gewechselt hast«, entgegnete sie und klang wieder wie immer. »Wie soll das mit euch weitergehen, wenn er in Hamburg wohnt und du in Berlin?«

Nun war ich am Seufzen, denn ich merkte ihr die Befürchtung an, ich könne Berlin verlassen. »Das ist alles noch nicht spruchreif«, wich ich aus. Ich wollte ihr noch nicht erzählen, dass Henning fortan in Rostock wohnen würde und mich gefragt hatte, ob ich bereit wäre, zu ihm zu ziehen. »Ich mag ihn, ehrlich, habe regelrecht Schmetterlinge im Bauch, wenn ich in seiner Nähe bin.« Ich kicherte albern. »Die Zukunft ist aber noch nicht geplant, selbst wenn auch Henning will, dass wir zusammenbleiben.«

»Will er das? Will er zu dir nach Berlin ziehen oder sollst du nach Hamburg kommen?«

Erneut spürte ich in ihren Worten die Sorge, mich zu verlieren. »Mama, lass uns Zuhause darüber reden. Bis jetzt ist noch nichts geplant. Immerhin kennen wir uns noch nicht so lange.«

»Für einen gemeinsamen Urlaub hat es gereicht«, entgegnete Mama. »Dann wünsche ich dir noch eine schöne Zeit. Und rufe ab und zu mal an.«

»Mache ich«, versprach ich hoch und heilig. »Grüße Papa ganz lieb von mir.« Ich legte auf.

»Alles in Ordnung?«, erkundigte sich Henning. Er stand am oberen Ende des Niedergangs und sah zu mir hinab.

»Ja, natürlich«, entgegnete ich und registrierte erst jetzt, dass er die Fahrt gedrosselt hatte und wir nur noch auf dem Wasser trieben. »Ich habe auch vergessen, mich bei meinen Eltern zu melden. Also hat meine Mutter sich Sorgen gemacht und meinen Großvater angerufen, weil ich auch nicht auf ihre Anrufe reagiert habe.« Ich stieg die Stufen hinauf.

»Das hättest du machen sollen«, erwiderte er.

»Schon«, wand ich mich. Dann fiel mir ein, dass Opas Handy wieder frei sein musste. Ich wählte erneut, doch er ging noch immer nicht ran.

Die Jacht nahm wieder Fahrt auf.

»Ich hätte nicht gedacht, dass es in der Hochsaison noch freie Betten gibt«, sagte ich zu ihm und setzte mich wieder auf seinen Schoß.

Henning hatte vor unserer Abreise sein Hotelzimmer storniert und gestern ein neues geordert, inklusive eines Liegeplatzes in der Marina.

»Ich schätze, je preisintensiver die Zimmer sind, umso eher bekommt man noch eins.«

»Mag sein«, erwiderte ich seufzend und legte ihm den Arm um die Schultern. »Anderenfalls hätte ich dich

152

bei meinem Opa einquartiert.« Ich kicherte. »Und das Boot hätten wir am Alten Strom vertäut.«

»Auch nicht schlecht!«, lachte er. »Andere haben ihren Privatparkplatz vor dem Haus, und du parkst dein Motorboot davor.«

»Mein Motorboot?« Ich horchte auf. »Ich gehe dann mal unter Deck und packe meine Sachen.«

Er schenkte mir ein Lächeln und einen Kuss und konzentrierte sich anschließend auf das Geschehen auf dem Wasser. Wir hatten die Zufahrt zum Hafen erreicht.

Zwanzig Minuten später hatte ich wieder festen Boden unter den Füßen. Henning ließ es sich nicht nehmen, mich bis zur Fähre zu begleiten. Er bestand sogar darauf.

»Sehen wir uns morgen?«, fragte er und sah mir verliebt in die Augen, in denen ich Trennungsschmerz erblickte.

Mir ging es ebenso. Die eine Woche, in der wir uns fast vierundzwanzig Stunden auf der Pelle gehockt hatten, hatte genügt, dass ich mir kaum noch vorstellen konnte, ohne ihn zu leben. Beantwortete das nicht meine Frage auf ein gemeinsames Heim an der See? Rostock war auch eine schöne Stadt.

»Aber natürlich«, sagte ich und schlang die Arme um seinen Hals. Mir grauste vor der Nacht ohne ihn. Ich hatte mich daran gewöhnt, den Duft seines Körpers beim Einschlafen und Aufwachen in der Nase zu spüren und seinen gleichmäßigen Atemzügen zu lauschen, die mich in den letzten Nächten in den Schlaf gelullt hatten.

Wir küssten uns und fanden kein Ende. Die Zeit hätte stillstehen können, doch das tat sie nicht.

»Rufe an, wenn du bei deinem Opa angekommen

bist«, bat er und strich mir eine Haarsträhne aus dem Gesicht. »Ich vermisse dich jetzt schon.« Er wirkte zerknirscht auf mich.

Och wie süß!

Ich stellte mich auf die Zehenspitzen und stahl mir einen Kuss von seinen Lippen. Meine Befürchtung, er würde mich nicht lieben, löste sich in Wohlgefallen auf.

Die letzten Passagiere hatten die Fähre betreten, und der Mitarbeiter sah fragend zu uns herüber.

»Ich fahre mit«, rief ich ihm zu. Unsere Lippen berührten sich ein letztes Mal. Dann nahm ich meinen Rucksack auf, griff nach meinem Koffer und eilte los.

Bloß nicht mehr umdrehen, bis der Schlagbaum hinter dir gefallen ist!, befahl ich mir. Sonst kommst du niemals in Warnemünde an.

Erst als das Fährschiff abgelegt hatte, wagte ich einen Blick zurück und spürte den Megakloß, der meine Kehle hochkroch. Gleichzeitig verschwamm Hennings Gestalt in den Tränen, die mir in die Augen traten.

*B*evor ich den Schlüssel ins Schloss steckte, klingelte ich, damit Opa Willi keinen Schreck bekam, wenn ich plötzlich in seinem Wohnzimmer stand. Ich hatte noch nicht einmal aufgeschlossen, als die Tür aufgerissen wurde und Großvater mit griesgrämiger Miene vor mir stand.

»Schön, dass es dich auch noch gibt«, brubbelte er, drehte sich um und verschwand im Flur.

Na toll!, dachte ich. Opa Willi ist also auch eingeschnappt, weil ich vergessen habe, mich bei ihm zu melden. Wie alt bin ich denn? Kann ich nicht mal was unternehmen, ohne ständig Bericht erstatten zu müssen?

Beleidigt trat ich in den Flur und hievte Koffer und Rucksack neben die Garderobe.

»Kam rin in de gode Stuuv!«, begrüßte mich Ruthchen. Sie stand im Türrahmen zum Wohnzimmer und lächelte mir zu. In ihrer Stimme schwang so viel Wärme, dass mir das Herz aufging. »Und du oller Brummbär«, wandte sie sich meinem Großvater zu, der an ihr vorbei ins Zimmer schlurfte, »gehe mit deiner Enkelin nicht so hart ins Gericht. Sie kann nichts dafür, oder denkst du, sie steckt mit diesem Mann unter einer Decke? Im Gegenteil, sie scheint ihn zu mögen. Ganz erholt und glücklich sieht sie aus, de Deern.«

Hä? Was meinte Ruth? Mit welchem Mann sollte ich unter einer Decke stecken? Spontan fiel mir nur Henning ein, aber der ging mir eh nicht aus dem Sinn und konnte unmöglich gemeint sein.

Ich hängte die Handtasche an die Flurgarderobe und holte das Smartphone hervor.

Bin gut gelandet. Melde mich später. LG Rike!, tippte ich eine Kurznachricht an Henning ein.

Dann folgte ich Opa zu Ruth in die Stube.

»Setz dich!«, forderte Opa mich auf. Es klang nicht freundlicher als zuvor.

»Was ist denn los?«, moserte ich. »Bist du eingeschnappt, weil ich mich nicht regelmäßig bei dir und meinen Eltern gemeldet habe?« Ich ließ mich auf der Kante des Sessels nieder, der am Fenster stand.

»Wie heißt dein neuer Schwarm?«, fragte Opa Willi, ohne auf meine Fragen einzugehen.

»Henning«, antwortete ich. »Aber das weißt du doch.«

»Henning Hansen aus Hamburg?«, erwiderte mein Großvater. »Was ist er von Beruf? Rechtsanwalt?«

Verunsichert nickte ich. Was ging hier vor? Wieso interessierte es Opa, was Henning beruflich tat? Und woher wusste er, dass er Rechtsanwalt war. Hatte ich das erwähnt?

Opa Willi griff neben sich und nahm ein Kärtchen vom Telefontisch, das er mir vor die Nase warf. »Ist er das?«

Wie hypnotisiert starrte ich auf den rechteckigen Karton und verstand die Welt nicht mehr. Woher hatte er Hennings Visitenkarte? Hatte ich sie in meinem Zimmer vergessen, wo Opa sie gefunden hatte?

»Was genau macht dieser Herr in Warnemünde?«, setzte Opa sein Verhör gnadenlos fort, während Ruth ihm besänftigend ihre Hand auf den Unterarm legte und ihn zu tätscheln begann.

»Willi, es genügt. Du siehst doch, dass de Deern keinen blassen Schimmer hat.«

»Könntet ihr bitte die Güte besitzen und mir sagen, worum es geht?«, forderte ich. »Und woher hast du Hennings Visitenkarte, Opa? Kramst du in meinen Sachen herum?«

»Das tue ich keineswegs!«, beschwerte sich Opa und schnappte nach Luft.

»Er hat sie von mir«, fiel Ruth ihm ins Wort und gab meinem Großvater zu verstehen, es endlich gut sein zu lassen. »Mir wurde vorletzte Woche mein Mietvertrag gekündigt.«

Ich saß da wie vom Donner gerührt. »Wieso?«, stammelte ich, und was hatte Henning damit zu tun?

»Meine Vermieter haben für ihre Immobilie Eigenbedarf angemeldet. Letzten Mittwoch hat mich einer von ihnen besucht, um sich das Haus anzusehen. Er schien mit dem Zustand zufrieden zu sein. Immerhin haben wir es gehegt und gepflegt. Wie er mir sagte, will er demnächst selbst einziehen.«

Verstört riss ich die Augen auf, ohne vorerst zu begreifen, was sie mir erzählte.

»Verstehst du, Rike«, fuhr erneut Opa auf. »Dein fescher Reisepartner ist ein skrupelloser Anwalt, der alte Frauen aus ihrem angestammten Heim werfen will, um sich selbst ins gemachte Nest zu setzen.«

Ich keuchte entsetzt und spürte, wie mein Schädel zu dröhnen begann. Allmählich begann ich, eins und eins zusammenzuzählen.

»Ihr sprecht von Henning? Das kann nicht sein«, murmelte ich, ohne dass mir bewusst war, dass ich es laut aussprach, »Er ist in Warnemünde, um Urlaub zu machen und sich in Rostock geeignete Büroräume anzusehen.«

»Mag sein«, stieß Opa Willi heraus, »und nebenbei reißt er sich Ruthchens Haus unter den Nagel.«

»Na, ganz so ist es nun auch nicht«, merkte Ruthchen an. »Es ist nicht mein Haus, Willi. Es gehört den Hansens.«

Verwirrt richtete ich den Blick auf sie. »Ich dachte, es wäre deins?«

Ruth schüttelte den Kopf und beugte sich mir zu, um meine Hand zu streicheln. Im Gegensatz zu meinem Großvater entging ihr nicht, wie mich diese Nachricht mitnahm. Opa hingegen saß mit verkniffener Miene da und schenkte mir Blicke, als würde ich mit Henning unter einer Decke stecken und schon morgen zwei Häuser weiter einziehen.

Was er dir auch angeboten hat!, erinnerte mich mein Verstand. Ich seufzte bestürzt.

»Nachdem ich meinen Egon geheiratet hatte, bin ich bei ihm und seinen Eltern eingezogen. Das war 1972, und es war damals eine andere Zeit. Wohnraum war knapp. Egons Eltern hatten kurz zuvor das Haus von einer älteren Frau zur Miete übernommen. Es bot ausreichend Platz für uns alle. Später erwies es sich von Vorteil, da meine Schwiegermutter Hausfrau war. Ich brauchte weder einen Krippen- noch einen Kindergartenplatz. Unser Sohn war immer gut behütet, obwohl wir beide voll berufstätig waren. Wir zahlten monatlich unsere Miete an die alte Dame, die das Geld in die Kosten ihrer Unterbringung im Alten- und Pflegeheim steckte. Als dann '89 die Wende kam und ein Jahr später die Wiedervereinigung, ließ die Besitzerin ein Testament aufsetzen, in welchem sie ihrem Enkel das Haus vermachte. Sie fügte eine Klausel hinzu, die meinen Schwiegereltern Wohnrecht auf Lebenszeit beschied – und somit auch uns in dieser Zeit.

Seit dem Tod meines Schwiegervaters vor elf Jahren ist dieser Schutz nun erloschen.«

»Und Henning ist der Enkel«, fragte ich ungläubig. »Wie alt ist die Dame denn geworden?«

»Stattliche vierundneunzig, aber nicht Henning ist der Enkel, sondern sein Vater.«

»Und dieser hat nun verfügt, dass Ruth ihre Koffer packen und ausziehen muss«, blubberte Opa Willi.

»Weil sie die rechtmäßigen Erben sind. Sie hätten uns auch gleich nach dem Tod der alten Dame vor die Tür setzen können, mich und meinen Mann. Das haben sie nicht getan ...«

»Weil ihr Bengel noch zu jung gewesen ist«, fuhr Großvater verdrießlich dazwischen.

»War er nicht!«, haute ich verärgert heraus.

»Du musst es ja wissen«, knurrte er.

»Ruhe jetzt, alle beide!«, forderte Ruth. »Es ist, wie es ist. Wir können nichts daran ändern. Egon und ich haben immer gewusst, dass dieser Tag kommen wird. Natürlich habe ich gehofft, ihn nicht zu erleben, vor allem, seit mein Mann tot ist, doch darüber wettern und schimpfen hilft nicht.«

Opa schüttelte verständnislos den Kopf. »Ich begreife nicht, wie du so ruhig bleiben kannst, Ruth. Du hast mehr als dein halbes Leben in diesem Haus verbracht. Ein alter Baum lässt sich nicht so einfach verpflanzen.«

»Wenn es sein muss, doch«, hielt sie dagegen und legte ihm wieder die Hand auf den Arm. »Müsste ich ins Altersheim, wäre es nichts anderes.«

»Aber du musst nicht ins Altersheim!«, beharrte Opa stur, und mir drängte sich der Gedanke auf, dass es ihm weniger um die Tatsache ging, dass Hennings Familie ihr das Wohnrecht gekündigt hatte denn vielmehr darum, sie zu verlieren. Er war in Ruthchen verliebt!

»Und sie setzen mich ja auch nicht von heute auf morgen vor die Tür«, drangen Ruths Worte an meine Ohren, und überrascht sah ich sie an.

Sie ergriff tatsächlich Partei für diejenigen, die sie aus ihrem Haus vertrieben. Das brachte ihr Sympathiepunkte bei mir ein und rang mir so etwas wie Bewunderung ab. Ich wüsste nicht, ob ich diesen Umstand so gelassen hinnehmen könnte. Auf der anderen Seite fragte ich mich, warum Henning mir nichts davon erzählt hatte? Immerhin wusste er, dass Opa und Ruth Simon sich kannten!

Ich spürte, wie mein Blutdruck zu steigen begann.

Mir hatte er sogar weismachen wollen, mit seiner Bleibe wäre noch nicht alles in trockenen Tüchern. Dabei besaß seine Familie ein Häuschen am Alten Strom.

Na logisch, er muss sich gedulden, bis Ruth ausgezogen ist!, meldete sich mein Verstand.

»Sie lassen mir viel Zeit, um mich nach geeignetem Wohnraum umzusehen«, erklärte mir Ruth derweil, »und wollen mich bei der Suche unterstützen. Also herzlos sind sie nicht.«

»So kann man das auch bezeichnen!«, empörte sich mein Großvater. »Sie setzen dich vor die Tür, Ruth. Begreife das endlich! Daran gibt es nichts schönzureden! Schluss, aus, basta! Auf deine alten Tage sollst du dich mit einer Neubauwohnung zufriedengeben. Wie viel Quadratmeter, vierzig, fünfzig? Da kannste gleich ins Altersheim gehen. Da hocken sie sich auch alle auf der Pelle.« Er atmete schwer. »Warum sucht sich der feine Herr Anwalt nicht selbst eine Wohnung im Neubau, wenn er unbedingt in Rostock wohnen will?«

»Henning will nicht unbedingt in Rostock wohnen«, platzte ich heraus und war erstaunt, dass ich heftig Partei für ihn ergriff, obwohl ich mich über ihn ärgerte. »Ihre Kanzlei macht hier eine Niederlassung auf.«

»Super, wir brauchen ja auch unbedingt noch juristischen Beistand aus dem Westen!«, schimpfte Opa. Dann legte er den Kopf schräg und musterte mich. »Also hast du davon gewusst?«

»Wovon, dass sein Vater Eigentümer von Ruths Häuschen ist? – Nein! In diesem Punkt hat er sich sehr bedeckt gehalten, was seine private Wohnsituation in Rostock betrifft. Er sagte nur, dass er sich nach Büroräumen umgesehen hat.«

»Ja, er wusste schon, warum er dir das verschwiegen hat«, zischte Opa.

»Hast du es denn gewusst?«, konterte ich bissig. »Du hast ihm die Hand geschüttelt und ihn nett gefunden, oder habe ich das falsch in Erinnerung? Und zu Mama hast du noch vorhin gesagt, er hätte einen soliden Eindruck auf dich gemacht.«

Opa Willi antwortete nicht.

»Ich habe deinem Großvater erst nach deiner Abreise gesagt, dass es deine Urlaubsbekanntschaft ist, die in mein Haus ziehen wird«, erklärte Ruth. »Ich wollte dir nicht den Urlaub verderben, so verliebt, wie du von Herrn Hansen geschwärmt hast.«

»Und ich wollte deine Mutter nicht beunruhigen«, brummte Opa Willi.

Seinen Einwurf ignorierte ich. Dafür starrte ich Ruth mit offenem Mund an. »Du hast es gewusst und dennoch geschwiegen?« Diese Frau war in der Tat eine Seele von Mensch. Das hätte nicht jeder getan.

»Hätte ich es im Vorfeld gewusst«, murrte Opa, »hätte ich deinem Galan ein paar Takte erzählt.«

»Er ist nicht mein Galan!« Allmählich wurde ich wütend, dass er über ihn so respektlos sprach. Auf der anderen Seite grollte ich Henning, dass er mir nicht erzählt hatte, dass seine Familie ein Haus am Alten Strom besaß. »Das muss ich jetzt erst mal verdauen«, konstatierte ich und erhob mich aus dem Sessel. »Ich bin in meinem Zimmer.«

»Aber Kindchen ...«

Ich ignorierte sowohl Ruths Einwurf als auch ihre ausgestreckte Hand und lief aus der Stube. Das war eindeutig zu viel!

Als ich auf meinem Bett lag und mein Smartphone aus der Handtasche nahm, sah ich, dass Sanne in Abwesenheit angerufen hatte. Wahrscheinlich wollte sie wissen, ob wir schon wieder angelandet waren und was es seit gestern Neues zu berichten gab. Ob sie das hören wollte, was ich gerade erfahren hatte, bezweifelte ich allerdings.

Unschlüssig blickte ich auf das Display, von dessen Sperrbildschirm mir der süße Hamburger entgegenlächelte. Warum hatte er es mir verschwiegen? Hatte er befürchtet, es könnte sich ein Schatten auf unsere Beziehung legen?

Ich grübelte, seit wann er von Opa und Ruth Simon wusste, und erinnerte mich, dass es der Tag unseres Kennenlernens war.

Also lag ihm bereits am ersten Tag was an dir!, säuselte sofort verliebt mein Herz.

Oder er wollte sich einen netten Urlaubsflirt nicht entgehen lassen!, argumentierte messerscharf mein Verstand.

»Ich würde auch keiner wildfremden Person auf die Nase binden, weswegen ich in Warnemünde bin, wenn es um derart sensible Themen geht!«, beteiligte ich mich an der Diskussion und merkte, dass ich Selbstgespräche führte und Henning erneut in Schutz nahm!

Das Smartphone piepte. Eine Nachricht traf ein.

Rufe bitte an, Rike. Ich vermisse dich und deine Stimme. Gruß Henning. P.S.: Sehen wir uns heute Abend noch?

Als Emoji hatte er drei Herzchen angefügt.

Mieser Schleimer!, dachte ich aufgebracht und tippte kurz entschlossen als Antwort: *Später. Bin gerade nicht in Stimmung. Ein Telefonat könnte ...*

Ich verharrte. Warum das Unausweichliche auf die lange Bank schieben und nicht sofort Tabula rasa machen? Sollte er mir mal erklären, wie seine Visitenkarte den Weg in Ruth Simons Hände gefunden hatte. Auf diese Antwort war ich mehr als gespannt. Würde er mir die Wahrheit anvertrauen oder mich weiterhin belügen?

Plötzlich fiel mir jener Mann ein, den ich aus einer der Haustüren hatte treten sehen, ohne dass mir bewusst gewesen war, dass es das Haus von Ruthchen war. Ich erinnerte mich, es war am Mittwoch gewesen, einen Tag nach meiner Ankunft in Warnemünde. Sofort hatte ich an Henning gedacht, diese Möglichkeit aber verworfen. Nun betrachtete ich das Ganze aus einer anderen Perspektive.

Entschlossen setzte ich mich auf und wählte seine Nummer.

»Wie schön, dass du anrufst!«, wurde ich begrüßt.

»Ich bin mir nicht sicher, ob es für dich wirklich schön ist, Henning?«, entgegnete ich kühl.

»Wieso, was ist passiert? Habe ich etwas falsch gemacht?«

Ich ließ den Sound seiner Stimme auf mich wirken. Er gab sich redlich Mühe, ehrlich überrascht zu klingen. Zumindest redete ich mir das ein. Woher sollte er auch wissen, worauf ich anspielte?

»Rike, bist du noch dran?«

»Allerdings.« Ich änderte die Taktik. »Sagtest du nicht, du hättest noch keine Bleibe für dich gefunden oder besser, sie sei noch nicht in trockenen Tüchern?«

Er antwortete nicht, doch ich spürte, spätestens jetzt wusste er, woher der Wind wehte.

»Warum hast du mir nicht erzählt, dass ihr in Warnemünde ein Haus am Alten Strom besitzt, zwar vermietet, es gehört aber euch? Stattdessen heuchelst du mir Begeisterung vor, dass ich stets eine Unterkunft an der Ostsee hätte! Ich habe dir bereits am ersten Abend von Opa und Ruth Simon erzählt, doch du hast geschwiegen. Warum?«

»Ich wollte es dir mehrfach sagen, Rike. Das musst du mir glauben. Ich hatte aber Angst, dass du so reagierst, wie du es gerade tust, weil du die Dame kennst. Und wenn ich mich durchgerungen hatte, dir reinen Wein einzuschenken, kam stets etwas dazwischen.«

»Ja, ja, das hätte ich jetzt auch gesagt. Weißt du was? Abgesehen davon, dass es ein ganz mieser Zug ist, einer über siebzigjährigen alleinstehenden Frau das Haus zu kündigen. Du hättest es mir sagen müssen. Ich bin enttäuscht von dir!«

»Und wieso?« Hennings Stimme kühlte merklich ab. Er klang beleidigt. »Das sind Interna, die man nicht herausposaunt. Das Haus gehört uns. Wir haben es geerbt und uns an das Testament und damit die Wünsche meiner Urgroßmutter gehalten. Nachdem die Begünstigten, im vorliegenden Fall Frau Simons Schwiegereltern, verstorben waren, musste Ruth Simon damit rechnen, dass dieser Tag kommen kann. Wir setzen sie ja nicht von heute auf morgen auf die Straße, sondern lassen ihr ausreichend Zeit, um sich nach geeignetem Wohnraum umzuschauen. Wir haben ihr unsere Unterstützung zugesichert, sollte diese, selbst beim Umzug, vonnöten sein. Nicht jeder Eigentümer tut so was.«

»Wie nobel von euch!«, zischte ich.

»Jetzt mach mal halblang!«, knurrte Henning erbost. »Stell dir einfach vor, du sollst in Rostock eine Niederlassung eröffnen und besitzt eine Immobilie in traumhafter Lage. Wärest du so edelmütig, auf sie zu verzichten und dir stattdessen eine Wohnung im Plattenbau zu suchen? Viele andere Vermieter hätten Familie Simon bereits vor elf Jahren vor die Tür gesetzt. Wir haben nicht einmal die Miete in all der Zeit angepasst, Frederike! Zugegeben, ich hätte es dir erzählen sollen, doch was hätte es geändert?«

»An der Tatsache sicher nichts«, wand ich mich beleidigt, weil ich mich seiner Argumentation nicht gänzlich zu entziehen vermochte, dies aber nicht zugeben wollte, »doch du bist nicht aufrichtig zu mir gewesen. Das ist der Punkt. Wann wolltest du es mir erzählen? Wenn ich mit Sack und Pack von Berlin nach Rostock umgesiedelt bin und vor deiner Tür stehe? ›Hey, hallo, komm doch rein. Ist das nicht toll? Du wohnst fortan zwei Häuser neben deinem Großvater, genau, wie ich es dir versprochen habe, ganz in seiner Nähe.‹«

»Das ist doch albern!«, monierte Henning. »Und das weißt du genau. Ich fühlte mich nicht verpflichtet, dir zu Beginn unserer Beziehung alles von mir oder der Firma preiszugeben. Das hast du auch nicht getan.«

»Was? Ich darf doch wohl bitten. Ich war immer ehrlich und aufrichtig zu dir!«

»Ach, und ich etwa nicht?«

»Nein!«, zischte ich und legte auf.

*J*ch habe morgen um elf Uhr Feierabend und bin am frühen Nachmittag bei dir«, bot sich Sanne sofort an, nachdem sie erfahren hatte, was vorgefallen war. »Was hältst du davon?«

Ich seufzte. Benötigte ich Rückendeckung von meiner besten Freundin? Sicher nicht, aber Trost allemal!

»Bist du noch da, Rike?«

Ich bejahte, und mir fiel auf, dass auch Henning mich das gefragt hatte. »Wo sollte ich sein?«

»Bei Henning, in Gedanken«, flachste sie und lachte. »Meine Süße, auch wenn du jetzt von ihm enttäuscht bist. Du hast die letzten Tage auf rosaroten Wolken geschwebt. Zumindest hatte ich stets diesen Eindruck, wenn wir telefoniert haben und du von ihm geredet hast. Dass er dir nichts von dem Haus erzählt hat, war nicht in Ordnung, obwohl ich ihm recht geben muss, vor einer Fremden breitet man nicht gleich am ersten Tag sein ganzes Leben aus. Das hast du sicher auch nicht getan.«

»Er hätte es mir aber später erzählen müssen«, warf ich ein.

»Da stimme ich dir zu. Doch du sagst ja, er hätte es versucht ...«

»Behauptet er.«

»In gewisser Weise kann ich sein Zögern verstehen, wenn er dich liebt. Immerhin gehört diese Ruth wohl inzwischen zur Familie.«

Ich horchte auf. Sanne ging ebenfalls davon aus, dass Hennings Gefühle echt waren?

»Rike?«

»Ja, ich laufe schon nicht weg«, murrte ich. »Und du magst recht haben, Sanne. Trotzdem bin ich von ihm enttäuscht. Wenn ich eines nicht leiden kann, ist es Unehrlichkeit und wenn man mich belügt.«

»Rike, belügt? Er hat dich doch nicht belogen! Du solltest erst einmal durchatmen. Willst du ihn tatsächlich in die Wüste schicken, nur weil er dir diesen einen Fakt verschwiegen hat?«

Ich konnte förmlich ihr vorwurfsvolles Kopfschütteln im Geiste sehen.

»Was du mir bisher über ihn erzählt hast, klang toll in meinen Ohren. Er scheint der perfekte Mann zu sein, was man so nach einer Woche behaupten kann. Also unternimm nichts Überstürztes. Ich weiß, du bist manchmal ein wenig stur in solchen Dingen und weichst nicht von deinen Prinzipien ab. Vergiss dabei aber nicht seine Beweggründe. Er wollte dich nicht verlieren.«

»Und genau da bin ich mir nicht sicher. Ich habe ihm gesagt, dass ich ihn liebe. Er hat einen Scherz gemacht, aber kein Wort darüber verloren, dass er mich ebenfalls liebt.«

»Männer, Süße, muss ich dazu mehr sagen?«

Nein, sicher nicht, dachte ich und schwieg.

Sannes Worte waren auf der einen Seite Balsam für meine Seele. Sie unterstützten den Wunsch, Henning nicht zu verlieren. Auf der anderen forderten meine Prinzipien ihren Tribut. Unehrlichkeit konnte ich nicht so einfach verzeihen.

»Trotzdem hätte ich erwartet, dass er es mir sagt«, beharrte ich.

»Sicher, Rike. Jetzt bist du stur.« Sie räusperte sich.

»Ich habe eine einfache Frage an dein Herz: Liebst du ihn?«

»Hm«, entgegnete ich leise. Egal, wie ich es drehte, ich war noch immer bis über beide Ohren in diesen Mistkerl verknallt.

»Gut, dann bereite mal deinen Opa darauf vor, dass ich morgen Nachmittag einfliegen werde. Bis dann, Rike, und gräme dich nicht. Morgen sieht die Welt sicher schon wieder besser aus.«

Ich ließ das Smartphone auf die Matratze fallen und barg mein Gesicht im Kissen, um mich im Selbstmitleid zu suhlen. Sannes Worte hatten mich aufgewühlt, und wahrscheinlich hatte sie recht. Ich reagierte einfach immer zu emotional und wich von meinen Grundsätzen nicht ab. Immerhin ging es nicht um eine Ehefrau oder Freundin, die er vergessen hatte, zu erwähnen. Henning hatte geschwiegen, um unsere Beziehung nicht zu gefährden. Ruth Simon stand mir zwar inzwischen nah. Dennoch würde ich für sie mein Liebesglück nicht opfern, doch das konnte Henning natürlich nicht ahnen.

Ich spürte, wie ich für sein Verhalten immer mehr Verständnis aufzubringen begann. Wie hatte er sich wohl in all den Tagen gefühlt, vor allem in jenen Momenten, wenn ich von Ruth gesprochen hatte?

»Wie in einem dieser nervenden Hollywoodstreifen«, murmelte ich in mein Kopfkissen, »in denen die männliche Figur nicht in der Lage ist, ihrer Angehimmelten reinen Wein einzuschenken und dafür von einem Fettnäpfchen zum anderen trampelt.« Mir gingen diese Filme oftmals auf den Geist.

Mitleid flammte in mir auf.

Meine Hand tastete bereits auf der Suche nach dem Smartphone über die Matratze, als ich mir überlegte, dass ein wenig Strafe in Form von Nichtbeachtung dennoch heilsam war.

Ich zog die Hand zurück. Dann rollte ich mich auf den Rücken und starrte an die Decke, und die Bilder der Reise flammten vor meinem inneren Auge auf.

Mindestens einmal hatte er mir irgendetwas sagen wollen, und ich hatte nicht wirklich zugehört und war ihm ins Wort gefallen, was, nebenbei bemerkt, eine Unart meinerseits und recht unhöflich war, aber ich konnte einfach nicht dagegen tun. Fiel mir etwas ein, musste es raus. War es also meine eigene Schuld?

Mensch, Rike, was bist du für eine dumme Nuss!

Ich nahm das Telefon und wählte seine Nummer.

Eine freundliche Frauenstimme meldete sich am anderen Ende, die mir mitteilte, dass der Teilnehmer nicht zu erreichen sei, aber per SMS über meinen Anruf in Kenntnis gesetzt werden würde.

Ich schluchzte auf. Hatte ich den Bogen bereits überspannt und alles zerstört?

Nein, schrie meine Vernunft, *wahrscheinlich ist nur sein Akku leer!*

Damit besaß ich Erfahrung! Gleichzeitig erinnerte es mich daran, dass ich bei Matthias noch ein Versprechen offen hatte. Da Henning nicht zu erreichen war, wählte ich seine Rufnummer.

»Siewert!«

»Hallo Matthias, ich bin's, Rike.«

»Hey, grüß dich«, rief er überrascht. »Ich hatte gar nicht richtig aufs Display geschaut. Bist du wieder gut gelandet?«

»Ja, heute Nachmittag. Du, ich wollte mich noch mal bei dir bedanken, dass du mir mit meinen Ex so geholfen hast. Das war sehr nett von dir.« Ich überlegte, ob ich ihn zum Dank zum Essen einladen sollte.

»Keine Ursache, gern geschehen. Wie sieht es aus? Lust, mit mir heute Abend essen zu gehen?«

»Gern«, haute ich, ohne lange zu überlegen, heraus, »aber nur, wenn ich zahlen darf. Ich muss mich bei dir revanchieren.«

»Unsinn, das musst du nicht.«

»Doch, immerhin habe ich dich auch noch mit Kaffee und Eis überzogen, und mein leerer Akku hat deinen Anruf abgewürgt.«

»Gut, überredet.«, lachte er. »Achtzehn Uhr? Ich hole dich von Zuhause ab.«

»Prima, bis dann!«

Heute war ich mal kein Kind von Traurigkeit. Wenn Henning nicht an sein Telefon ging, würde ich eben mit Lütt Matten den Abend verbringen. Ich schwang mich aus dem Bett und stieg die Treppe hinunter ins Untergeschoß.

Opa Willi und Ruth saßen in der Stube. Sie hatten sich einen Kaffee gemacht und aßen Rührkuchen dazu. In Opas Blick lag noch immer Verärgerung.

»Na, Rike, geht es dir gut?« Ruth sah mich prüfend an und leckte sich einen Krümel vom Finger.

»Ja, warum sollte es nicht so sein?«

»Weil mir nicht entgangen ist, wie dir das alles an die Nieren geht. Mach dir um mich keine Sorgen. Ich habe bereits mit meinem Sohn telefoniert. Er soll bei seiner Wohnungsgesellschaft die Fühler nach einer kleinen Wohnung ausstrecken. Es gibt auch in den Plattenbausiedlungen schöne grüne Flecken. Ich werde weder obdachlos noch ziehe ich unter eine Brücke.« Sie lächelte, und Opa sog geräuschvoll die Luft ein. »Und mach deinem Henning keine Vorwürfe, auch wenn es dein Großvater anders sieht.« Sie schenkte Opa einen tadelnden Blick. Dann huschte ein verschmitztes

Grinsen über ihre Lippen, und sie sagte an ihn gewandt: »Und wenn alle Stränge reißen und ich nichts Passendes finde, ziehe ich eben bei dir ins Haus, du alter Brummbär.« Sie sah mich wieder an und zwinkerte mir verschwörerisch zu.

Das wäre gar keine so schlechte Idee, überlegte ich. Opa würde es sicher freuen – zumindest ging ich davon aus.

»So weit ist es ja – Gott sei Dank! – noch nicht«, entgegnete ich stattdessen und trat auf meinen Großvater zu. »Susanne möchte übers Wochenende nach Warnemünde kommen. Hast du was dagegen, wenn sie die paar Tage hier wohnt?«

Opa schüttelte den Kopf. »Platz ist in der kleinsten Bude, und ich besitze ein Haus.«

Autsch, war das gerade eine Anspielung gewesen?

Ich schluckte den aufwallenden Ärger hinunter. Opa war manchmal ein Querkopf, doch ich wollte es mir nicht mit ihm verscherzen. »Danke, Opa. Ich bin für den Rest des Tages nicht mehr da.«

»Wo willst du denn hin?«, fragte Ruth überrascht. »Ich dachte, du berichtest uns von eurem Ausflug um Rügen herum.«

»Das kann ich auch morgen noch tun.« Ich wollte gehen. Dann fiel mir noch etwas ein, und ich wandte mich ihr noch einmal zu. »Sag mal, wann hattest du die letzte Mieterhöhung?«

»Aber, Rike!«, fuhr Opa mich an. »Was hat dich das zu interessieren?«

»Mitte der Neunzigerjahre«, erwiderte sie völlig ruhig. »Zuvor wurden einige Sanierungsmaßnahmen im und am Haus durchgeführt. Küche und Bad wurden komplett neu gefliest und mit neuer Sanitärkeramik ausgestattet. Es gab neue Innentüren, die Fußböden und Fenster wurden erneuert, und natürlich erhielt das Haus einen frischen Fassadenanstrich.«

Ich war erstaunt. »Und seitdem ist deine Miete konstant geblieben?«

»Allerdings. Mein Egon und ich waren darüber sehr überrascht, denn wir hatten befürchtet, die Hansens würden unsere Miete regelmäßig erhöhen.«

Die Überraschung konnte ich nur teilen. Die meisten Vermieter waren nicht so zimperlich und nutzten jede sich bietende Gelegenheit, um noch etwas mehr aus ihren Mietern herauszuholen.

»Danke, Ruth.«

»Und du willst nicht doch noch mit zu mir kommen und Abendbrot essen?«, hakte sie noch einmal nach.

Ich schüttelte den Kopf. »Das tue ich heute auswärts.«

20

*a*ls die Zeit immer näher rückte, dass Matthias erscheinen würde, stahl ich mich in das Untergeschoss und spähte aus dem Toilettenfenster hinaus auf die Alexandrinenstraße. Ich wollte vermeiden, dass Opa schneller an der Tür war als ich. Um fünf vor sechs entdeckte ich Matthias, schloss das Fenster und rief durch den Flur in die Stube: »Ich bin dann los!« Dann öffnete ich die Haustür und trat ins Freie.

»He, hast du gelauert, wann ich komme?«, lachte Matthias und gab mir nach einem kurzen Zögern die obligatorischen Küsschen auf die Wange. »Schön, dass du Zeit für mich hast.«

»Das bin ich dir schuldig«, wiegelte ich ab. »Wo wollen wir hin?«

»Am Strom werden wir nichts finden«, meinte er. »Deshalb war ich so frei, uns in der Mühlenstraße einen Tisch im Außenbereich reservieren zu lassen.«

»Ach, da, wo ich neulich einen Beruhigungskaffee getrunken habe?«

Er nickte. »Im Beruhigungskaffeelokal sozusagen.«

Ich lachte. »Dann nichts wie hin.«

Wir schlenderten die Alexandrinenstraße entlang und steuerten auf den Kirchenplatz zu, dessen Anblick ein unangenehmes Gefühl bei mir auslöste.

»Hast du dir schon mal die Kirche angeschaut?«, fragte er.

»Nicht in der letzten Zeit, und seit dem Vorfall mit meinem Exfreund verspüre ich keine große Lust mehr darauf. Ich fürchte, ich leide unter einer akuten Kirchenphobie.«

»Verständlich, doch die solltest du behandeln lassen, nur für den Fall, du möchtest mal vor dem Traualtar stehen.«

Ich schenkte ihm über den Rand meiner Sonnenbrille einen prüfenden Blick.

»Was? Ich meine ja nur für den Fall der Fälle.«

Das Restaurant war gut besucht, so wie alle Lokale in der Straße. Die Tische standen über den Bürgersteig verteilt, sodass Fußgänger, wollten sie nicht durch die Tischreihen gehen, gezwungen waren, auf die Fahrbahn auszuweichen, aber die Mühlenstraße war eine verkehrsberuhigte Zone.

Von unserem Tisch aus hatten wir einen tollen Blick auf die Kirche, die sich direkt hinter der Mühlenstraße erhob. Die Bäume sahen wie alte knorrige Riesen aus. Während des Essens erzählte ich Matthias von Henning und unserer Fahrt nach Rügen hoch und stellte fest, dass sich ein Schatten auf seinem Gesicht auszubreiten begann. Scheinbar war er darüber alles andere als erfreut. Das, zusammen mit seiner Anspielung auf den Traualtar, gab mir zu denken. War er in mich verliebt? Das wäre erstaunlich, wo wir doch einen alles andere als guten Start hingelegt hatten. Auf der anderen Seite war er mein Retter in der Not und seitdem nett und freundlich zu mir. Ich wusste nicht, was ich davon halten sollte.

»Wollen wir anschließend noch was unternehmen?«, fragte er mich, während wir uns das Essen schmecken ließen. »Wie wäre es mit Strand? Wir kaufen gegenüber im Markt eine Flasche Wein und setzen uns damit ans Wasser und sehen den Leuten zu. Was hältst du davon?«

»Viel. Wir müssen nur darauf achten, dass wir einen Wein mit Schraubverschluss bekommen.«

Er lachte. »Meine Eltern würden gerade die Hände über dem Kopf zusammenschlagen. Ein Wein gehört verkorkt, pflegt mein Vater stets zu sagen. Wohlgemerkt verkorkt, nicht verplastikt.« Er grinste übers ganze Gesicht.

»Sind deine Eltern Gourmets?«

»Mein Vater schon, zumindest tut er so. Meine Mutter ist ein wenig anspruchsloser und ich auch.«

»Gut, dann lass uns nach einem Wein mit Schraubdeckel Ausschau halten.«

Ich zahlte, und wir schlenderten zum Supermarkt, der selbst um diese Uhrzeit alles andere als leer war. Das Angebot war dezimiert. Wir entschieden uns für Sangria, packten ein paar Becher aus Plastik ein und nahmen auch noch eine Tüte Chips dazu. Der Abend am Strand war gesichert.

»Morgen kommt mich meine Freundin besuchen«, erzählte ich ihm, als wir die Dünen Richtung Wasser hinabliefen. Einige Leute badeten noch in der Ostsee. Andere hatten sich wie wir etwas zu trinken mitgebracht und saßen im Sand, um den Sonnenuntergang zu bestaunen.

Neben uns ließen sich wenig später fünf junge Männer aus Bremen nieder, wie wir erfuhren, als sie uns einluden, zu ihnen zu kommen. Dann endete meine Erinnerung. Wie ich später den Weg nach Hause gefunden hatte, wusste ich am kommenden Morgen nicht mehr. Ich entsann mich nur schwach, dass ich Henning noch mehrmals versucht hatte, anzurufen, immer ohne Erfolg.

Die Haustürklingel riss mich unsanft aus meinem Schlaf. Mir dröhnte der Schädel. Schlaftrunken öffnete ich die Augen und blinzelte in das Halbdunkel meines Zimmers.

Was war denn los?

Es dauerte, bis mir bewusst wurde, dass jemand an der Haustür geläutet hatte. Opas Stimme drang gedämpft vom Flur hinauf. Er bedankte sich für irgendwas und wünschte einen angenehmen Tag. Dann wurde die Tür geschlossen, und die gewohnte Ruhe kehrte wieder ein.

»Rike, bist du wach?«

Jetzt schon!

Gähnend reckte ich mich, gab aber keine Antwort. Verdrießlich sah ich auf die Uhr. Es war halb neun.

Bruchstückhaft kehrte die Erinnerung an den gestrigen Abend zurück, zumindest bis zu dem Punkt, als ich zum wievielten Male auch immer, Henning nicht erreicht und die Bremer uns zu sich gebeten und mit weiterem Alkohol versorgt hatten.

Wie viel hatte ich nur in mich hineingeschüttet? Ob es Matthias genauso mies ging wie mir?

Ich zog mir die dünne Decke über den Kopf und versuchte, noch ein wenig zu schlafen. Vergeblich. Also stand ich auf und öffnete die Jalousie. Sofort durchflutete heller Sonnenschein das bisherige Düster des Zimmers, was meinem Kopf nicht gerade guttat. Von draußen drangen die gewohnten Geräusche an meine Ohren, die ich bis dahin ausgeblendet hatte. Die ersten Urlauber waren bereits auf den Beinen und strebten dem Strand entgegen. Möwen schrien, ein Hund bellte, ein Kleinkind quengelte. Auch heute war der Himmel strahlend blau und versprach einen tollen Sommersonnenferientag. Nicht ein einziges Wölkchen trübte das Postkartenfirmament. Überhaupt schien dieser Sommer um einiges besser zu sein als im Jahr zuvor.

Als sich meine Augen und mein Kopf endlich an die Helligkeit gewöhnt hatten, öffnete ich den Fensterflügel und genoss den Geruch nach Sonne, Strand und Meer. Wie würde ich ihn vermissen, wenn ich wieder zu Hause in Berlin war? Einen kurzen Moment blieb ich am Fenster stehen. Die frische Luft tat gut. Sie verwirbelte die Alkoholschwaden in meinem Hirn und belebte meine müden Lebensgeister. Heute kam Susanne nach Warnemünde, und ich würde Henning wiedersehen. Ein freudiges Kribbeln durchflutete meinen Leib, auch wenn ein unterschwelliges ungutes Gefühl sich dazugesellte. War sein Telefon noch immer aus?

Ich sah mich nach meiner Tasche um und holte das Smartphone heraus, doch erneut meldete sich nur die freundliche Computerstimme. Hatte er sein Handy verloren oder ignorierte er plötzlich meine Anrufe?

Vielleicht ist der Akku leer, und er hat es nur noch nicht mitbekommen?, versuchte ich, eine plausible Erklärung zu finden, welche die Möglichkeit, er wolle nichts mehr von mir wissen, ausschloss. Mir war das auch schon passiert. Erst nach anderthalb Tagen war es mir merkwürdig erschienen, dass überhaupt niemand mit mir sprechen wollte, und Henning tickte in dieser Beziehung wie ich. Er war nicht handysüchtig. Ein Smartphone war natürlich unabdingbar. Es diente zum Telefonieren und Checken von E-Mails. Das musste aber nicht alle paar Minuten sein. Ich schaute manchmal einen ganzen Tag nicht drauf, vor allem an freien Tagen.

Eine halbe Stunde später trat ich erfrischt und einigermaßen munter in die Küche.

»Na, ausgeschlafen? War wohl ein recht alkoholreicher Abend?« Opa schenkte mir einen prüfenden Blick.

»Wieso, war ich so laut?«

»Nö, du brauchtest nur Hilfe, um nach Hause und in dein Bett zu kommen.«

»Ehrlich jetzt?« Ich spürte, wie mir das Blut in die Wangen schoss. Mir fehlte zwar ein Teil Erinnerung, doch dass ich auch nicht mehr imstande gewesen sein sollte, alleine zu laufen, erschrak mich sehr. Das war mir ja noch nie passiert!

Einmal ist immer das erste Mal!, kicherte mein Verstand.

Dann nahm ich den überdimensional großen Strauß roter Rosen wahr, der mitten auf dem Tisch stand, und staunte nicht schlecht. »Für wen ist der denn?«

»Für dich. Der wurde vorhin abgegeben.«

»Und von wem?«

Welch dumme Frage!, meldete sich mein Herz und hüpfte vor Glück. Anscheinend war mein Hirn zwar für blöde Sprüche aufgelegt, zum Nachdenken aber noch zu umnebelt.

»Keine Ahnung, ein Kärtchen oder Brief ist nicht dabei.« Opa Willis Blick ruhte noch immer auf mir, und er bemerkte mein freudiges Grinsen. »Diese Frage sollte sich dir eigentlich nicht stellen, Rike, doch seit gestern Abend scheint es nun zwei Kandidaten für den Anwärter zum Rosenkavalier zu geben.« Wissend hob er eine Augenbraue und schmunzelte in seinen Bart.

Meine Wangen glühten und mussten inzwischen den roten Bojen im Seekanal alle Ehre machen. Mir fiel allerdings auf, dass sich Opas Laune gebessert hatte. Gestern wäre er zu solchen Späßchen nicht aufgelegt gewesen. Hatte ihm Ruth die Leviten gelesen, weil er so unausstehlich zu mir gewesen war?

Ich trat an den Tisch und roch an den Rosen. Leider dufteten sie kaum, sahen dafür aber wunderschön aus, dunkelrot wie die Liebe, doch wem hatte ich sie zu verdanken? Ich hatte natürlich sofort an Henning gedacht. Opas Einwand war aber auch nicht von der Hand zu weisen. Matthias hatte mehr als einmal durchblicken lassen, dass er Interesse an mir hatte.

»Der ist von Henning!«, entgegnete ich im Brustton der Überzeugung. Er musste einfach von ihm sein! Henning hatte noch einmal in Ruhe über unser Telefonat nachgedacht und seinen Fehler eingesehen. Und nun bat er mit diesem Strauß um Schönwetter. Ja, genauso musste es sein!

Das Grau verflüchtigte sich, und der Himmel hing wieder voller Geigen umrahmt von rosaroten Wölkchen.

Opa grinste nur und holte mich aus meiner persönlichen Schönwetterfront in die Realität zurück. »Setz dich, min Deern. Ich mache dir jetzt erst mal ein ordentliches Frühstück, damit du wieder auf die Beine kommst. Du bist noch recht blass um die Nase.« Er erhob sich von seinem Platz, trat an den Kühlschrank und öffnete die Tür. »Allerdings habe ich keinen Rollmops im Haus.«

»Aber, Opa, sehe ich wirklich so elend aus?«

»En beten.« Er schenkte mir über die Schulter ein verschmitztes Zwinkern. »Ich habe mich dir gegenüber scheußlich benommen. Ruthchen hat mir des-

179

halb nochmals gründlich den Kopf zurechtgerückt. Ich bleibe zwar dabei, dass es nicht richtig ist, ihren Mietvertrag zu kündigen. Sie haben aber das Recht auf ihrer Seite. Das muss ich akzeptieren, und ich weiß natürlich, du kannst nichts dafür. Du wusstest ja nicht einmal, was der feine Herr Anwalt im Schilde führt.«

»Opa, bitte!« Ich schluckte und musterte ihn. Sein Groll auf Henning war nicht verflogen. Er legte mir nur nicht mehr zur Last, dass ich Henning kannte, was sowieso albern gewesen war. »Ich finde es auch nicht toll, dass Ruth sich eine neue Bleibe suchen muss, doch wie du bereits sagst, es ist ihr gutes Recht«, nahm ich Henning und seine Familie in Schutz. »Ich schätze, du hast vielmehr Angst davor, Ruth nicht mehr jeden Tag sehen zu können. Ihr steht euch inzwischen sehr nah. Doch selbst wenn sie in einem anderen Stadtteil wohnt, ist sie doch nicht aus der Welt. Sie bleibt in Rostock.«

Mein Großvater holte Teller und Tasse aus dem Küchenbüfett und stellte beides vor mir auf den Tisch. »Es ist nicht dasselbe, Rike. Jetzt kann ich aus der Tür gehen und weiß, dass sie nur einen Katzensprung entfernt von mir wohnt. Man kann sich schnell mal gegenseitig helfen oder sich etwas ausborgen. Zieht sie woanders hin, ist das nicht mehr möglich. Ich fürchte sogar, unsere Freundschaft wird auf eine harte Probe gestellt werden und schläft irgendwann ein. – Was möchtest du, Kaffee oder Tee?«

»Kaffee. – Aber das muss doch nicht sein, Opa«, widersprach ich seiner Befürchtung und überlegte, ob ich nicht die Möglichkeit ansprechen sollte, sie könne doch auch bei ihm einziehen. Ich hatte den Eindruck, sie taten einander gut.

»O doch, meine Lütte! Nicht umsonst heißt es: Aus

den Augen, aus dem Sinn! An räumlicher Trennung ist schon so manche Beziehung in die Brüche gegangen. Das kannst du mir glauben.«

Ach, du liebe Güte, stand das auch mir und Henning bevor – er in Hamburg oder Rostock, ich in Berlin?

Opa bekam von meiner Befürchtung nichts mit. Er hatte mir den Rücken zugewandt, füllte den Kessel mit Wasser und stellte ihn auf den Herd. Dann wollte er nach dem Kaffeebereiter greifen, doch ich hielt ihn zurück.

»Mir reicht ein aufgebrühter Kaffee.« Ich schob ihm meine Tasse hin, und er nahm sie und füllte Kaffeepulver hinein.

»Käse und Wurst oder soll ich dir Rühreier machen oder bevorzugst du heute Morgen eher etwas Süßes?« Ein verschmitzter Zug lag auf seinen Lippen, und seine Augen glitten kurz zu den Rosen und wieder zu mir.

»Ist noch was von Ruths Marmelade da?«

»Das Glas ist inzwischen leer, aber Ruthchen sorgt für ständigen Nachschub. Auch das wird sicher nicht mehr sein, wenn sie erst woanders wohnt.« Er öffnete die Tür des Küchenbüfetts und holte das Marmeladenglas heraus.

Der Kessel pfiff. Das Wasser hatte seinen Siedepunkt erreicht.

Opa goss die Tasse auf und reichte sie mir. Dann holte er die Butter aus dem Kühlschrank und setzte sich zu mir an den Tisch. »Wann kommt Sanne?«

»Am frühen Nachmittag, hat sie gesagt.«

»Wollen wir nachher noch schnell einkaufen gehen sowie Obst und Gemüse holen?«

»Von schnell einkaufen kann wohl kaum die Rede sein«, entgegnete ich mit vollem Mund. »Das ist ja eine mittelschwere Katastrophe, Opa, in Warnemünde in den Supermarkt zu gehen. Selbst gestern Abend um neun war es noch voll. Warum fährst du nicht in einen anderen Markt, wo es nicht ganz so überlaufen ist? Du besitzt doch ein Auto.«

»Och, für die paar Kleinigkeiten, die ich brauche, lohnt sich das nicht.« Er winkte ab. »In der Zeit, die ich für das Hin- und Herkutschieren benötige, kann ich mich auch gleich im Supermarkt um die Ecke anstellen, ganz zu schweigen von der Suche nach einem freien Parkplatz, wenn ich wieder zurückkomme.«

»Oh, Opa, du hast ja Supermarkt gesagt, nicht Kaufhalle«, neckte ich ihn.

»Tja, Rike, auch mit fünfundsiebzig ist man noch lernfähig«, konterte er. »Das mache ich aber nur dir zuliebe, das kannst du mir glauben. Zudem war unser Markt nie eine Kaufhalle, sondern ein Konsum.«

»Autsch, da hast du mich mal wieder erwischt.« Schmunzelnd schlürfte ich meinen Kaffee.

»Du hast mir noch keine Antwort gegeben«, hakte er nach. »Kommst du mit oder nicht?«

Ich sah zu den wundervollen Rosen, deren Blütenblätter fast wie Samt aussahen und in den verschiedensten Nuancen von Rot über Bordeaux bis hin zu beinahe Schwarz schimmerten. Am liebsten wäre ich aufgesprungen und zu Henning in die Yachthafenresidenz gefahren. Anrufen ging ja leider nicht.

Unschlüssig schenkte ich Opa einen kurzen Blick, der mich seinerseits hoffnungsvoll musterte. »Okay«, rang ich mich durch, um ihn nicht zu enttäuschen, »ich komme mit. Ich wollte eh noch in den Buchladen, um mir einen Bildband über Rügen zu kaufen, sozusagen zur Erinnerung an unseren Törn.«

Als wir in die Kirchenstraße einbogen, meldete sich die zweite Tasse Kaffee. Ich hätte nicht mehr als eine trinken sollen, doch auch Opa hatte sich noch einen Kaffee gebrüht, und ich hatte aus Loyalität einen weiteren mitgetrunken. Nun rächte sich das.

»Opa, sorry, aber ich muss mal kurz verschwinden.« Ich warf ihm einen entschuldigenden Blick zu und bog ab in die öffentliche Toilette.

Als ich wieder ins Freie trat, blieb ich auf dem Podest stehen und sah mich nach Opa um. Ich entdeckte ihn vor dem Juweliergeschäft, wo er sich die Auslagen ansah, und mir fiel ein, dass ich dem Laden noch immer keinen Besuch abgestattet hatte.

Ich trat auf meinen Großvater zu. »Na, Opa, was Passendes gefunden?«

Er schüttelte den Kopf. »Wollen wir weiter?«

»Einen kleinen Moment, bitte!«, erbat ich mir. »Ich will mir noch einmal den hübschen Ring ansehen, ob er mir noch immer gefällt und ich ihn mir trotz des Preises gönnen sollte.«

Er grinste nur.

Ich hingegen eilte um die Ecke des Geschäftes und suchte die Auslage ab, doch der Ring war nicht mehr da. Da, wo ich ihn eine Woche zuvor entdeckt hatte, prangte nun ein fetter Saphir. Um sicher zu gehen, dass nicht nur umdekoriert worden war, inspizierte ich auch die anderen Schaufenster, doch der Ring war weg.

Enttäuscht kehrte ich zu Opa zurück, der mich, mit den Händen auf dem Rücken verschränkt, erwartete.

»Und«, fragte er, »gefällt er dir noch immer?«

»Kann ich nicht beantworten. Er ist nicht mehr da.« Ich zog einen Flunsch.

»Tja, min Deern, wie Gorbi bereits sagte: Wer zu spät kommt, den bestraft das Leben.« Er legte mir den Arm um die Schultern und zog mich mit sich fort dem Kirchenplatz entgegen. »Du wirst sicher ein anderes Schmuckstück finden, das dir gefällt, vielleicht eine Kette. Immerhin lässt Frau sich einen Ring schenken und an den Finger stecken und kauft ihn sich nicht selbst.«

»Wie vorsintflutlich!« Ich rollte mit den Augen. »Lass uns zuerst in die Buchhandlung gehen«, schlug ich vor und lotste ihn in die entsprechende Richtung. »Hinterher mit den Einkäufen ist das nicht so schön.«

»Was wolltest du noch mal kaufen? Einen Liebesroman?«

»Aber Opa, den erlebe ich derzeit mit allen Höhen und Tiefen hautnah.« Ich stupste ihn in die Seite und hakte mich bei ihm ein. »Entweder gönne ich mir einen Bildband über Rügen oder ich kaufe mir Hennings Reiseführer. Der war sehr informativ.«

»Seinen Reiseführer? Schreibt er nun auch schon Bücher?«

»Nein. Er hatte aber einen über die Ostseeküste dabei.« Abermals verdrehte ich die Augen. Manchmal kam mein Großvater von einem anderen Stern.

Der Laden besaß sein eigenes Flair. Er gehörte keiner großen Kette an, und das war zu spüren. Er erinnerte mich an die kleinen, aber feinen Läden, die zum Teil in Seitenstraßen zu finden waren und durch Individualität punkteten. Da die Auswahl an Bildbänden stattlich war, sprach die Händlerin ein paar Empfehlungen aus. Trotz allem konnte ich mich mal wieder nicht entscheiden und kaufte schließlich sowohl den Reiseführer als auch einen Bildband.

»Ach, was ich vergaß«, plauderte Opa munter weiter, als wir wieder auf der Straße standen und auf den Supermarkt zuhielten, »Paul hat angerufen, während du dich fertig gemacht hast. Er lädt morgen Abend erneut zum Grillen ein. Das letzte Mal bist du ja einfach abgehauen.«

Mist!, war das Erste, was mir in den Sinn kam.

Morgen war der letzte Abend, den ich mit Henning verbringen konnte, bevor er wieder nach Hamburg musste. Auf der anderen Seite freute ich mich, Matthias wiederzusehen, obwohl ich mich nicht mehr an alles erinnern konnte, was gestern vorgefallen war.

»Hast du ihm gesagt, dass meine Freundin aus Berlin kommt?«

»Habe ich, und er hat gemeint, dass er sich freuen würde, sie und auch deinen Hamburger Kapitän kennenzulernen, wenn er morgen noch in Warnemünde ist.«

Ich blieb wie angewurzelt stehen. »Echt jetzt, Opa? Er will, dass ich Henning mitbringe?«

Opa nickte. »Wenn es euch beiden recht ist?«

»Ist es dir denn recht?«

»Ich bin nur Gast«, wich Großvater aus, und seine Antwort bestätigte mir, dass er Henning noch nicht verziehen hatte. »Ich weiß aber, dass du in de Jung verliebt bist, Rike, zumindest bis gestern Abend.« Kritisch musterte er mich. »Oder wäre es dir unangenehm, mit beiden Herren am selben Tisch zu sitzen?«

»Ist das dein Ernst?« Ich funkelte ihn an. »Der gestrige Abend mit Matthias war nur ein Dankeschön für seinen Einsatz gegen Bastian und eine Entschuldigung für das Malheur in der Eisdiele. Da war nichts weiter!«

»So sah es für mich aber nicht aus«, konterte Opa Willi. »Es sei, du zählst Küssen nicht dazu.«

Ich starrte meinen Großvater verständnislos an.

»Du kannst dich daran nicht entsinnen? Kein Wunder, du warst ziemlich blau. Komm weiter!« Er drehte sich um und hielt auf den Supermarkt zu.

Erstarrt sah ich ihm hinterher.

Ich hatte mit Matthias geknutscht? Daran entsann ich mich nicht. Was war sonst noch vorgefallen? Mir wurde ganz anders, wenn ich darüber nachdachte, was ich wohl sonst noch für Dummheiten in meinem Brausebrand angestellt haben mochte, doch ich konnte mich partout an nicht mehr erinnern.

»Was ist, kommst du, Rike?« Opa war stehen geblieben und sah sich zu mir um.

Der Einkaufsmarkt platzte wieder aus allen Nähten. Es war Freitag, was hatte ich anderes erwartet? Zu all den Urlaubern kamen nun auch noch die Einheimischen hinzu, die für das Wochenende ihre Besorgungen erledigten. Das Verkaufspersonal konnte kaum so schnell die Theken und Regale auffüllen, wie sie sich wieder leerten. Begehrteste Artikel waren neben Süßwaren und Snacks Getränke, Grillfleisch & Co. – alles, was für ein bevorstehendes wundervolles Sommerwochenende benötigt wurde.

Es dauerte, bis wir den Laden wieder verließen. Zum Glück schien für meinen Großvater das Thema erschöpfend erörtert zu sein. Ich hingegen fürchtete nun ein wenig das Zusammentreffen mit Matthias. Vor allem, wie würde er sich verhalten, wenn plötzlich Henning vor ihm stand? Womöglich hatte ich mit meiner besoffenen Knutscherei Hoffnungen in Lütt Matten geschürt, die nicht beabsichtigt waren.

Ich seufzte und folgte Opa, der sich mit seinem Hackenporsche bereits auf dem Weg zum Gemüsehändler in der Mühlenstraße befand.

2

Ich konnte die Freudentränen nicht zurück-halten, als Sanne und ich uns zur Begrüßung in den Armen lagen. Sanne war wie die Schwester für mich, die ich nie hatte. Auch wenn wir uns nur anderthalb Wochen lang nicht gesehen hatten. Mir kam es wie eine Ewigkeit vor.

»Lass dich anschauen, meine Süße.« Sie schob mich auf Armeslänge von sich und taxierte mich von Kopf bis Fuß. »Du siehst toll aus, erholt, braun gebrannt und richtig glücklich. Deine Haare sind noch heller als sonst. Dazu deine braunen Bambiaugen – kein Wunder, dass sich dein Henning in dich verguckt hat.«

»Sanne, höre auf damit. Ich werde sonst noch rot.« Wir drückten uns ein weiteres Mal. Dann löste ich mich von ihr. »Komm, ich zeige dir, wo du schläfst.« Ich griff nach ihrem Koffer und bugsierte ihn die Treppe hinauf in das Zimmer neben meinem. Es hatte früher meiner Mutter gehört und wurde jetzt nur noch bei Bedarf genutzt, diente vielmehr als Abstellkammer für Dinge, von denen sich mein Großvater nicht trennen konnte. Für Besuch gab es das Gästezimmer, aber das hatte ich bereits in Beschlag genommen.

»Wann stellst du ihn mir vor?« Sanne war anzumerken, dass sie vor Neugier fast platzte. »Hast du mit ihm noch mal telefoniert?«

Ich schüttelte betrübt den Kopf. »Sein Handy ist aus.« Ich öffnete die Tür, und wir betraten den Raum.

»Wahrscheinlich der Akku leer«, kicherte sie. »Damit kennst du dich ja auch zur Genüge aus.«

Ich schnitt ihr ein Gesicht, und mich befiel ein seltsames Gefühl, weil ich unweigerlich an Matthias und den Abend zuvor erinnert wurde. »Schon«, erwiderte ich, »aber seit gestern Abend?«

Sie hob die Schultern. »Er hat Urlaub. Sagtest du nicht, er schaut nicht ständig auf sein Telefon? Vielleicht ist es ihm noch gar nicht aufgefallen, dass es aus ist. Auch damit hast du Erfahrungen Süße. Zwei Tage habe ich dich mal nicht erreicht.«

Erneut schnitt ich ihr eine Grimasse. »Du hast ja recht.« Ich wich ihrem Blick aus und setzte mich aufs Bett. »Es ist gestern noch was passiert, und dann heute Morgen ...«

»Was hast du angestellt?« Sie ließ ihre Tasche auf den Stuhl fallen und sah mich an.

»Weil ich Henning nicht erreichen konnte, habe ich mich mit Matthias zum Essen verabredet«, hob ich an und berichtete ihr, woran ich mich erinnerte. »Wie ich nach Hause in mein Bett gekommen bin, bleibt ein Rätsel«, schloss ich und hob den Blick. »Nach Opas Worten hat mich Matthias gebracht, während ich ihm schmachtend am Hals gehangen und ihn in Grund und Boden geknutscht haben soll.«

»Ach du meine Güte!«, stieß Sanne heraus und setzte sich neben mich.

»Und heute Morgen steht ein großer Strauß Rosen für mich auf dem Küchentisch, dunkelrot wie die Liebe, und ich weiß nicht, wer sich da fast ruiniert hat.«

»War kein Kärtchen dabei?«

»Nein, sonst wüsste ich es doch.«

»Das ist ein Problem. Ich vermutete allerdings, dass Henning der Rosenkavalier ist. Matthias wird wissen, wieso du ihn gestern mit deiner grenzenlosen Liebe überschüttet hast.«

»Ich hoffe, du hast recht.« Dankbar legte ich ihr meinen Arm um die Schulter und drückte sie. »Willst du dich erst noch frisch machen, bevor wir nach Hohe Düne fahren?«

»Zuvor sollte ich deinen Opa begrüßen«, meinte sie breit grinsend. »Nicht, dass er auch noch auf mich sauer ist.«

Ich winkte ab. »Der ist bei Ruthchen im Garten. Ach, bevor ich es vergesse. Onkel Paul hat uns morgen Abend zum Grillen eingeladen.«

»Hey, super!« Sanne hob zum Zeichen, dass sie begeistert war, beide Daumen. »Dann lerne ich ja Matthias kennen. Der ist doch sicher ebenfalls da?«

»Davon gehe ich aus.« Ich seufzte. »Wird sicher lustig. Wer weiß, was ich sonst noch angestellt habe, wovon ich nichts mehr weiß?«

»Ach, Rike, du doch nicht. Dass du mal so richtig betrunken bist, kommt sehr selten vor, und dann bist du immer freundlich und nett.«

»Ja, das hat Opa mir bestätigt. Matthias konnte sich vor meiner Freundlichkeit kaum retten.«

Sanne lachte. »Meinst du, es war ihm unangenehm?«

»Vor meinem Großvater, sicher. Ich soll übrigens auch Henning mitbringen. Das wird spaßig, wenn die beiden sich gegenüberstehen.«

»Weiß er von Matthias?«

»Aber nur, dass er der Enkel von Opas Schulfreund ist. Fängt Opa Willi aber an, aus dem Nähkästchen zu plaudern ... Ich weiß ja nicht. Und nun mach hin. Ich will zu Henning. Ich will ihn wiedersehen und muss wissen, was los ist.«

»Sei unbesorgt, Süße, bei ihm ist alles in Ordnung, da bin ich mir sicher. Sonst hätte er dir keinen sündhaft teuren Blumenstrauß geschickt.«

Es war halb vier, als wir endlich die Yachthafenresidenz betraten. Ich war gespannt wie ein Flitzbogen, was er zu der Überraschung sagen würde, wenn ich plötzlich vor ihm stand. Mich verwunderte nur, dass sein Handy noch immer tot war. So lange konnte es ihm doch nicht entgehen, dass er nicht erreichbar war! Das wäre sogar mir aufgefallen, dass kein Anruf kam.

Wir traten an die Rezeption, wo uns eine freundliche Empfangsdame lächelnd entgegensah und uns nach unserem Begehr fragte.

»Ich möchte zu Herrn Henning Hansen. Sagen Sie ihm bitte, dass Frederike Müller im Foyer auf ihn wartet.«

»Einen Moment, bitte. Ich schaue nach.«

Die Dame klimperte auf ihrer Tastatur herum, klickte und suchte und sah mich wieder an. »Tut mir leid, Frau Müller, Herr Hansen hat heute früh ausgecheckt.«

»Wie bitte?«

Ich fühlte, wie mein Herz erst stillstand und dann zu rasen begann. Henning war nicht mehr da? Lag es an unserem Telefonat, oder war er enttäuscht gewesen, weil ich mich nicht bei ihm gemeldet hatte, nachdem der Bote mit den Rosen vor Opas Tür gestanden hatte? Letzteres würde allerdings bedeuten, dass er bei einem Blick auf sein Handy bemerkt haben musste, dass es komplett ausgestellt war.

Mir wurde schwarz vor Augen, und ich hielt mich am Tresen fest.

Sanne stieß mir in die Seite und holte mich in die Gegenwart zurück. »He, Rike, geht es dir gut?«

»Nicht wirklich. – Ist zu sehen, wann genau er das Hotel verlassen hat?«, wandte ich mich der Angestellten zu.

Sie sah in ihren Computer. »Um halb fünf.«

»Morgens?«, stieß Susanne überrascht heraus. »Das war ja kurz nach Mitternacht!«

Unmerklich zuckte die Dame mit den Schultern.

»Dann kann es nicht daran gelegen haben, dass ich mich noch nicht für die Rosen bedankt habe«, raunte ich meiner Freundin zu.

»Auf keinen Fall!«, befand sie. »Da muss was anderes vorgefallen sein.«

»Ja, ich habe ihn brüskiert und den Anruf einfach beendet.«

»Quatsch, Rike! Deshalb bricht niemand zu nachtschlafender Zeit auf.«

»Ich muss mich setzen.« Kraftlos schlurfte ich zu einer der eleganten Sitzgruppen und versank in den Polstern. Sanne folgte mir, während die Empfangsdame mitfühlend zu mir herübersah und sich dem nächsten Gast zuwandte.

»Vielleicht ist der Strauß dann doch nicht von ihm, sondern von Matthias«, murmelte ich und sah ernüchtert drein. »Oder wollte er sich für die schöne Woche bedanken und ist dann nach Hamburg abgereist? Vielleicht war deshalb weder ein Kärtchen noch ein Brief dabei. Du weißt doch, Männer und die passenden Worte.«

Überrascht blickte Sanne mich an. »Hattest du den Eindruck, dass es für ihn nur ein Urlaubsabenteuer war? So haben sich deine Anrufe nie angehört.«

Unentschlossen zuckte ich mit den Schultern.

Ich stand wieder auf und merkte, dass ich recht wacklig auf den Beinen war, aber ich brauchte frische Luft. Der Schock saß tief, tiefer, als ich es je vermutet hätte.

Die vergangenen Tage hatten mich an ihn geschweißt, selbst wenn ich zum Ende unseres Törns leise Zweifel an der Dauerhaftigkeit unserer Beziehung zu hegen begonnen hatte. Im Großen und Ganzen hatte für mich festgestanden, dass es mehr war als nur ein kurzer Urlaubsflirt, auch von Hennings Seite. Hatte ich mich so in ihm und seinen Gefühlen getäuscht?

Ich spürte, wie mir ein Kloß die Kehle hochstieg und mich beinahe erstickte. Gleichzeitig drückte es auf die Tränendrüsen. Meine Augen wurden feucht.

»Ich muss hier raus!«, murmelte ich, bemüht, das Zittern in meiner Stimme zu unterdrücken.

Sanne legte mir ihren Arm um die Taille und führte mich ins Freie, und ich war ihr dankbar dafür. Zum einen waren meine Knie weich wie Butter, zum anderen war vor meinen Augen alles verschwommen. Mein Magen rebellierte. Als wir vor dem Hoteleingang standen, sog ich in tiefen Zügen die frische Luft in meine Lungen ein und stieß sie schwallartig wieder aus. Ich musste die Panik niederkämpfen, die sich in mir auszubreiten begann. Die kleine dumme Grundschullehrerin aus Berlin, die sich von der Jacht des Hamburger Anwalts blenden ließ!

Mein Blick glitt nach Norden, wo sich die Marina an das Hotelgelände anschloss. Es war ein Meer aus Aufbauten, Takelagen und Masten vor einem strahlend blauen Himmel mit einigen Schäfchenwolken.

»Und was nun, Rike?«, fragte Sanne. Sie stand vor mir und musterte mich mit mitfühlender Miene. »Es ist noch nichts verloren. Ziehe einfach die Möglichkeit

in Betracht, dass er überraschend nach Hamburg zurückkehren musste. Ihm wurde sein Handy geklaut
oder er hat es verloren und konnte sich nicht bei dir
melden.«

»Am Freitagmorgen?«

»Das würde den Aufbruch um halb fünf erklären.«

Zweifelnd schüttelte ich den Kopf. »Warum hat er
dann nicht wenigstens ein paar erklärende Zeilen den
Rosen beigefügt?«

Sanne zuckte mit den Schultern. »Männer denken
nicht an solch banale Sachen. Vielleicht ging auch
alles ganz überstürzt, oder als er den Auftrag für die
Rosen erteilte, wusste er noch nicht, dass er Warnemünde vorzeitig verlassen muss.«

»Du hast für alles eine positive Erklärung, nicht
wahr?«

Sanne kicherte. »Immer positiv denken, Süße, selbst
wenn es manchmal schwerfällt.«

Das gelang mir leider nicht, nicht bei diesem heik-
len Problem.

Ich sah erneut zur Marina, obwohl ich wusste, dass
Hennings Jacht nicht mehr dort lag. An jenem Landungssteg hatte eine der wunderbarsten Wochen meines Lebens begonnen. Stellte er auch den Endpunkt
einer Beziehung dar, die, nie richtig begonnen, ich
mir so sehr wünschte?

»Wäre ich doch gestern noch zu ihm gefahren, als
er nicht ans Telefon gegangen ist«, machte ich mir
Selbstvorwürfe. »Stattdessen verabrede ich mich mit
einem anderen Mann, lass mich volllaufen und küsse
ihn dann noch.« Mir kam ein ungeheuerlicher Gedanke. »Und wenn er mich mit Matthias gesehen hat?«

»Nee, Süße, das erscheint mir recht unwahrscheinlich.« Sanne zog mich ein Stück durch die Außenan-

lage des Hotels. »Es ist hübsch hier. Das wäre auch ein idealer Arbeitsplatz für mich, Ostsee und Strand gleich vor der Tür.« Sie grinste, konnte mich aber kein Stück aufmuntern.

Mehr zufällig kamen wir der Marina näher, sodass der ehemalige Anlegeplatz von Henning in Sichtweite kam.

»Dort hinten«, ich wies in die entsprechende Richtung, »hat die *Frederike* gelegen. Nun ist der Ankerplatz verwaist.«

»Die *Frederike*?« Sanne starrte mich mit offenem Mund an, und ein spöttisches Grinsen umspielte ihre Lippen. »Hat er das Boot bereits nach dir benannt?«

»Sei nicht albern, Sanne!« Mein Humor war für den Rest des Tages aufgebraucht. »Das Schiff trägt den Namen seiner verstorbenen Mutter.« Entschlossen holte ich ein Taschentuch hervor, wischte mir die Tränen aus den Augen und schnaubte aus. »Es ist, wie es ist, und lässt sich nicht ändern. Ich muss nach vorne schauen. Also lass uns umkehren. Hier gibt es nichts mehr zu sehen.«

Der Tag war für mich gelaufen. Sanne gab sich redlich Mühe, mich aufzuheitern, alles vergebens. Meine Stimmung war auf dem absoluten Tiefpunkt angelangt. Am Schlimmsten empfand ich den Gedanken, nicht zu wissen, warum Henning sang- und klanglos Warnemünde verlassen hatte. Hatte er es mit der Furcht zu tun bekommen, als ich ihm mehr als einmal meine Liebe gestanden hatte und von ihm dieselben Worte hatte hören wollen?

Nein, das konnte unmöglich sein. Warum hatte er mich dann gefragt, ob ich mit ihm zusammenleben will, zumindest wollte er es gern?

Viel eher lag es an unserem letzten Telefonat. Uneinsichtig, wie ich manchmal war, hatte ich ihm Vorwürfe gemacht und einfach aufgelegt. War er nun von mir enttäuscht?

Das konnte ich mir zwar vorstellen. Es stellte aber keinen Grund dar, gleich die Flinte ins Korn zu werfen und sich heimlich aus dem Staub zu machen. Wenn eine Beziehung schon bei einem lauen Lüftchen in Schieflage geriet, was sollte dann erst bei einem Orkan geschehen?

»Überlege doch mal«, meinte Sanne, »er hat um halb fünf Uhr in der Frühe aus dem Hotel ausgecheckt. Das macht man nur, wenn man seinen Zug oder Flug erreichen muss oder man einen anderen wichtigen Termin einzuhalten hat.«

»Aber er sagte doch, er wird erst am Montag in der Kanzlei erwartet?«

»Dinge können sich ändern, Rike.«

»Und warum meldet er sich dann nicht bei mir, sondern hat sein Telefon abgeschaltet?«

»Was ich bezweifele.« Sie zuckte mit den Schultern. »Ich bin keine Hellseherin, Süße. Vielleicht wurde es ihm gestohlen, ist kaputt, verloren gegangen. Am leeren Akku liegt es inzwischen sicher nicht. Auch in Hamburg gibt es Steckdosen und Strom.« Sie grinste mir zu, doch auch dieses Späßchen hob meine Mundwinkel nicht in die Höhe.

So ging es den Rest des Tages hin und her. Ich bewunderte meine Freundin, wie viel Ausdauer sie bewies, um mich auf heitere Gedanken zu bringen. Sie kam sogar auf die Idee, Matthias anzurufen, doch diesen Vorschlag lehnte ich kategorisch ab. Ich musste mir jetzt nicht noch anhören, was während meines Filmrisses alles geschehen war. Trotzdem war ich ihr für ihre Anwesenheit und das Bemühen dankbar. Sie war die Einzige, die wirklich verstand, wie ich mich gerade fühlte, denn sie hatte vor nicht allzu langer Zeit eine schmerzhafte Trennung hinter sich gebracht und konnte meinen Kummer verstehen.

Liebeskummer, dachte ich. Ja, ich litt definitiv unter Liebeskummer und Herzschmerz, was mir bewies, dass Henning der Richtige war.

Das habe ich auch schon bei Bastian gedacht, fiel mir ein, damals vor fünf Jahren, als wir uns kennengelernt hatten, und so war es geblieben bis zum Schluss. Deshalb war ich zutiefst von ihm enttäuscht, dass er mich mit Mona hintergangen hatte, doch mein Herz hatte bei Weitem nicht so geblutet wie jetzt.

Ich schenkte Sanne einen nachdenklichen Blick.

Sie hatte sicher recht, und die Erklärung, wieso Henning verschwunden war, war so simpel, dass wir später darüber lachen würden. Trotzdem verspürte ich keine Lust, irgendetwas zu unternehmen oder faul am Strand zu liegen und dem fröhlichen Strandtreiben zuzusehen. Nicht einmal nach einer Abkühlung in der Ostsee stand mir der Sinn.

»Tut mir leid, Sanne, dass mit mir nicht viel anzufangen ist«, entschuldigte ich mich bei ihr.

Sie winkte ab. »Es ist, wie es ist, Süße. Das hast du selbst gesagt. Du konntest nicht ahnen, dass dein Angebeteter nicht mehr in Warnemünde ist.«

»Geh doch alleine baden. Ich bin dir nicht böse. Du bist doch nur übers Wochenende da.«

»Nee, das macht keinen Spaß.«

Wir saßen auf dem großen Balkon und tranken gekühlte Limonade. Ich merkte ihr an, dass sie, entgegen ihrer Beteuerung, es würde sie nicht stören, lieber durch Warnemünde gelaufen wäre, als mit mir Trauerkloß auf der Terrasse herumzuhängen. Später gesellten sich Opa und Ruth zu uns, und für mich war es das Signal, das Feld zu räumen.

Opas Laune war wie eh und je. Insgeheim schien er froh zu sein, dass Henning aus meinem Leben verschwunden war. Zudem gefiel ihm sicher die Vorstellung, dass sich nun auch Matthias für mich interessierte, der Enkel seines besten Freunds. Ruth hingegen konnte nichts den Tag vermiesen. Sie lachte und war mit ihrer übersprühenden Frohnatur für meine derzeitige Gemütslage kaum ertragbar.

»Warum geht ihr, wenn wir kommen?«, fragte sie überrascht. »Wir wollten euch nicht vertreiben?«

»Das tut ihr auch nicht«, entgegnete ich und gähnte demonstrativ. »Der gestrige Abend war lang, dieser

Tag ebenfalls, vor allem sehr ereignisreich. Ich bin müde und will ins Bett.«

»Um halb neun?«

»Ja, ich bin auch völlig erledigt«, sprang mir Susanne zur Seite. »Habe die ganze Woche Frühdienst gehabt. Ich will morgen topfit sein.« Sie setzte ein gewinnendes Lächeln auf, und wir verzogen uns in unsere Zimmer.

Der Samstag fing nicht besser an. Die halbe Nacht hatte ich wach gelegen und mir den Schädel zermartert, was passiert sein könnte. Sannes Erklärungen waren zwar schön und sollten mich beruhigen. Was aber, wenn er kalte Füße bekommen hatte? Vielleicht war ich mit meinen ständigen Liebesbeteuerungen zu weit nach vorne geprescht und hatte ihn verschreckt! Oder hatte ich ihn wegen Ruthchen brüskiert? Immerhin hatte ich ihn der Unaufrichtigkeit bezichtigt und dann einfach aufgelegt. So etwas tat man nicht. Anderenfalls hätte er sicher eine Nachricht für mich hinterlassen, wenn sein Smartphone ausgefallen und er überstürzt hatte abreisen müssen. Er wollte einfach nur mit mir nichts mehr zu tun haben und hatte sich deshalb heimlich aus dem Staub gemacht. Ich war am Boden zerstört.

Unausgeschlafen quälte ich mich aus dem Bett und ging in die Küche zum Frühstück, wo Sanne mich bereits erwartete und mir fröhlich entgegenstrahlte.

»Na, Sonnenschein, ausgeschlafen?« Sie legte den Kopf schräg und musterte mich. »So siehst du allerdings nicht aus. Was ist los? Noch immer Zweifel?«

Wortlos ließ ich mich auf der Küchenbank nieder

und starrte aus dem Fenster. Dann fiel mein Blick auf die wunderschönen Rosen, die noch immer auf dem Küchentisch standen, und mich überkam der Frust.

»Was soll ich noch mit ihnen?« Ich wollte sie nehmen und in den Mülleimer werfen, aber Sanne hielt mich zurück.

»Sag mal, Rike, übertreibst du nicht ein wenig? Die armen Blumen können doch nichts dafür. Ein letztes Mal: Du weißt nicht, warum er so spontan abgereist ist und wieso du ihn nicht erreichen kannst. Erfreue dich an den Blumen und warte bis Montag ab. Wenn dann sein Telefon noch immer nicht erreichbar ist, kannst du weiterjammern und dich bemitleiden. Aber nun ist Schluss. Genug lamentiert. Es reicht allmählich.«

Ich starrte sie mit offenem Mund an. »Du bist mir vielleicht eine Freundin! Fällst du mir jetzt in den Rücken?«

Sanne rollte mit den Augen. »Ja, Rike, denn allmählich kostet es mich Nerven.« Sie stand auf und setzte sich zu mir auf die Küchenbank, nahm meine Hände in ihre und drückte sie. »Süße, egal wie oft wir alle Eventualitäten auch durchkauen. Es wird sich nichts an ihnen ändern. Kein Mensch schaltet sein Handy tagelang aus, um vor den Anrufen einer Person verschont zu sein. Man ignoriert sie, doch dann würdest du ein Besetztzeichen hören. Also muss was mit seinem Handy nicht stimmen. Und da sich niemand Rufnummern merkt, kann er dich auch nicht von einem anderen Gerät anrufen. Warte ab, bis er sich ein neues Telefon oder eine neue SIM-Karte zugelegt hat, und versuche es dann erneut, doch akzeptiere, dass es durch dein ständiges Jammern nicht besser wird. Das war höhere Gewalt. Alles wird gut, Süße. Ich dachte, das hättest du bereits gestern begriffen.«

Ich schenkte ihr einen beleidigten Blick, konnte mich aber ihrer Zurechtweisung nicht entziehen. Sie hatte recht. Ich benahm mich wie ein bockiges, quengelndes Kind, das sein Spielzeug nicht bekam.

»Es tut mir leid.« Ich legte meinen Kopf an ihren.

»Ach, Rike!« Sie legte den Arm um mich und zog mich zu sich heran. »Ich verstehe, dass du dich mies fühlst. Deshalb bin ich ja zu dir nach Warnemünde gekommen, um dir seelische und moralische Stütze zu sein. Es wird aber nicht besser, wenn du Trübsal bläst und die Vernunft ignorierst. Glaube mir, dein Henning Hansen aus Hamburg ist sicher genau wie du ganz außer sich vor Verzweiflung, weil er nicht weiß, wie er sich bei dir melden soll.«

Ein zaghaftes Lächeln huschte über mein Gesicht. Ihre Worte und Nähe taten so gut. »Also gut, Sanne, ich verspreche, ab sofort wieder fröhlich zu sein.«

»Recht so, Süße!« Sie setzte sich wieder auf ihren Platz. »Und vergiss nicht, du musst ihn anrufen, er kann es nämlich nicht.«

»Du weißt auf alles einen Rat«, seufzte ich und lächelte sie an. »Ich danke dir dafür.«

»Gern geschehen, Rike. Ich zahle nur mit gleicher Münze zurück, was ich von dir während meiner Trennungszeit erhalten habe. Und sei bitte nicht böse, dass ich dir eben den Kopf geradegerückt habe.«

»I wo, Sanne. Das habe ich gebraucht.« Ich streckte die Hand nach dem Brotkorb aus und angelte nach einem Brötchen. »Was möchtest du nach dem Frühstück tun? Wir haben bis zum Grillen Zeit. «

»Ab an den Strand und hinein in die Fluten!« Sie lachte und atmete auf.

Als wir vier, Opa, Ruth, Sanne und ich, zur Kaffeezeit bei Onkel Paul auftauchten, wussten er und seine Hilde natürlich bereits über alles Bescheid.

»Du armes Kind«, wurde ich von Tante Hilde begrüßt, »du scheinst derzeit nicht gerade vom Glück begünstigt zu sein, was die Wahl deiner Partner betrifft.« Sie schenkte mir einen mitleidigen Blick und rauschte zu Opa und Ruth, um sie zu begrüßen.

»Versuch's mit mir!«, grinste Matthias und trat auf mich und Susanne zu. »Zumindest das Knutschen klappt schon sehr gut.« Er zwinkerte verschmitzt.

Ich spürte, wie meine Wangen zu glühen begannen. Ich konnte ihm kaum in die Augen sehen. »Sag mal Matthias ...«, ich nahm seinen Arm und zog ihn ein Stück zur Seite außer Hörweite der anderen, »... was ist vorgestern alles passiert. Ich kann mich noch daran entsinnen, dass wir von den Jungs aus Bremen eingeladen wurden, doch wie ich nach Hause gekommen bin in mein Bett, das erschließt sich mir nicht. Opa sagt, du hast mich gebracht?«

»Allerdings, alleine hättest du die Breite der Straße ausgemetert. Du warst so richtig schön angesäuselt. Und erzählt hast du, Frederike. Ich weiß nun über Bastian und Henning Bescheid.«

Mir wurde immer unwohler zumute. Was hatte ich wohl alles ausgeplaudert?

»Und ich habe dich auch geküsst?«, fragte ich.

»Geküsst?« Er grinste und beugte sich zu mir herab. »Wir haben hemmungslos geknutscht.«

O mein Gott!

»Mach dir nichts draus. Das bleibt unser Geheimnis.«

»Prima, und warum hast du dann eben erwähnt, dass wir kusstechnisch gut harmonieren?«

»Weil dein Opa es mitbekommen hat, Frederike. Er musste dich förmlich von meinen Lippen wegzerren und hat es natürlich sofort meinem Großvater erzählt.«

»Dieser Schwätzer!«

Matthias trat wieder zu Sanne. »Und nun sage mir endlich, wer ist diese tolle Frau?« Er wies auf meine Freundin, die ihn anstarrte, als hätte sie ein Blitz erwischt. Oder war es eher Amors Pfeil?

Okay, darauf konnte ich keine Rücksicht nehmen, nicht heute. Wenn mich erneut die Schwermut übermannen sollte, benötigte ich eine starke Schulter, und Matthias besaß ein breites Kreuz.

»Das ist Sanne, meine beste Freundin«, stellte ich sie vor und ärgerte mich insgeheim über meinen Egoismus, den ich so nicht von mir kannte. »Sie ist extra übers Wochenende aus Berlin angereist, um mir seelische Stütze zu sein, obwohl wir zu diesem Zeitpunkt noch nicht ahnen konnten, wie nötig ich sie tatsächlich haben würde.« Ich gab mir Mühe, entspannt zu wirken, und setzte ein halbherziges Lächeln auf. »Und sie hat es geschafft, meine Stimmung zu heben.« Ich wandte mich ihr zu. »Und dieser stattliche Kerl heißt Matthias und ist der Enkel von Paul und Hilde.«

Sie nickten einander zu, Matthias völlig unbefangen. Sein Interesse belief sich auf das übliche der männlichen Natur. Sanne hingegen konnte kaum den Blick von ihm reißen. Er passte genau in ihr Beuteschema!

Wir gesellten uns zu den anderen auf die Terrasse und nahmen ihn in unsere Mitte. Zu Susannes Enttäuschung hatte er nur Augen für mich.

»Hast du diesen Hamburger noch immer nicht erreicht«, fragte er, »oder wollte er nicht mitkommen?«

»Nicht nur das«, antwortete sie schneller als ich. »Er ist gestern früh um halb fünf abgereist.«

»Wirklich?« Anstatt Sanne das zu fragen, sah er zu mir. »Und er hat sich nicht mehr bei dir gemeldet?«

»Ach, ist diese Neuigkeit noch nicht bei dir und deinen Großeltern angekommen?«, fragte ich zurück.

Er schüttelte den Kopf. »Zumindest nicht bei mir. Allerdings hätte meine Oma es mir sicher brühwarm erzählt. Seit sie weiß, dass wir essen waren, ist sie mit unserer Hochzeitsplanung beschäftigt.« Er prustete amüsiert, aber ich ging nicht darauf ein.

»Am Freitagmorgen kam ein großer Rosenstrauß. War der von dir?«

»Was, Rosen, ich? Nein!« Er schüttelte den Kopf. »Nicht, dass ich meiner Angebeteten keine Rosen schenken würde, doch so weit sind wir noch nicht.«

Mir fiel ein Stein vom Herzen. Also waren die Blumen von Henning!

Auch Susanne atmete auf und witterte Morgenluft. »Sag mal, Matthias, was machst du eigentlich beruflich?« Sie hakte sich bei ihm ein.

»Och, muss das jetzt sein?«, grätschte ich dazwischen. »Das habe ich dir doch erzählt, dass er die Firma seines Opas übernehmen soll.« Ich ergriff seinen anderen Arm und fuhr mit dem Zeigefinger sanft über seine gebräunte Haut. »Ehrlich gestanden habe ich keinen Appetit auf Kaffee und Kuchen. Vielmehr würde mich interessieren, was sonst noch gewesen ist. Gehen wir ein Stück spazieren?«

Er schmunzelte und sah mich fröhlich an. »Dann kannst du mir einige Dinge noch einmal erzählen, die ich nicht ganz verstanden habe, weil deine Zunge im Verlauf des Abends immer schwerer geworden ist.«

Erneut schoss mir die Röte ins Gesicht.

»Was ist, setzt ihr euch endlich?«, forderte Tante Hilde uns auf. »Der Kaffee wird kalt.«

»Bei den Temperaturen sicher nicht«, raunte Matthias mir zu, und ich grinste.

»Sei nicht böse, Sanne«, wandte ich mich meiner Freundin zu und beugte mich zu ihrem Ohr. »Heute Abend gehört er mir.«

»Er scheint dir auch an anderen Abenden und Tagen zu gehören«, wisperte sie zurück, »wenn ich seine Blicke richtig deute. Mich sieht er nicht mal an.« Sie zog einen Flunsch, doch dann grinste sie. »Viel Spaß, ihr zwei!«

»Wo wollt ihr denn hin?« Fragend blickte Ruth zu uns auf.

»Einmal um den Block«, erwiderte ich fröhlich. »Spätestens zum Grillen sind wir wieder zurück.«

2 4

Hast du ein bestimmtes Ziel im Auge, wohin du spazieren möchtest?«, fragte Matthias, als wir die Hauptstraße erreichten.

»Erst mal auf die andere Straßenseite«, schlug ich vor.

Das war leichter gesagt als getan, denn die Parkstraße stellte die Durchfahrt von einem Ortseingang zum anderen dar. Wir überquerten sie auf Höhe einer Ampelanlage und schlenderten durch einen kleinen Park Richtung Strandpromenade auf das Hotel Neptun zu. Trotz der hochsommerlichen Temperaturen kamen einige Leute aus dem in unmittelbarer Nähe befindlichen Schwimmbad, das vor Jahren anstelle des noch aus DDR-Zeiten stammenden Wellenbades neu gebaut worden war.

»Ich würde doch lieber in die Ostsee hüpfen, als mich bei diesem Wetter in einem Schwimmbad zu amüsieren«, sagte ich zu Matthias, und er nickte.

»Manche mögen halt keinen Sand zwischen den Zehen, und auch nicht anderswo.« Er grinste, und mir fiel auf, dass sich bei ihm, wie bei seinem Großvater, kleine Grübchen in den Wangen bildeten.

Ach wie süß!

»Was ist alles vorgestern gewesen?«, sprach ich ein sehr sensibles Thema an, denn ich hatte tatsächlich keinerlei Erinnerung ab einer bestimmten Zeit.

»Woran erinnerst du dich denn noch?«

»Auf keinen Fall, dass wir miteinander geknutscht haben«, antwortete ich. »Wir haben die Flasche Sangria geleert. Ich weiß, dass ich immer lustiger geworden bin, doch ich war nicht betrunken, und dann kamen diese Typen aus Bremen. Sie haben uns eingeladen, mit ihnen zu feiern. Was war es noch mal? Ach ja, so etwas wie ein Junggesellenabschied, wenn ich mich recht entsinne.«

»Stimmt«, bestätigte Matthias meine lückenhafte Erinnerung, »ein etwas ungewöhnlicher zudem, denn sie hatten ihre Frauen und Freundinnen dabei, wie sie erzählten, die aber ihre eigene Party geschmissen haben.«

»Daran erinnere ich mich noch schwach. Sie hatten Bier dabei, und ich habe mich überreden lassen, eine Flasche mitzutrinken. Dann wird es dunkel in meinem Hirn.«

Matthias grinste. »Du warst gut drauf, würde ich sagen.«

»Habe ich mich danebenbenommen?«

»Nein, um Gottes Willen, nein. Du warst nur überaus witzig. Dann schlug deine Stimmung um, und du hast mir dein Herz ausgeschüttet. Erst war Basti das Thema, dann Henning aus Hamburg.« Er schenkte mir einen verschmitzten Blick. »Es hat dich ziemlich erwischt, wenn ich deine Schwärmerei und gleichzeitige Niedergeschlagenheit richtig gedeutet habe.«

Ich sagte lieber nichts dazu.

»Und nun ist er aus dem Hotel verschwunden und du erreichst ihn einfach nicht mehr? Was ist geschehen?«

»Das wüsste ich ebenfalls gern.« Anstatt weiter darauf einzugehen, bohrte ich lieber nach der Wahrheit, die verborgen im Dunkel meines Rausches lag. *Bier auf Wein, das lass sein!,* lästerte mein Hirn. »Was habe ich dir sonst noch alles anvertraut?« Verunsichert sah ich ihn von der Seite an.

»Nichts weiter, nur dass du Basti nie mehr wiedersehen willst und du Henning vermisst und Angst hast, es könnte Schluss sein zwischen euch.« Er blieb stehen, nahm meinen Arm und sah mich an. »Du musst keine Angst haben, Frederike, von mir wird niemand irgendwelche Details erfahren.«

Das half mir nicht unbedingt, mich besser zu fühlen. Dafür fiel mir zum wiederholten Male auf, dass er mich mit meinem kompletten Namen ansprach. Ich fragte ihn nach dem Grund.

»Das ist mir gar nicht bewusst«, erwiderte er und lächelte entschuldigend. »Es liegt sicher daran, dass ich fast niemanden mit einer Kose- oder der Kurzform seines Namens anrede. Ich bin in der Beziehung ein gebranntes Kind. Ich habe es gehasst, wenn deine und meine Großeltern mich immer Lütt Matten gerufen haben. Das machen sie hinter meinem Rücken heute noch.« Er sah mich an, und ich verkniff mir ein Grinsen. »In der Schule folgte dann Matze. Oh, wie habe ich es gehasst. Wenn du es aber lieber hast, wenn ich dich nur Rike nenne, ist das für mich okay.«

Ich winkte ab. »Mich stört es nicht. Es fiel mir nur auf. Nun weiß ich aber, dass du keinen Kosenamen magst, und ich hatte so einen schönen für dich.« Gespielt zog ich einen Flunsch.

»Lass mich raten, Matthis? Das rangierte während meiner Schulzeit hinter Matze an zweiter Stelle.«

»Nö, ohne S, nur Matthi.«

Ein Lächeln huschte über sein Gesicht. »Auf die Idee ist noch keiner gekommen. Hört sich von allen Varianten am besten an, aber verkneife dir bitte Lütt

Matten und Matze. Ich bin weder ein kleiner Junge mit 'ner Reuse noch ein Hosenmatz!«

Ich lachte. »In Ordnung, Matthi!«

»Und nun lass uns nicht mehr über den vorgestrigen Abend reden. Er ist Vergangenheit. Einzig deine Küsse werde ich sicher nicht so schnell vergessen. Die darfst du gerne wiederholen.« Er schenkte mir einen verliebten Blick.

Ich spürte, wie meine Ohren zu glühen begannen. Glücklicherweise fiel es nicht auf. Die Sonne brannte auf uns herab. Da mussten Ohren einfach rot sein.

»Wollen wir einen Eisbecher essen?«, fragte er und nickte zum Hotel Neptun, das vor uns lag.

Mit gerunzelter Stirn sah ich zu ihm auf. »Willst du es tatsächlich mit mir an der Seite riskieren.«

Er grinste verstehend. »Warum nicht? Vielleicht suchst du dir heute einen anderen Gast dafür aus.«

»Oder ich lasse es einfach bleiben und esse das Eis einfach auf.«

Wir fanden einen freien Tisch im schattigen Außenbereich, der uns einen schönen Blick auf die Promenade, den Strand und die Ostsee bot.

»Fantastisch!«, stieß ich begeistert heraus und ließ mich nieder.

Die Kellnerin kam und brachte uns die Speisekarte, aber ich winkte ab.

»Ich nehme die Vitamin-Orangen-Eisschale, die haben Sie doch sicher noch, oder?«

»Natürlich, den kleinen Becher oder den großen?«, fragte sie zurück.

Ich musste nicht überlegen. »Den großen natürlich, und dazu bitte noch eine Tasse Kaffee.«

»Und für Sie?«

»Ich kenne zwar diese Eiskreation nicht, schließe

mich aber an, auch beim Kaffee«, erwiderte Matthias. »Ich nehme beim Eis aber die kleine Variante.«

»Wenn du das nur nicht bereust!«, raunte ich ihm zu, und ein verschmitztes Lächeln huschte der Bedienung über das Gesicht.

»Hinterlassen Orangen eigentlich sehr schlimme Flecken?«, fragte er, als die Kellnerin wieder gegangen war.

Ich schnitt ihm ein Gesicht. »Orangefarbene, keine hellen wie bei Vanilleeis. Außerdem habe ich versprochen, dich dieses Mal zu verschonen.«

»Da bin ich ja beruhigt. Ansonsten ...«, er sah an sich herab, »... bin ich heute ziemlich passend gekleidet.« Neben seiner hellen Sommerhose trug er ein orangerotes Shirt. »Bist du öfter hier, dass du die Karte auswendig kennst?«

Lachend schüttelte ich den Kopf, und meine zu einem Pferdeschwanz zusammengebundenen Haare wippten fröhlich hin und her. »Das ist mein Lieblingseisbecher, seit ich denken kann. Den soll es sogar schon vor der Wende gegeben haben.«

Erstaunt hob Matthias die Brauen. »Was du alles weißt! Meine Eltern stammten zwar auch von hier, haben mir aber solche Dinge nie erzählt.«

Der Eisbecher kam, und er sah verführerisch aus, leckeres Vanille- und Mokkaeis, das mit Orangensauce übergossen worden war, und dazu ein Topping aus frischer Schlagsahne und Krokant.

»Habe ich eine gute Wahl getroffen?«, fragte ich ihn, während ich ihn nicht aus den Augen ließ.

»Ja, kann ich nicht anders sagen, frisch, lecker und vor allem kalt.«

»So sollte Eis auch sein«, grinste ich.

Genüsslich ließen wir es uns schmecken und sahen

schweigend hinaus aufs Meer. Sofort kam mir Henning wieder in den Sinn. Wenn ihm nun auf der Rückfahrt etwas zugestoßen war?

Nein!

Ich verdrängte diesen absurden Gedanken. Er hatte sich als versierter Bootsführer bewiesen, während wir die Ostseeküste erkundet hatten. Zudem war kein Unwetter in Sicht. Was sollte also geschehen sein?

Nichts!

Um mich abzulenken und nicht erneut über ihn und sein vorzeitiges Verschwinden nachzugrübeln, fragte ich Matthias, wie es in der Firma von ihm und seinem Großvater lief.

»So lala!«, erwiderte er. »Opa ist ein Dickkopf, wenn es um Neuerungen und Investitionen geht, aber das lässt sich auf Dauer nicht umgehen. Die Maschinen stammen aus der Steinzeit. Sie laufen, sicher, aber es wird allmählich Zeit, umzurüsten, um wettbewerbsfähig zu bleiben.«

»Okay«, warf ich ein, »das verstehe ich. Es ist aber auch immer die finanzielle Seite zu berücksichtigen. Neue Maschinen bezahlt niemand aus der Portokasse.«

»Da hast du recht, Frederike, doch daran liegt es nicht. Opas Unternehmen schreibt schwarze Zahlen und ist kreditwürdig. Er will nur einfach nicht. Es hat bisher gereicht. Warum sollte er etwas ändern?«

»Kommt mir bekannt vor«, lachte ich. »Seit Jahren predigen meine Eltern und ich, dass sich mein Opa endlich mal einen Wasserkocher kauft, doch er beharrt darauf, dass er auch in Zukunft den Teekessel nutzen kann. Hat ja all die Jahrzehnte zuvor ebenfalls funktioniert.«

Matthias' Lippen umspielte ein amüsierter Zug. »Vielleicht liegt es am Alter, und wir werden ebenfalls so stur und uneinsichtig, wenn wir erst mal Rentner sind.« Er legte den Eislöffel auf den Unterteller und lehnte sich zurück. »Opas Feinmarinaden sind 'ne Wucht, keine Frage, doch er stellt sie nur in Kleinstmengen her. Warum versucht er nicht, seine Produkte in einer Handelskette zu platzieren?«

»Würdet ihr das denn schaffen, ausreichend zu produzieren?«

»Nicht mit dem Personal und den Räumlichkeiten, die uns derzeit zur Verfügung stehen.«

Ich blickte wieder hinaus auf die Ostsee. »Ich glaube, dein Opa ist glücklich so, wie es derzeit läuft. Das, was du dir für die Zukunft seiner Firma vorstellst, ist ihm eine Nummer zu groß.«

»Ist es das?«

Ich riss den Blick vom Meer und richtete ihn auf Matthias. »Ich schätze, ja. Onkel Pauls Unternehmen ist klein, aber fein. Er führt es seit nunmehr dreißig Jahren. Du kommst her und planst eine Vergrößerung der Firma. Das würde neben neuen Maschinen auch mehr Mitarbeiter bedeuten und mehr Produktions- und Kühl- sowie Lagerräume. Ich fürchte, es bedarf eines kompletten Neubaus des Firmengebäudes, um dein Vorhaben in die Tat umzusetzen. Ein neuer Standort müsste gefunden werden, wenn du nicht ein paar Etagen aufstocken willst. Ich verstehe, dass dein Großvater ein solches Risiko scheut. Immerhin trägt er für seine Firma und ihre Angestellten auch eine gewisse Verantwortung.«

Ernüchtert sah er mich an. Dann beugte er sich vor und griff nach seinem Eislöffel. »Vielleicht hast du recht, Frederike. Lieber den Spatz in der Hand als die Taube auf dem Dach.« Er aß weiter und starrte in sein Eis.

Ich musterte ihn. Hatte er das ehrlich gemeint oder eher sarkastisch?

Wahrscheinlich letzteres!

Ich konnte mir kaum vorstellen, ihn überzeugt zu haben, nicht nach einer so kurzen Diskussion. Onkel Paul konnte ich hingegen verstehen und begriff nun auch, was Opa Willi gemeint hatte, als er mir erzählte, Paul würde sich Sorgen um sein Unternehmen machen, weil sein Enkel am liebsten die gesamte Produktion umkrempeln wolle. Auch ich war für Fortschritt zu begeistern, aber nicht Knall auf Fall und um jeden Preis.

Schweigend genossen wir unser Eis. Die leichte Brise spendete Kühlung, und es gab viel zu sehen. Der Strand war mit Badegästen und Spaziergängern übervoll, es war Wochenende, die Bänke entlang der Promenade alle besetzt. Auf den Aussichtsplattformen des Leuchtturmes konnte ich Bewegung sehen. War ich jemals bis nach da oben gestiegen? Ich konnte mich nicht daran entsinnen.

»Ich schätze, wir müssen allmählich zurück«, brach Matthias mit Blick auf seine Uhr schließlich das Schweigen. »Es ist halb sechs.«

»Schade«, sagte ich, denn ich hätte lieber mit ihm hier als im Garten hinter dem Haus bei seinen Großeltern gesessen. »Was hältst du davon, wenn wir nach dem Grillen zum Tanzen gehen?«, schlug ich spontan vor. »Sanne wird es sicher freuen, wenn sie endlich mal was erlebt. Bisher musste sie mich ständig trösten und meine Tränen trocknen, außer heute. Da waren wir am Strand.«

»Ist ja witzig. Ich wollte gerade dasselbe fragen?«

»Wirklich?«

Er nickte und winkte die Bedienung an den Tisch,

um zu zahlen und drei Plätze in der Bar zu reservieren. Dann machten wir uns auf den Weg zu seinen
Großeltern.

Der Himmel über Warnemünde war strahlend blau
und wurde durch kein einziges Wölkchen getrübt, wie
auch meine Stimmung. Die Welt sah wieder fröhlich
aus.

»Da kommt ihr ja endlich!«, wurden wir von Matthias'
Oma Hilde begrüßt, als wir in den Garten traten.
»Wir dachten schon, ihr liegt noch am Strand.«

»Nö, aber wir waren noch ein Eis essen und haben
uns verplauscht.« Ich grinste und bemerkte Sannes
verträumten Blick, den sie Hildes Enkel schenkte. Sie
war total verliebt. Ich grinste und winkte sie an meine Seite. »Entschuldige nochmals, dass ich dir in die
Parade fahre«, raunte ich ihr ins Ohr.

»Ist das so auffällig?«, fragte sie, und eine leichte
Röte überzog ihren Hals und die Wangen.

»Allerdings.« Ich lächelte. »Er ist ein ordentlicher
Kerl, auch wenn wir anfänglich unsere Probleme mit-
einander hatten. Ich musste mit ihm allein unter vier
Augen reden.«

»Und, bist du nun schlauer als zuvor?«

»Kommt, ihr Tratschtanten!«, störte Ruth unsere
Unterhaltung. »Es gibt was zwischen die Kiemen.«

Wir nickten beide.

»Wie man es nimmt«, beantwortete ich Sannes Frage und hakte mich bei ihr ein. »Es scheint nichts
Schlimmes passiert zu sein. Die Sangria hat sich nicht
mit dem Bier vertragen, sodass ich Matthias ein Ohr ab-
gekaut habe. Dann habe ich ihn in Grund und Boden

gekutscht, und er musste mich nach Hause bringen, weil ich dazu allein nicht mehr imstande war.« Unschuldig zuckte ich mit den Schultern. »Mehr ist wohl nicht passiert.«

Amüsiert warf Sanne den Kopf in den Nacken und lachte. »Ein ereignisreicher Donnerstagabend also.« Sie streichelte meine Hand, und wir setzten uns zu den anderen an den Tisch.

Opa Willi und Onkel Paul hatten fleißig gegrillt. Es gab Bratwürste, Bouletten und Steaks, die verführerisch dufteten. Hilde hatte dazu eine große Schale griechischen Salat mit Fetawürfeln gemacht, während das frisch gebackene Brot und die selbst zubereitete Kräuterbutter, in der recht viel Knoblauch war, aus Ruthchens Küche stammten. Opa und ich hatten Sekt und eine Flasche Kräuterschnaps zur Verdauung mitgebracht. Um die übrigen Getränke hatten sich Paul und Matthias gesorgt.

Nach dem Essen räumten wir Frauen den Tisch ab und brachten alles in die Küche. Sanne und ich entleerten die Essensreste in die Biomüllschüssel. Ruth und Hilde räumten im Anschluss das schmutzige Geschirr in die Spülmaschine ein.

»Wir wollen nachher noch in die Sky-Bar«, ließ ich nebenbei fallen und äugte zu Hilde und Ruthchen auf.

»Was, heute?« Hilde hielt in ihrer Arbeit inne und machte den Rücken gerade. »Und wer ist wir? Du und deine Freundin?« Ihr Blick schweifte zu Susanne, die ihre Hände in Unschuld wusch.

»Sanne wusste bis eben auch nichts davon«, sagte ich. »Matthias und ich haben es vorhin beim Eisessen beschlossen und auch schon Plätze reserviert.«

Der Anflug einer zufriedenen Miene huschte über Hildes Gesicht, bevor es wieder mürrisch wurde. »Und wann wollt ihr los? Ich dachte, wir verbringen einen gemütlichen Abend zusammen.«

... den ich nicht schon wieder sprenge!, führte ich ihren Satz gedanklich zu Ende. Es war nicht zu überhören, dass sie wenig Begeisterung für unser Vorhaben aufbringen konnte.

»Ist doch egal«, winkte Ruthchen ab. Sie war verständnisvoll wie immer. »Die jungen Leute haben eben keine Lust, den ganzen Abend mit uns Rentnern zu verbringen. Hatten wir in ihrem Alter ebenfalls nicht. Sollen sie ruhig das Tanzbein schwingen gehen.«

»Nein, so ist das auch nicht«, fühlte ich mich genötigt, mich zu rechtfertigen, obwohl ich ihr für ihren Beistand dankbar war. »Aber Sanne ist doch nur noch heute Abend in Warnemünde. Soll sie morgen nach Berlin zurückfahren, ohne irgendetwas erlebt zu haben – nicht dass der Grillabend nicht schön bei euch wäre«, fügte ich geschwind hinzu, um die Wellen zu glätten.

»Genau!«, stand mir nun auch Susanne mit einem Augenzwinkern bei.

Hilde enthielt sich eines weiteren Kommentars, doch ihre zu einem Strich zusammengepressten Lippen sprachen Bände.

Um Viertel vor zehn trafen wir uns mit Matthias vor dem Hotel Neptun. Sanne und ich waren nach Hause geeilt, um uns in Schale zu werfen, und auch Matthias sah aus wie aus dem Ei gepellt und duftete ... Am liebsten hätte ich ihm mit der Nase am Hals gehangen. Meiner Freundin schien das auch nicht zu entgehen, aber sie hielt sich zurück, was ich ihr hoch anrechnete, denn sie war total verschossen in ihn. Ich fand, die beiden waren wie für einander gemacht – er einen Meter achtzig groß, graublaue Augen, dunkelblondes Haar, sie mit einem Meter fünfundsiebzig nicht viel kleiner, dazu ihre fast modelmäßigen Maße, die braunen Augen und das brünette Haar. Ein schönes Paar, genau wie Henning und ich!

Henning! Schon wieder dachte ich an ihn.

Ich hatte ihn vorhin ein weiteres Mal versucht, anzurufen, und noch immer war die Leitung tot. Ich verstand die Welt nicht mehr und verging vor Sehnsucht nach ihm, doch ich wollte mir davon nicht den Abend verderben lassen. Spätestens am Montag sähe die Lage sicher wieder rosig aus.

Wir fuhren hoch in den obersten Stock, wo sich die Bar befand. Sessel und Couchen luden zum Verweilen ein. Es gab eine runde Parkettfläche, um das Tanzbein zu schwingen, und einen großen Barbereich. Den Clou stellte aber das geöffnete Dach dar, sodass der Abend praktisch unter freiem Himmel stattfand, ein besonderes Highlight dieser Diskothek.

Wir wurden an einem Tisch an der Fensterfront platziert, von dem aus wir einen fantastischen Blick hinüber zum Teepott, dem Leuchtturm sowie zur Mole hatten. Der Abend war lau. Nach der Hitze des Tages hatte es sich etwas abgekühlt. Die Sonne war inzwischen untergegangen, und über der Ostsee breitete sich die Dunkelheit aus. Einzig im Westen verblieb ein heller Streifen am Horizont, typisch zu dieser Jahreszeit. Nachtschwärmer flanierten auf der Strandpromenade oder saßen auf den Bänken entlang des Weges und genossen die milderen Temperaturen. Auf der Ostsee lagen Schiffe auf Reede. Ihre Positionslampen und Fenster waren trotz der Entfernung gut zu sehen.

Ich griff nach der Karte und war überrascht, mit welcher Vielzahl an Weinen und Spirituosen die Bar aufwarten konnte. Die meisten Sorten waren mir gar nicht bekannt. Es gab auch ein kleines Speisenangebot, sogar nach Mitternacht, doch gegessen hatte ich für den heutigen Abend genug, und beim Trinken wollte ich mich tunlichst zurückhalten.

»He, habt ihr gesehen, hier gibt es Currywurst mit Pommes.« Sanne grinste übers ganze Gesicht. »Wenn ich nicht so vollgemampft wäre, würde ich die mal probieren, obwohl ...« Ein schelmischer Zug legte sich auf ihre Lippen. »Die beste Currywurst gibt es eh nur bei uns in Berlin.«

»Da wäre ich mir nicht so sicher!«, hielt Matthias mit selbstsicherer Miene dagegen. »Auch in Rostock gibt es leckere Currywurst. Die hier habe ich allerdings noch nie gegessen. Vielleicht sollten wir uns später eine Portion teilen.«

Erfreut grinste Sanne ihn an. Sie brannte für ihn, und er bekam es nicht mit, da er nur für mich Augen hatte. Vielleicht war es an der Zeit, sie ihm zu öffnen. Ich hatte meinen Traummann gefunden, auch wenn er derzeit in der Versenkung verschwunden war.

Punkt zweiundzwanzig Uhr startete die Musik. Die Bässe dröhnten, das grelle Licht der Scheinwerfer malte bunte Flecken auf Wände und Boden.

Matthias hatte alle Hände voll zu tun, um sowohl mich als auch Sanne zum Tanzen zu führen. Ich merkte ihm zwar an, dass er viel lieber mich den ganzen Abend in den Armen gehalten hätte, aber diesen Zahn musste ich ihm einfach ziehen. Ich durfte ihm keine weiteren Hoffnungen machen, auch wenn es mir zugegeben schmeichelte, dass er mich umwarb.

Er nahm es mit Humor und erwies sich sowohl als

perfekter Gentleman als auch geübter Tänzer. Hin und wieder wurden meine Freundin und ich auch von anderen Männern auf die Tanzfläche entführt. Neben Pärchen gab es genügend Singles unter den Gästen.

»Wer von euch beiden ist denn noch zu haben?«, wurde ich von einem gefragt und lachte.

»Keine.«

Verwirrt sah der Mann mich an. »Ein flotter Dreier?«

»Hey, sag' mal, geht's noch?«, ranzte ich ihn an. »Wir sind aber alle vergeben.«

»Schade!« Sein Interesse erlosch, und er ließ mich stehen.

»Was war das denn?«, fragte Sanne, als ich zurück an den Tisch kam. »Bist du ihm auf die Füße getreten?«

»So könnte man es bezeichnen. Nachdem er erfuhr, dass keine von uns mehr zu haben sei, hatte er wohl keine Lust mehr, seine Zeit mit mir zu vertrödeln.«

Wir lachten, und Henning lud uns an die Bar ein, wo ich mir nur einen alkoholfreien Cocktail bestellte.

»Hast du noch mal versucht, ihn zu erreichen?«, brüllte mir Matthi ins Ohr.

»Ja, doch noch immer ist die Leitung tot.«

Sah ich in seiner Miene einen Funken Hoffnung aufblitzen?

»Das tut mir leid«, rang er sich ab.

Ich beugte mich vor an sein Ohr. »Wirklich?«

Ein verschmitztes Lächeln huschte über sein Gesicht.

Das Klappern von Töpfen und Pfannen schallte durch das ganze Haus. Ich fragte mich, ob Ruth und Opa absichtlich einen solchen Lärm veranstalteten, um Sanne und mich aus den Betten zu werfen, war ihnen aber nach dem Blick auf den Wecker dankbar dafür. Es war kurz vor zwölf.

Gähnend rollte ich mich auf die andere Seite und blinzelte zum Fenster, dessen Jalousie verhinderte, dass die Helligkeit des Tages in mein Zimmer drang.

Ob Susanne ebenfalls noch in den Federn lag?

Wir hatten erst um halb fünf die Bar verlassen und uns auf den Heimweg begeben. Wäre es nach Sanne gegangen, hätte die Nacht niemals enden müssen, aber es war bereits taghell. Ihre Chancen standen gut, dass Matthias sich für sie zu erwärmen begann. Mehrfach hatte ich ihm zu verstehen gegeben, dass von meiner Seite kein Interesse an einer Beziehung zu ihm bestand. Immerhin gab es Henning.

Ein Lächeln huschte über mein Gesicht, als ich an meinen Traummann dachte. Ich sprang aus dem Bett und holte mein Telefon, das auf der Fensterbank lag.

Der süße Hamburger lächelte mir vom Display entgegen. Mit klopfendem Herz entsperrte ich das Handy und wählte Hennings Rufnummer. Dann hielt ich gebannt den Atem an und lauschte.

Ein Freizeichen ertönte!

Vor Glück hätte ich am liebsten laut gejubelt. Da

ich diese Emotion zu bezwingen wusste, meine Freude aber nicht gänzlich unterdrücken konnte, hüpfte ich aufgeregt von einem Fuß auf den anderen und grinste von Ohr zu Ohr.

Es klingelte und klingelte, und niemand nahm am anderen Ende der Leitung ab.

Erst als sich der Anrufbeantworter anschaltete, den vollzuquasseln ich keine Lust verspürte, legte ich enttäuscht auf. Dann überlegte ich es mir anders. Ich wählte erneut und sprach auf die Mailbox: »Hallo Henning, hier ist Rike. Wo hast du gesteckt? Bitte rufe zurück. Ich vermisse dich.«

Mit einem Seufzer legte ich das Smartphone auf den Tisch und ging ins Badezimmer, um mich zu waschen und anzuziehen. Im Nebenraum hörte ich Susanne, die ebenfalls durch den Küchenlärm aus den Träumen gerissen worden war.

Ich pochte an ihre Tür. »Geht es dir gut?«

Die Tür ging auf und sie strahlte mich leicht verschlafen an. »Mit Matthi an meiner Seite ginge es mir noch viel, viel besser. Und dir?«

»Ich habe Henning erreicht!«, platzte ich heraus. »Also ihn nicht, aber sein Handy ist endlich wieder angestellt.«

»Oh, das freut mich ja so!« Sanne nahm mich in den Arm und drückte mich ganz fest. »Siehst du, Süße, alles wird wieder gut.«

»He, ihr Schlafmützen!«, tönte Opas Stimme die Treppe hinauf. »Seid ihr endlich wach? Dann man tau! Das Mittagessen steht in zwanzig Minuten auf dem Tisch.«

Nach dem Essen, von dem weder Sanne noch ich viel hinunterbekamen, schnappten wir uns unsere Badesachen und gingen zum Strand.

Warnemündes Badeparadies erstreckte sich auf einer Länge von fünf Kilometern und wies zum Teil eine Breite von über einhundert Metern auf. Dennoch schien an diesem Sonntag kein Appel zu Boden fallen zu können, so dicht war er an bestimmten Abschnitten mit Badegästen bevölkert.

»Du meine Güte«, staunte Sanne, »wie die Ölsardinen. Das ist ja beinahe schlimmer als auf Mallorca!«

Ich zuckte mit den Schultern. »Kommt darauf an, wo du dich auf Malle befindest. Das trifft übrigens auch auf Warnemünde, Hohe Düne und Markgrafenheide zu. Weiter hinten an der Stoltera ist es nicht mehr ganz so überlaufen. Allerdings ist der Strand dort auch nicht so schön, und es wäre zu Fuß recht weit.«

Nach einigem Suchen fanden wir ein freies Fleckchen am Wasser, weil die ersten Urlauber bereits wieder aufbrachen.

»Super!«, meinte Sanne und zückte ihr Telefon. »Hast du was dagegen, wenn ich Matthi einlade?« Sie wartete gar nicht erst meine Antwort ab, sondern drückte auf Wählen.

Hauptsache, er kümmert sich dann auch um dich, dachte ich, weil ich nicht wusste, ob er es inzwischen vollständig akzeptieren konnte, dass ich für ihn nicht mehr zu haben war – im Gegensatz zu meiner Freundin, die sich das nicht sehnlichster wünschte.

Meine Befürchtung erwies sich als unbegründet, denn Matthias ging nicht an sein Telefon. Sollte ich es vielleicht versuchen? Ich verwarf diesen Gedanken, denn es wäre für Sanne ein Schlag ins Gesicht, würde er meinen Anruf entgegennehmen.

»Er wird vielleicht noch schlafen«, vermutete sie und steckte enttäuscht das Smartphone wieder ein.

»Verständlich«, entgegnete ich und breitete mein Badetuch aus. »Er hat sich sicher die Füße wund getanzt, weil er Gentleman war und sowohl dich als auch mich zufriedenstellen wollte.«

»Das war nett von ihm, nicht wahr?«, schwärmte sie. »Vor allem bin ich glücklich, dass er mich endlich wahrzunehmen beginnt, nachdem er anfangs nur für dich Augen hatte. Oder hattest du da deine Finger im Spiel?«

Ich grinste und ließ die Hüllen fallen. Dann legte ich mich auf den Bauch und ließ meinen Blick über den breiten flachen Uferbereich streifen, der sich vor allem für Familien mit kleinen Kindern hervorragend zum Toben und Planschen eignete. Die Wasserhöhe war so gering, dass selbst dem jüngsten Nachwuchs keine Gefahr drohte, zu ertrinken. Wollte man hingegen schwimmen, musste man erst recht weit laufen, bis es tiefer wurde.

»Wollen wir ins Wasser gehen?«, fragte Sanne.

Unschlüssig warf ich meinem Telefon einen Blick zu und seufzte. »Und wenn sich in der Zwischenzeit Henning meldet?«

Susanne rollte mit den Augen. »Dann rufst du ihn zurück, Rike. Ich riskiere ja auch, dass Matthi meinen Anruf in Abwesenheit bemerkt.«

Ich gab mich geschlagen.

Wir verstauten alles sicher in unserem Rucksack und deckten ein Badetuch darüber. Dann baten wir das Ehepaar mit den zwei kleinen Kindern neben uns, einen Blick auf unsere Utensilien zu haben, und liefen in die Ostsee.

Sanne konnte es nicht lassen und spritzte mich sofort voll, indem sie mit den Füßen das Wasser in meine Richtung trat. Ich kreischte und bot ihr Paroli. Es war schön, ungezwungen wie zwei kleine Kinder Schabernack zu treiben. Der wellenförmige Meeresboden schimmerte samtig im glasklaren Wasser. Die Sonnenstrahlen brachen sich, und es blitzte und funkelte wunderschön.

»Ich bin regelrecht verliebt«, gestand mir Sanne, nachdem wir mit den Albernheiten fertig waren und gemächlich den tieferen Bereichen zustrebten. »Drücke mir ganz feste die Daumen, dass es zwischen mir und Matthi funkt.«

Ich lachte. »Bei dir hat es nicht nur gefunkt, Susanne, bei dir hat der Blitz eingeschlagen. Der Funke muss jetzt nur noch überspringen, und das wünsche ich dir von ganzem Herzen.«

Meine Freundin hatte sich im Mai von ihrem langjährigen Freund getrennt und sich seitdem nach keinem neuen Mann umgesehen. Das mit Matthias schien höhere Gewalt zu sein. Zumindest bei ihr hatte Amors Pfeil sein Ziel nicht verfehlt. Nun musste nur noch Matthias seine Hoffnung auf ein Zusammenkommen mit mir begraben. Dann stand dem Liebesglück der beiden nichts mehr im Weg, denn gänzlich abgeneigt schien er meiner Freundin gegenüber nicht zu sein.

»Ich drücke, so fest ich kann«, versprach ich und tätschelte ihr den Arm. »Spätestens, wenn Henning wieder in mein Leben tritt, lässt Matthis Interesse an mir nach. Ich glaube kaum, dass er versuchen wird, sich zwischen uns zu drängen.«

»Das glaube ich ebenfalls nicht«, meinte Sanne und ging in die Knie, um sich nass zu machen. »Puh, es ist doch reichlich kühl, wenn man von der Sonne erhitzt ist.« Händeweise schöpfte sie sich das Wasser an Dekolleté und Bauch.

»Das Problem wird sich gleich von selbst erledigen«, sagte ich und nickte in Richtung der Fähre, die sich der Einfahrt zum Überseehafen näherte. Es war das Signal, dass es bald ein paar Bugwellen gab, die die Badegäste erfreuen und nass machen würden.

Ich drehte mich um und beschattete meine Augen mit der Hand, um zum Ufer zu schauen. Die ersten Badelustigen sprangen von ihren Decken auf und stürmten ins Wasser. Wir waren bereits näher dran, sodass uns die Wellen schon bald erreichten. Das Ein- und Auslaufen der Fähren war seit jeher beliebt und ersetzte mehrmals täglich ein Wellenbad.

»Bist du eigentlich schon mal auf der Fähre nach Dänemark gefahren?«, fragte mich Sanne und stützte die Hände in die Seiten. »Wohin genau fährt sie eigentlich?«

»Nach Gedser, wenn ich mich recht entsinne, und ja, aber ich erinnere mich kaum noch daran. Viel lieber wäre mir ein weiterer Törn mit Henning an der Küste entlang nach Rügen hoch oder sonst wohin.«

»Du nun wieder!« Sanne lachte und stupste mich in die Seite.

Die Wellen hatten uns erreicht und brachen sich an unseren Leibern. Nun waren wir auf Schlag pitschnass und stürzten uns in die Fluten. Wir schwammen ein Stück parallel zum Ufer und kehrten schließlich zurück an den Strand.

Noch bevor ich mich abtrocknete, warf ich einen hoffnungsvollen Blick auf das Display meines Smartphones, doch es zeigte mir nur das lachende Gesicht meiner Urlaubsbekanntschaft, die noch immer nicht zurückgerufen hatte. Erneut breitete sich innere Unruhe in mir aus. Was war nur los? Warum meldete er sich nicht?

Sannes Augen leuchteten hingegen auf, als sie ihrem Handy einen prüfenden Blick schenkte. Sie rief zurück, und ihr Gesicht strahlte mit der Sonne um die Wette.

»Er hat den Anruf nicht mitbekommen«, teilte sie mir mit, während wir uns abtrockneten. »Zum Baden hat er keine Lust. Ihm dröhnt wohl der Schädel, doch wir wollen uns nachher noch einmal treffen, bevor ich wieder nach Berlin fahren muss.« Sie setzte sich auf das Tuch.

»Wir?«, fragte ich. »Du und Matthi, oder wir drei?«

»Wir drei«, antwortete sie.

»Ich kann auch Zuhause bei Opa und Ruthchen bleiben«, bot ich ihr an. »Sage ihm einfach, mir geht's nicht so gut.«

»Das glaubt er mir sicher nicht. Immerhin habe ich ihm erzählt, dass wir am Strand sind.«

»Na und? Dann ist mir eben die Sonne nicht bekommen.«

»Na klar, weil du gestern auch fast nur alkoholfrei getrunken hast.« Sie schnitt mir ein Gesicht. »Und was ist mit Henning? Keine Rückmeldung von ihm?«

Traurig schüttelte ich den Kopf und ließ die restliche Feuchtigkeit auf meiner Haut durch die Sonne und den Wind trocknen.

»Lass den Kopf nicht hängen, Süße.« Sanne stand wieder auf und legte mir ihre Hand auf die Schulter. »Der meldet sich schon noch bei dir. Immerhin ist sein Handy wieder an.«

»Wann wollt ihr euch treffen?«, fragte ich sie und begann, mich einzucremen.

»Um fünf bei ihm.«

»Oh, der Herr bittet in sein Domizil? Das sollte ich mir vielleicht doch nicht entgehen lassen.« Ich zwinkerte ihr zu und bemerkte den Schatten, der sich auf ihre Gesichtszüge legte. »Keine Bange«, beruhigte ich sie, »das war ein Scherz.«

Verlegen grinste Sanne, und ich warf einen erneuten Blick auf das Display meines Smartphones, dieses Mal, um die Uhrzeit zu checken.

»Wollen wir nicht noch zum Abschluss einen Latte in der Strandbar oder der Bäckerei am Leuchtturm trinken?«, fragte ich sie. »Die Zeit dürfte dafür reichen.«

»Gerne!« Sie stützte sich auf den Ellenbogen auf und blinzelte gegen die Sonne. »Matthi wird sicher nicht böse sein, sollten wir, also ich, mich ein wenig verspäten.« Sie griff nach ihrem Smartphone und tippte eine Nachricht ein.

Eine halbe Stunde später zogen wir uns an und packten unsere Strandtücher ein.

»Lass uns zuerst in der Strandbar nach einem freien Tisch Ausschau halten«, schlug Sanne vor. »Da können wir noch den Blick aufs Meer genießen.«

Ich merkte ihr an, wie dringend nötig sie einen Urlaub hatte, und diese kurze Zeit in Warnemünde hatte ihr einen winzig kleinen Vorgeschmack darauf beschert.

Wir steuerten das Lokal an und sahen uns um. Die Tische waren fast alle besetzt, zumindest im schattigen Bereich. Von Sonne hatten wir aber inzwischen ebenfalls genug.

»Wollen wir sonst zum Bäcker gehen? Ich glaube, dort gibt es auch Plätze im Außenbereich«, schlug ich als Alternative vor. »Nur das Meer kannst du von dort aus nicht sehen.«

Sanne zog eine Schnute. »Oder wir machen es uns in einem der Himmelbetten bequem.« Sie kicherte. »Eines ist noch frei.«

»Das solltest du nachher mit Matthi tun, damit ihr euch besser kennenlernt.« Ich sah zu den großen Spielwiesen, deren luftige Stoffbahnen vor der Sonne schützten. Auf einer von ihnen lag ein Pärchen eng umschlungen und küsste sich. Sie war jung mit langem blondem Haar und braun gebrannt, er war niemand anderes als Henning Hansen aus Hamburg.

Ich dachte, mich trifft der Schlag!

Hörbar keuchte ich und griff nach Sannes Arm. »Da!« Mehr bekam ich nicht heraus.

»Was?« Verständnislos sah Susanne mich an. »Was ist geschehen, Rike? Geht es dir nicht gut? Du bist weiß wie eine Wand!«

Mein Arm zitterte, als ich ihn hob und in die entsprechende Richtung wies.

Meine Freundin folgte meinem Fingerzeig und hob ratlos die Schultern. »Ein Paar, das knutscht.« Dann fiel der Groschen bei ihr. »Ist das etwa Henning?«

Ich nickte schwach.

Während unseres Ausflugs hatte ich Sanne genügend Fotos von Henning geschickt. Ihr Personengedächtnis war hervorragend, und sie erkannte wie ich in dem Typ mit der blonden Frau den Hamburger Jung.

»Jetzt ist mir klar, warum er keine Zeit hat, dich zurückzurufen!«, stieß sie erbost heraus.

»Wieso ist er noch in Warnemünde?«, flüsterte ich. »Er hat doch vorgestern in der Früh ausgecheckt?«

»Um bei seiner neuen Flamme unterzukriechen.« Sanne schien wütender zu sein als ich. »Wie hat er die so schnell nur kennengelernt?«

»Vielleicht kannte er sie bereits.«

»Egal, der wird mich jetzt kennenlernen, der miese Typ, wenn ich ihm die Hörner geraderücke!«

»Nein, Sanne, bitte nicht!«

Sie ließ mich stehen und stürmte auf das Himmelbett zu, wo sich die beiden eng umschlungen auf der Matratze wälzten und küssten.

Ich drehte mich weg. Auch wenn ich enttäuscht und wütend war, so war mir ihre Aktion zu peinlich.

Erboste Wortfetzen trug der Wind an meine und die Ohren der übrigen Gäste, die sich daraufhin der Szene zuwandten und Maulaffen feilhielten. Ich wäre am liebsten im Boden versunken und lief aus der Bar.

Wenig später erschien Susanne wieder. Sie war hochrot im Gesicht und schnappte nach Luft. »Dem habe ich die Meinung gegeigt!«, verkündete sie stolz. »Der wusste im ersten Moment überhaupt nicht, wie ihm geschieht und wovon ich spreche.«

»Verständlich, er kennt dich nicht.«

»Jetzt hat er mich kennengelernt«, lachte sie grimmig. »Ich habe ihm gesagt, dass er ein Mistkerl ist und die Finger von dir lassen soll. Da hat es bei ihm Klick gemacht, und er besaß die Frechheit zu behaupten, er wäre nicht der, für den ich ihn halte.«

»Ach so?«

»Ja, ach so. Das war mir der Dreistigkeit dann auch etwas zu viel, einfach seine Identität zu leugnen. Ich habe mich umgedreht und ihn und seine Ische sitzen gelassen.«

»Warum musstest du überhaupt zu ihm gehen und ihm in aller Öffentlichkeit eine Szene machen?«, warf ich ihr vor. »Das war peinlich!«

»Ja, für ihn!«

Mein Smartphone klingelte. Es war Henning, doch ich drückte den Anruf weg.

»Der besitzt echt Nerven«, knurrte meine Freundin. Sie hakte sich bei mir ein und zog mich fort in Richtung der Alexandrinenstraße. »Vergiss den Kerl, meine Süße. Der ist es nicht wert, dass du dir wegen ihm die Augen ausheulst. Es gibt bessere als ihn.«

»Ja, Matthias.«

Sanne schenkte mir einen verunsicherten Blick. »Echt jetzt, Rike? Ich dachte, Matthi sei frei?«

Ich nickte nur und suchte ein Taschentuch hervor, um mir die Tränen aus den Augen zu wischen.

Mein Handy läutete erneut. Ich drückte den Anruf weg.

Zuhause stieg Sanne hinauf ins Obergeschoss, um ihren Koffer zu packen, während ich zu meinem Großvater ging, der in der Stube im Sessel saß und döste.

»Opa, kannst du dich noch an Henning erinnern?«

»Den feinen Herrn Anwalt? Wenn es sein muss, ja.«

»Gut. Es könnte möglich sein, dass er gleich vor deiner Tür stehen wird. Schlage sie ihm einfach vor der Nase zu und lass dich auf keine Diskussion mit ihm ein. Du hast recht. Aus seinem Mund kommen nur Lügen heraus.«

Opa starrte mich entgeistert an. »Ich dachte, er ist nach Hamburg zurückgekehrt?«

»Das dachte ich auch, doch ich habe ihn eben gesehen, und er hat mit einer Blondine geknutscht.«

»Die du nicht warst«, stellte Opa Willi fest, und seine Miene verdüsterte sich.

»Bitte, Opa, tue mir den Gefallen. Er wird dir sicher erzählen, dass alles nur ein blödes Missverständnis ist. Wahrscheinlich ist sie seine Schwester, von der er mir nie etwas erzählt hat.«

Opa Willi nickte. »Mache ich, min Deern. Sei unbesorgt.«

Ich hatte noch nicht einmal die letzte Stufe erklommen, als er tatsächlich an der Tür klingelte.

Sanne kam aus ihrem Zimmer geschossen, während

229

ich den Finger auf die Lippen legte, um ihr zu verstehen zu geben, den Mund zu halten. Mein Großvater schlurfte derweil gemächlich durch den Flur.

Kurz darauf hörte ich, wie er die Eingangstür öffnete. Worte fielen, die weder ich noch meine Freundin verstanden. Dann fiel die Tür laut wieder zu, und Opas Schritte näherten sich der Stube.

Ich atmete auf. Mein Großvater hatte Wort gehalten und Henning die kalte Schulter gezeigt.

Mir schossen die Tränen in die Augen.

Warum hatte ich schon wieder Pech mit einem Mann, dem ich mein Herz geöffnet hatte?

Ich stieg die letzte Stufe empor und trat in Sannes Zimmer, wo ich mich heulend auf ihrem Bett niederließ.

»Ach, Süße, was habe ich dir gesagt? Keine Tränen für diesen Kerl!«

Das war leichter gesagt als getan. Ich war kreuzunglücklich.

»Soll ich lieber bei dir bleiben, um dich zu trösten, oder willst du mitkommen, damit du hier allein nicht im Kummer versinkst?«

Ich schüttelte den Kopf. »Nein, Sanne, gehe alleine zu Matthias. Sage ihm, was vorgefallen ist, oder nein, lass es lieber bleiben. Sonst macht er sich wieder Hoffnungen. Ich will dir und deiner Liebe nicht im Wege stehen.«

Verunsichert sah mich Sanne an. »So wirklich ist es ja noch keine Liebe zwischen uns, zumindest nicht von seiner Seite.« Sie ging vor mir in die Hocke und nahm mich in den Arm. »Süße, du findest auch noch den Richtigen.« Dann packte sie die letzten Sachen in ihren Koffer und sah auf mich hinab. »Ich wäre jetzt fertig, Rike, doch wenn ich dich hier wie ein Häufchen

Elend dasitzen sehe, komme ich mir wie ein Verräter vor. Soll ich nicht lieber bleiben?«

»Nein!« Ich winkte ab. »Wo hast du eigentlich geparkt?«

»In der nächsten Querstraße«, antwortete sie. »Ich lass das Auto aber stehen und gehe zu Fuß zu ihm.«

»Wo wohnt er eigentlich?«

»Irgendwo beim S-Bahn-Haltepunkt Werft, hat er gesagt.«

»Weißt du, wie du dort hingelangst?«

Sie schüttelte lachend den Kopf und zückte ihr Handy. »Dafür gibt es zum Glück Routenplaner im Netz.«

»Unsinn, komm!« Ich wischte mir die Tränen aus dem Gesicht. »Wir bringen dein Gepäck zum Auto, und wenn du möchtest, bin ich dein persönlicher Navigator bis zu Matthis' Wohnung. Ich komme aber nicht mit rauf. Ich brauche nur frische Luft und eine Ablenkung, sonst heule ich mir in meinem Zimmer die Augen aus.«

Sanne tätschelte mir den Arm. »Nein, Rike, tue das nicht. Vergiss ihn einfach und suche dir einen Mann, der deine Liebe verdient.«

26

Henning versuchte es wieder und wieder und schickte mir Textnachrichten, die ich ungelesen löschte. Irgendwann reichte es mir, und ich kennzeichnete seine Rufnummer als eine, die ignoriert werden sollte. Von nun an blieb ich von seinen Anrufversuchen verschont.

Am nächsten Morgen überraschte mich Opa mit zwei Nachrichten, die er im Briefkasten gefunden hatte. Sie stammten eindeutig von Henning, das sah ich am Absender. Die eine musste der vermisste Brief zum Rosenstrauß sein, den anderen hatte er wohl gestern eingeworfen. Warum der zu den Blumen mit einem Mal im Briefkasten lag, erschloss sich weder mir noch meinem Großvater. Wahrscheinlich hatte der Bote ihn gefunden und uns heimlich in den Kasten gesteckt. Mich interessierte es nicht mehr, was in der Nachricht stand. Ich konnte mir den Inhalt denken.

War schön. Danke für die tollen Tage und Nächte, doch zu mehr bin ich nicht bereit. P.S.: Es gibt eine andere, für die mein Herz schlägt.

Ich warf beide Briefe ungelesen in den Papierkorb, der in meinem Zimmer stand. Dann nahm ich meine Handtasche und ging zu meinem Großvater in die Küche. »Wollen wir heute nicht was zusammen unternehmen?«

»Was schwebt dir denn vor, meine Lütte?«

Ich zuckte mit den Schultern. »Shoppen gehen?«

Opa lachte. »War das eine Frage oder mehr ein Vorschlag?«

»Wohl eher eine Frage, weil ich selbst nicht weiß, was ich will, nur raus hier, bevor Henning wieder vor deiner Haustür steht.«

Erneut klingelte mein Telefon, doch es war zu meiner Überraschung die Mobilfunknummer von Matthias. Ich nahm den Anruf an.

»Hallo Frederike! Wie geht es dir?«

»Tachchen Matthi! Wie sollte es mir denn gehen?« Ich legte die Hand über das Mikrofon und zischte meinem Großvater zu, ob er mit Onkel Paul gesprochen hätte.

Abwehrend hob er die Hände. »Dieses Mal habe ich nichts erzählt. Sanne vielleicht?«

»Ich hörte, es ist mit Henning aus«, tönte Matthias' Stimme an mein Ohr. »Deine Freundin hat mir erzählt, ihr habt ihn knutschend in den Armen einer anderen erwischt. Tut mir ehrlich leid. Wirklich!«

»Ja und?«, fragte ich. Was wollte er von mir, seine Chancen nutzen?

»Ich dachte, du brauchst vielleicht etwas seelischen Beistand und eine breite Schulter, an der du dich ausweinen kannst.« Er lachte am anderen Ende. »Oder aber ich lade dich ein und wir fahren irgendwo hin, damit du auf andere Gedanken kommst, gerne auch Shoppen. Das soll für Frauen ja entspannend sein.«

»Echt jetzt?«, knurrte ich.

»Mensch, Rike, das war ein Scherz! Was ist? Ich stehe in einer halben Stunde mit dem Auto vor deiner Tür.«

»Musst du nicht heute arbeiten?«

»Pah! Wozu ist man Chef, wenn man nicht spontan einen freien Tag einlegen kann?«

»Wie praktisch!«, entgegnete ich verärgert und sah

zu Opa Willi, der mich neugierig musterte und wahrscheinlich versuchte, aus meinen Bemerkungen das Gespräch zu rekonstruieren.

Erneut deckte ich das Mikrofon mit meiner Handfläche zu. »Wärst du böse, wenn ich den Tag mit Matthias verbringe?«

Mein Großvater grinste fast schon erleichtert. »Warum sollte ich, wenn es dich glücklich macht?«

Wenn es mich glücklich macht?

Was sollte dieser dumme Spruch? Hoffte Opa, dass aus Matthias und mir ein Pärchen wurde, nachdem sich Henning ins Aus geschossen hatte? Das konnte ich Sanne unmöglich antun. Ich ging davon aus, dass sie sich gestern nähergekommen waren.

»Wie läuft es eigentlich zwischen Sanne und dir?«, fragte ich Matthias.

Er war über den Themenwechsel überrascht. Das konnte ich selbst am Telefon spüren. »Wir verstehen uns gut. Das bedeutet nun aber nicht, dass du nichts mehr mit mir unternehmen darfst, im Gegenteil. Deine Freundin hat mich sogar gebeten, dass ich dir ein wenig zur Seite stehe, jetzt, in dieser schweren Zeit.«

»In dieser schweren Zeit?« Drehten jetzt alle am Rad?

Opa nickte mir freudig zu, und seine Lippen formten das Wort: Geh!

»Also gut, ich bin in einer halben Stunde bereit. Wohin willst du denn?«

»Wohin willst du?«

»Ist mir ehrlich gestanden egal, Hauptsache weg!«

Es wurde ein wunderschöner Tag, der mich tatsächlich den Ärger mit Henning vergessen ließ. Wir sprachen auch nicht über ihn oder dass ich ihn mit einer anderen im Arm erwischt hatte.

Matthias entführte mich ins Umland. In gemäßigtem Tempo fuhren wir die wundervollen Alleen Mecklenburgs entlang und landeten irgendwann in der Landeshauptstadt Schwerin. Der Schlossgarten lud zum Spazierengehen ein, der Burgsee und Pfaffenteich zum Verweilen auf einer Bank.

Es war früher Abend, als wir nach Warnemünde zurückkehrten. Opa begrüßte mich freudig und teilte mir mit, dass ich mich frisch machen sollte, dann würde uns Ruth zum Abendbrot erwarten. Eine halbe Stunde später standen wir vor ihrer Tür.

»Hinein in die gute Stube!«, begrüßte sie uns und ließ uns ins Haus. Dann schloss sie die Tür und eilte voraus ins Wohnzimmer.

Verdutzt blickte ich über die Schulter zu meinem Großvater. Wollten wir nicht essen?

Als ich in die Stube trat, saßen dort eine Frau und ein Mann am Tisch, bei deren Anblick ich abrupt stehen blieb und kehrtmachen wollte, aber Opa versperrte den Weg.

»Was wollen die hier?«

»Geh schon rein!«, forderte Opa Willi mich auf und schob mich in die Stube.

»Frau Müller, ich bin nicht der, für den Sie mich halten«, sagte der Mann, der wie Henning aussah. »Mein Name ist Johannes Hansen. Ich bin sein Bruder.«

»Das stimmt!«, rief Ruth. »Ich habe mir seinen Ausweis zeigen lassen.« Sie lachte, und ich dachte, mich trifft der Schlag.

Johannes Hansen?

Wie in Zeitlupe drehte ich mich um. »Ihr seid Zwillinge?«

»Ist wohl kaum zu übersehen«, entgegnete die Blondine und grinste mir fröhlich zu.

»Diesen Umstand vergisst mein Bruder gerne zu erwähnen«, sagte Johannes Hansen, und ein schelmisches Lächeln huschte über sein Gesicht. »Das rührt von früher her, als wir noch Kinder waren. Da war es manchmal praktisch, über einen Doppelgänger zu verfügen.«

»Hat er mir sonst noch was verschwiegen?«

»Das glaube ich kaum.« Johannes Hansen wies zum Sofa. »Aber setzen Sie sich doch, Frau Müller, Herr Petersen. Dann erzähle ich Ihnen, wie es zu diesen Missverständnissen gekommen ist.«

Ich spürte, wie Großvater mir seine Hände auf die Schultern legte und mich sanft in die Stube schob. »Nun gibt es sogar zwei von denen«, wisperte er mir ins Haar. »Lässt sich wohl nicht ändern.«

Meine Beine waren wie gelähmt. Ich fühlte mich überfordert. Bis eben hatte ich Henning Hansen noch zum Teufel gewünscht. Nun stellte sich heraus, dass das Ganze auf einem Irrtum beruhte, weil er einen Zwillingsbruder besaß.

»Warum hat er überstürzt Warnemünde verlassen? Warum war sein Handy tagelang aus?« Mir schossen die Tränen in die Augen.

»Das stand alles in dem Brief, der den Rosen beigefügt war, aber lassen Sie mich von vorne beginnen.«

»Setz dich, Rike!« Opa schob mich zum Sofa, auf dem bereits Ruthchen saß, und nahm neben mir Platz.

»Unser Vater hatte am Donnerstag einen Unfall und musste ins Krankenhaus«, hob Johannes an. »Meine Frau und ich waren schon in Richtung unseres Urlaubsziels unterwegs, als uns die Nachricht erreichte.«

»Ach, Sie machen auch in Warnemünde Urlaub?« Ich war überrascht. War das nicht der Zufälle zu viel?

»Mein Schwager hat uns regelrecht was von seinem Ostseetörn mit Ihnen vorgeschwärmt«, erwiderte die Blondine, »sodass wir kurz entschlossen unsere Pläne geändert haben. Wir haben uns sogar im Internet Eintrittskarten für die Störtebekerfestspiele besorgt.«

Ich bemerkte an ihrer rechten Hand und an der von Johannes Hansen den Ehering.

»Das einzige Problem bestand darin, dass ich meinen Bruder nicht über sein Handy erreichen konnte«, übernahm er wieder das Reden. »Es ist ihm über Bord ins Wasser gefallen, als er die Jacht auf Vordermann bringen wollte. Ich habe es dann über den Hotelanschluss versucht.«

»Auf diese Idee bin ich nicht gekommen«, murmelte ich bestürzt.

»Henning war am Donnerstagabend sogar noch bei Ihnen, doch weder bei Ihrem Großvater noch bei Frau Simon machte jemand auf.«

»Verständlich«, resümierte Ruthchen. »Du warst bei Matthias, und wir sind nach dem Abendbrot noch ein wenig spazieren gegangen.«

»Er hätte doch eine Nachricht hinterlassen können«, sagte ich vorwurfsvoll.

»Die hat er den Rosen beigefügt. Dass der Bote den Brief vergisst und erst Tage später findet und in den Briefkasten steckt, konnte er nicht ahnen. Es stand alles drin, sogar die Nummer seines Prepaidhandys.«

»Also ist der Blumenbote an allem schuld!«, stellte ich ernüchtert fest.

»Könnte man so sagen.« Johannes Hansen seufzte. »Henning musste umgehend nach Hamburg kommen. Es ging nicht anderes. Vater lag im Krankenhaus, meine Frau und ich schipperten bereits die Elbe hinauf. Am Freitagnachmittag stand ein wichtiger Termin mit einem noch wichtigeren Klienten an. Wir hätten beidrehen können, aber Henning hatte seinen Urlaub fast hinter sich. Also habe ich ihn gefragt, ob er einspringen würde, und er hat sofort zugesagt. Den Rest kennen Sie. Sie wussten nicht, warum er abgereist ist, der Brief war nicht an den Rosen, er konnte sich nicht bei Ihnen melden, weil er Ihre Nummer nicht mehr besitzt, und meine Versuche, Sie anzutreffen, liefen ebenfalls ins Leere.«

»Wir haben es am Freitag und am Samstag versucht«, erklärte die Blondine, »und nie jemanden angetroffen. Und gestern wurde uns die Tür vor der Nase zugeschlagen.«

Opa Willi zuckte mit den Schultern. »Ich konnte nicht ahnen, dass Sie nicht der sind, nach dem Sie aussehen, Herr Hansen!«

Johannes lachte. »Auf jeden Fall hat es meinen Bruder sehr mitgenommen, als er erfuhr, dass Sie glauben, ihn in den Armen einer anderen erwischt zu haben. Deshalb sind meine Frau und ich im Anschluss gestern zu Frau Simon gegangen und haben sie glücklicherweise angetroffen, um alles aufzuklären.«

Ich sah zu Ruth. »Du weißt es bereits seit gestern?«

»Nicht nur ich, Rike. Ich konnte sogar deinen Großvater überzeugen, zu mir zu kommen und sich alles anzuhören. Einzig du warst nicht da und erfährt es also erst heute.«

»Und warum erst jetzt?« Ich legte den Kopf schräg und musterte sie mit anklagendem Blick. »Sage jetzt nicht, dass auch Matthias eingeweiht war. Ich habe mich den ganzen Tag gewundert, dass er auf Distanz geblieben ist.«

Ein Lächeln huschte über ihr Gesicht. »Schon, doch er hat sich inzwischen in deine Freundin verguckt.«

Ich war perplex. Alle wussten Bescheid, nur mich hatten sie im Unklaren gelassen! Warum?

Es klingelte an der Tür.

Ruth stand auf und eilte in den Flur, um zu öffnen.

»Ich fasse es nicht, dass ihr mich übergangen habt«, warf ich Opa verärgert vor. »Warum hast du mir nicht schon gestern Abend reinen Wein eingeschenkt? Ich habe mir die halbe Nacht die Augen ausgeweint.«

»Weil wir dich überraschen wollten«, tönte Ruths Stimme aus dem Flur an meine Ohren. »Schau mal, wer gekommen ist!«

Aus dem Dunkel der Diele schälte sich eine mir vertraute Gestalt und trat in die Stube.

»Henning!« Ich sprang vom Sofa auf. »Was machst du denn hier? Ich denke, du musst die Kanzlei führen, weil dein Vater im Krankenhaus liegt?«

»Es war nur ein Kratzer«, sagte er und kam auf mich zu, wagte aber nicht, mich in den Arm zu nehmen. »Mein Bruder hat wieder maßlos übertrieben, als er mich über den Unfall in Kenntnis setzte. Meinem Vater ist nichts Schlimmes passiert. Er musste zwar bis Samstagvormittag zur Beobachtung im Krankenhaus bleiben, doch dann haben sie ihn entlassen. Ab morgen wird er wieder arbeiten, sodass ich meinem Herzen folgen konnte und sofort nach Warnemünde gekommen bin.« Er nahm meine Hände in seine. »Frederike, es tut mir unendlich leid, dass es zu diesem Missverständnis gekommen ist. Hättest du den Brief erhalten, wäre das nicht passiert. Da stand auch drin, dass Johannes mein sieben Minuten älterer Zwilling ist.«

Mir schossen die Tränen in die Augen, und ich spürte einen dicken Kloß, der sich in meinem Hals zu bilden begann. »Ich habe ihn weggeworfen, als Opa ihn gestern im Briefkasten fand.«

»Und ich habe ihn gerettet«, sagte mein Großvater und holte einen Umschlag aus seiner Gesäßtasche hervor, den er mir reichte.

Meine Hand zitterte, als ich das Kuvert nahm und öffnete. Die Buchstaben waren vor meinen Augen verschwommen, doch ich begriff, dass die letzten Tage anders verlaufen wären, hätte ich den Inhalt der Zeilen gekannt.

»Bin ich rehabilitiert?«, fragte Henning und sah mir verliebt in die Augen.

Ich konnte nicht antworten. Meine Kehle war wie zugeschnürt. Also nickte ich und fiel ihm um den Hals.

»Ist schon gut, Rike!« Er strich mir über mein Haar. Dann schob er mich auf Armeslänge von sich, griff in seine Hosentasche und beförderte ein Kästchen zutage.

Mir stockte der Atem. Mit weit aufgerissenen Augen starrte ich ihn an. War das sein Ernst?

»Das ist kein Heiratsantrag«, beruhigte er mich, da er meine Mimik richtig deutete. »Dafür wäre es definitiv noch zu früh. Trotzdem möchte ich dir diesen Ring als Zeichen meiner Liebe zum Geschenk machen und dich bitten, lass es uns zusammen versuchen. Die letzten Tage haben mir gezeigt, wie sehr du mir fehlst. Zu wissen, du glaubst, ich hätte mich aus dem Staub gemacht, hat mich fast um den Verstand gebracht. Ich liebe dich!«

Ich traute meinen Ohren kaum. Er hatte es gesagt! Endlich! Ich hätte jubeln können und war der glücklichste Mensch auf der Welt.

»Ach wie schön!«, hörte ich Ruthchen sagen. Sie war an Opas Seite gerückt und hielt seine Hand in ihrer.

»Warum zieht ihr nicht zusammen?«, fragte ich mit tränenerstickter Stimme. Auch sie sollten glücklich sein. »Ihr braucht einander, und Platz ist ausreichend da.«

»Ziehst du denn zu mir ins Haus?«, fragte Henning, und erneut schossen mir die Tränen in die Augen.

»Liebend gerne, denn ich kann auch nicht ohne dich sein! Die letzten Tage waren die Hölle für mich!« Jetzt erst fiel mein Blick auf den Ring, als er ihn mir auf den Finger schob. Es war der Rubin mit den Brillantsplittern, in den ich mich sofort verliebt hatte – wie in ihn. »Das muss ich Sanne erzählen!«, rief ich freudig aus. »Oder weiß auch sie schon über alles Bescheid?«

»Sie war bei Matthias, als Paul ihn angerufen und gebeten hat, dich heute den Tag über auf fröhlichere Gedanken zu bringen«, klärte mich Ruthchen auf. »Sie lässt dir ausrichten, dass sie sich für dich freut!«

Mir fehlten die Worte. Selbst meine Freundin wusste bereits, was die Glocke geschlagen hatte. Dann fing ich zu grinsen an. »Ich hätte nie gedacht, dass ihr so hinterhältig seid.«

»Wir doch nicht!« Ruth winkte mit Unschuldsmiene ab.

»Da stimme ich Frau Simon zu«, ergänzte Henning und erhielt grinsende Unterstützung von seinem Bruder. »Wir wollten dich nur überraschen.«

»Was euch gelungen ist!« Ich stibitzte mir einen Kuss von seinen Lippen.

»Und nun hören wir endlich mit dem Siezen auf«, schlug Ruth spontan vor. »Immerhin werden wir bald eine Familie sein. Das ist Rike, ich bin die Ruth, und der Brummbär an meiner Seite hört auf den Namen Willi.«

Alle lachten, während Henning und ich uns verliebt in die Augen sahen.

»Und, bist du wieder genauso zufrieden und glücklich, wie du es bei unserem Törn gewesen bist?«, wisperte er mir ins Ohr. »Ich bin es auf jeden Fall.«

»Ich ebenfalls«, seufzte ich. »Die letzten Tage waren ein ständiges Auf und Ab der Gefühle. Und als ich dich in den Armen einer anderen gesehen habe ...« Ich wandte mich seinem Bruder und dessen Frau zu. »Entschuldigen Sie, ähm, ich meine, entschuldigt bitte meine Freundin. Sie hat es nicht so gemeint.«

»Oh doch, hat sie!« Johannes lachte. »Es ist aber längst vergeben und vergessen. Meine Frau hätte nicht anders reagiert.«

Ich grinste und wandte mich Opa und Ruthchen zu, die noch immer händchenhaltend auf dem Sofa saßen. »Und, was meint ihr zu meinem Vorschlag? Der Umzug nur zwei Häuser weiter ist sicher unkomplizierter als in einen anderen Bezirk.«

»Es wäre sicher eine Überlegung wert«, entgegnete Ruth und sah meinem Opa liebevoll in die Augen.

»Warum eigentlich nicht?« Opa lächelte verträumt. »Ich bin des Alleinseins überdrüssig, und Platz wäre ausreichend da.« Er sah mich an. »Doch jetzt genießt ihr erst mal euer Liebesglück. Schiff ahoi und immer eine Handbreit Wasser unterm Kiel!«

Verdattert sah ich meinen Großvater an, der fröhlich grinsend zu mir aufblickte. Was meinte er? »Ich verstehe nicht?«

»Hast du schon deinen Koffer gepackt?«, fragte mich Henning. »Ich hatte dir doch versprochen, dass wir beim nächsten Mal auf dem Fischland-Darß anlanden werden. Übermorgen stechen wir in See.«

Mir klappte der Mund vor Überraschung auf. »Ehrlich? Du bist auf deiner Motorjacht hier?«

»Da muss ich dich leider enttäuschen, Schwägerin in spe«, meldete sich Johannes zu Wort, bevor Henning zum Antworten kam. »Wir kommen ebenfalls mit, und dieses Mal nehmen wir ein Segelboot.«

Nach  wort

Allgemeines zur Reihe »Warnemünder Jahreszeiten«

Die Geschichten der »Warnemünder Jahreszeiten« sind frei erfunden, Ähnlichkeiten zu tatsächlichen Begebenheiten oder Personen sowie Namensgleichheit nicht beabsichtigt. Reale Örtlichkeiten wurden zum Teil abgewandelt und der Handlung angepasst, notwendige hinzugefügt.
Die Bücher beinhalten jeweils eigenständige, in sich abgeschlossene Geschichten und sind somit unabhängig voneinander lesbar. Allerdings macht es Sinn, sie in der richtigen Reihenfolge zu lesen, da zum Teil Figuren aus früheren Teilen auch wieder in nachfolgenden Bänden auftreten.

Zum vorliegenden Buch »Warnemünder Sommer«

Es gibt in meiner Geschichte einige Geschäfte und Hotels sowie gastronomische Einrichtungen, die in der Realität existieren und mit ihren richtigen Namen Erwähnung finden wie beispielsweise die Yachthafenresidenz in Hohe Düne oder das Hotel Neptun an der Strandpromenade in Warnemünde. Ich habe mich dafür entschieden, um der Handlung Lokalkolerit zu verleihen. Zudem hätten selbst Fantasienamen jedem, der schon einmal in Warnemünde war, gesagt, um welche Hotels es sich handelt.

Die in Kapitel 12 kursiv gekennzeichnete Information über die Rügener Kreide, die Henning vom Handy abliest, wurde wortgleich als Zitat aus Wikipedia übernommen: *https://de.wikipedia.org/wiki/Rügener_Kreide*

<u>Vorschau auf Teil 2</u>

Der zweite Teil der Reihe, in dem Rikes Freundin Susanne nach ihrem Liebesglück in Warnemünde sucht, erscheint am 08. August 2020.

Nele Jantzen